Fernstecher Gran Canaria

Lucas Timm

Fernstecher Gran Canaria

Lucas Timm

ISBN-13: 978-1512138757
ISBN-10: 1512138754

1. Auflage, Juni 2015

Autorenblog/Homepage
www.facebook.com/lucastimmbuch
www.lucastimm.de

Covergestaltung: Chris Schulte
Homepage: www.chrischulte.de
Kontaktmöglichkeit: mail@chrisschulte.de

FÜR ENRIQUE

PROLOG

Die monotone Melodie meines Telefons riss mich gegen halb zehn Uhr in der Früh aus dem Tiefschlaf. Draußen war es bereits hell und die Sonne blitzte bereits durch die Lamellen meiner schwarzen Jalousie. Trotzdem dauerte es eine Weile, bis mich das störende Geräusch aus dem Land der Träume zurück in die Realität geholt hatte.

Sicherlich mal wieder meine Schwester, die fast jeden Tag anrief. Wieso sprang der Anrufbeantworter bloß nicht an? Normalerweise stellte es kein Problem dar, sonntags ab halb neun durchzuklingeln. Die paar Nächte im Jahr, an denen ich mich herumtrieb, konnte man an einer Hand abzählen.

Ich blinzelte noch einmal genervt auf meinen Radiowecker und beschloss, den anhaltenden Klingelterror mit einem Sprint ins Wohnzimmer zu beenden. Wie konnte man nur so hartnäckig sein. Schlaftrunken riss ich den Hörer von der Station und ließ mich im selben Moment aufs Sofa fallen. Mein Kopfkissen, das ich in der anderen Hand hielt, legte ich mir auf den Bauch, während ich mit verschlafener Stimme ins Telefon schnaufte:

„Hallo. Wer ist denn da?“

„Ich bin es, der Juan. Hast du schon geschlafen? Oder heißt es noch?“ fragte mich eine kindliche, aber weitaus munterere Stimme.

Grinsend klärte ich das Sprachproblem und wunderte mich, dass der spanische Nachtschwärmer so früh auf den Beinen war.

„Normalerweise schlafe ich länger, aber ich war schon erwacht und wollte wissen, ob du mich heute besuchen willst?“ fragte er mit warmem Tonfall. „Ich kann ja auch gleich noch mal ein bisschen Siesta machen“, schob Juan hinterher.

Mist! Ich war bereits mit meiner Mutter zum Mittagessen beim Italiener verabredet, aber abends würde es auf jeden Fall klappen. Es gab da nur noch ein weiteres, klitzekleines Problem: „Hm. Also heute Nachmittag geht es bei mir leider nicht und um zwanzig vor Sechs gucke ich immer meine Lieblingsserie, aber die könnte ich für dich gern mal ausfallen lassen und aufnehmen“, ließ ich meinen blödsinnigen Gedanken freien Lauf und bereute fast, was ich gerade gesagt hatte.

Der Spanier musste doch denken, ich sei total abhängig vom Fernsehen, was definitiv nicht der Fall war. „Ach, guckst du auch immer die Lindenstraße? Ich mag die deutsche Serie gern und gucke sie auch jedes Sonntag. Wir können es ja zusammen sehen, wenn du es magst?“ überraschte mein Gesprächspartner mich. Mir blieb fast die Spucke weg. Das war geradezu unglaublich. In meinem Bekanntenkreis wurde ich seit Jahren schief angesehen, weil ich kontinuierlich die hausbackene Vorabend-Serie konsumierte. Anscheinend musste erst einmal ein Ausländer eingeflogen werden, der meine Leidenschaft teilte und

mich ohne lange zu Fackeln zu einem gemeinsamen TV-Abend einlud.

Voller Freude sagte ich zu und konnte mir ein amüsiertes Glucksen nicht verkneifen. Obwohl ich seine Anschrift bereits kannte, fragte ich noch einmal nach, wo ich gegen achtzehn Uhr aufschlagen sollte.

„Ich wohne in Kurze Straße 10. Du musst dann bei Matthias Apel die Klingel drucken."

Der Typ war aber auch immer wieder für eine Überraschung gut, denn seine Anmeldung erfolgte für eine andere Hausnummer und auch der Name des Hauptmieters lautete Wiesenbrinck und nicht Apel. Für einen kurzen Augenblick überlegte ich, ob ich etwas sagen sollte, zog es aber vor, mich zurückzuhalten.

„Ich freue mich auf heute Abend", sagte ich noch einmal betont männlich, während ich mich auf den Weg zurück ins Bett machte und glücklich das weiche Federkissen umarmte.

„Ich mich auch. Bis später dann mal", flüsterte Juan Carlos mir geradezu verliebt ins Ohr.

Meine Hand wanderte erneut an meine Nase, doch war von seinem Geruch der letzten Nacht nichts mehr übrig geblieben. Eine Auffrischung stand erfreulicherweise kurz bevor.

Kapitel 1

Besser hätte der Tag nicht beginnen können. Begeistert fing ich an, in meine Bettdecke zu beißen. Eine merkwürdige Angewohnheit, die mich immer wieder überkommt, wenn es mir besonders gut geht. Am liebsten hätte ich geschrien. Also tat ich es auch. Ich rief Undine begeistert an und kreischte ihr meine gute Laune ohne Vorwarnung ins Ohr. Nun war auch meine beste Freundin hellwach. Meine Verzückung musste einfach raus! Nachdem ich die letzte Nacht noch einmal Revue passieren ließ und Undine berichtet hatte, was passiert war, ohne dabei zu sehr ins Detail zu gehen, nahm sie mir meinen morgendlichen Überfall nicht mehr krumm.

Noch immer überdreht ließ ich mir im Anschluss an unser Gespräch ein Bad ein, um zu sphärischer Musik von Enya ein wenig zu entspannen. Innerliche Ruhe wollte sich trotz der angenehmen Wärme nicht einstellen. Völlig aufgeregt malte ich mir aus, wie der gemeinsame Abend an der Seite des Spaniers verlaufen würde.

Zudem stand natürlich wieder die Outfit-Frage im Raum. Meine blonden Haare schienen dem Dunkelhaarigen bestenfalls bedingt gefallen zu haben, dennoch hielt ich es für übertrieben, zum Hauptbahnhof zu fahren und mir eine Tönung zu besorgen. So, wie es im Augenblick aussah, schien auch trotz des optischen Makels alles nach Plan zu laufen. Endlich! Wie lange hatte ich darauf gewartet.

Das Mittagessen mit meiner Mutter war sehr nett. Ich plauderte bei Pizza Funghi und Bruschetta sogar ein wenig von der nächtlichen Begegnung, denn mein Gefühl weckte die Hoffnung in mir, in dem Kanaren einen Mann gefunden zu haben, den ich nicht so schnell wieder gehen lassen würde. Darüber hinaus fiel es mir schwer, mich auf etwas anderes zu konzentrieren. Mit leuchtenden Augen lauschte meine Mum der Story, bei der ich immer wieder den Akzent des Spaniers nachahmte.

„Das klingt ja drollig", freute sie sich darauf, Juan vielleicht selbst einmal kennen zu lernen.

Meine Offenheit ihr gegenüber zahlte sich aus. Im nächsten Moment beichtete sie mir verlegen, dass sie seit wenigen Wochen ebenfalls neu verliebt sei: „ Das ist aber alles unbedingt top secret, weil Dietrich verheiratet ist", ermahnte sie mich zur Verschwiegenheit.

Es konnte ja nicht jeder so ein Glück haben, wie ich. Wenn meine Mutter sich für eine Affäre nicht zu schade war und ihr der über zehn Jahre ältere Mann gut tat, sollte es mir recht sein. Immerhin waren seit der Scheidung von meinem Vater schon fünfzehn Jahre vergangen. So ausgelassen und zufrieden hatte ich sie jedenfalls schon lange nicht gesehen. Zur Feier des Tages ließ ich es mir nicht nehmen, ausnahmsweise selbst die Rechnung zu begleichen.

Pünktlich um halb sechs drückte ich die Klingel des Altbaus in der Kurzen Straße. Vorab war ich zwanzig Minuten durch die umliegenden Straßen gerannt, weil ich zu früh losgefahren war, um mich unter keinen Umständen zu verspäteten.

Die Gegend um die Musikhalle herum war mir noch aus meiner Ausbildungszeit im Fundbüro bekannt, das nur wenige Minuten von Juans Wohnhaus entfernt war. Der Tür-Summer wurde betätigt, ohne dass jemand sich vorab über die Gegensprechanlage meldete.

Schnellen Schrittes stieg ich die steile Treppe empor. Jede Stufe brachte mich ein kleines Stück näher an mein Ziel. Im zweiten Stock erwartete Juan mich bereits am Wohnungseingang und lächelte mir entgegen. Er trug eine mittelalterliche, lange Unterhose. Ein naturfarbenes Hemd mit weitem Ausschnitt rundete die überraschende Landburschen-Erscheinung ab. Es fehlten nur noch ein Strohhut und die Sense in der Hand.

In meinem stylischen Duran Duran-Look, dem schwarzweiß gestreiftes Torwarthemd und der dunklen Jeans und dunklem Sakko, wirkte ich sicherlich ein wenig steif und overdressed. Abgesehen davon, dass ich dies zum Anlass nehmen würde, mich schnellstmöglich meiner Textilien zu entledigen, fühlte ich mich trotz der optischen Unstimmigkeit selbstsicher und begehrenswert.

Mit einem langen Kuss auf den Mund wurde ich gebührend empfangen.

Da war er wieder: Der vertraute, würzige Geruch der letzten Nacht. Ich atmete seinen Duft tief ein und umarmte meinen Gastgeber fest.

„Bist du eigentlich allein?“ fragte ich Juan, als ich die vielen aufgereihten Paar Schuhe im Flur bemerkte.

„Normalerweise wohne ich im Haus nebenan in ein kleines Zimmer von Freunden, aber hier haben wir mehr Ruhe", grinste er mich feurig an und zog mich mit dem Rücken an sich. Seine Lippen kitzelten hinter meinen Ohren. Eine Gänsehaut ließ die Haare an meinen Armen tanzen.

Meine Blicke wanderten durch den Raum. Das, was ich bisher von der Wohnung gesehen hatte, gefiel mir. Antike Möbel kombiniert mit eher spirituellen Figuren. Mehrere Regale mit Büchern ließen auf einen gebildeten Bewohner schließen.

Das angrenzende Schlafzimmer, in dem ein heller Futon einladend auf uns wartete, erweckte als nächstes meine Aufmerksamkeit. Vier Kerzen auf langen Metallhaltern ließen den Raum fast so sehr erstrahlen, wie mein Herz, das durch die Begegnung in der letzten Nacht entflammt war. Ruhige Klaviermusik aus dem CD-Player unterstrich die magische Stimmung. Die lang ersehnte Geborgenheit wurde Schritt für Schritt Wirklichkeit. Es war nur noch eine Frage von Sekunden, bis wir ineinander gekeilt auf der recht harten Matratze des Ex-Freundes landeten.

Es war soweit: Das erste Mal sah ich den Mann, dem ich von der ersten Sekunde an verfallen war, nackt vor mir knien. Seine duftende Haut wirkte trotz winterlichen Temperaturen sonnengebräunt. Ich selbst musste mich damit abfinden an seiner Seite kreideweiß zu wirken, dabei lag der letzte Besuch im Sonnenstudio gerade erst wenige Tage zurück. Auf der Brust wuchsen Juan kurze Haare, die mich kitzelten, während er mit seiner feuchten Zunge über meinen Körper wanderte.

Die silberne Kette, die um seinen Hals baumelte, ließ mich im nächsten Moment zusammen zucken.

Immer wieder wippte der Anhänger unter den leidenschaftlichen Küssen des Spaniers gegen meinen Rücken.

Bemerkenswert war der fast nicht vorhandene Bauchnabel meines Liebhabers. Dort, wo man bei mir fast die erste Kuppe der Zeigefinger versenken konnte, entdeckte ich bei dem Spanier nur eine glatte Stelle in der Größe eines Ein-Euro-Stücks. Es war nicht einmal ein Knoten oder ähnliches zu finden.

„Der sieht ja lustig aus", rutschte es mir verzückt heraus.

Mit seinem kleinen Finger zeigte er auf die Hautstelle, guckte mich kindlich an und meinte: „Magst du es nicht?"

„Doch natürlich. Er ist vor allem praktisch so, weil sich kein Dreck darin sammelt", freute ich mich für ihn und liebkoste neidvoll die nicht vorhandene Wampe. Zügig arbeitete ich mich weiter in Richtung seiner mich magisch anziehenden Erektion. Genüsslich spielte ich daran herum, während sich seine großen Hoden zufrieden im Einklang mit meinen Bewegungen auf und ab bewegten. Wie hypnotisiert verlor ich mich im körperlichen Einklang bis Juan sich überraschend aufrichtete, mein Hinterteil mit beiden Händen umschloss und etwas mir Unerklärliches tat. Es dauerte eine Weile, bis ich begriffen hatte, was passierte.

Vom niedlichen Gesicht meines Dates war nichts mehr zu sehen.

Juans Zunge wanderte von den Oberschenkeln über die Lenden, um im nächsten Moment in meine Rosette einzutauschen.

Ich wusste nicht, was ich davon halten sollte und verkrampfte mich, während ich lustvolles Schnaufen und Schmatzen von der Stelle vernahm, die sonst ganz andere Töne von sich gab. Als Landei konnte ich eine gewisse Naivität wohl nicht leugnen. Jedenfalls wäre mir nie die Idee gekommen, dass es Menschen gibt, die sich so etwas freiwillig antun und dabei auch noch Spaß haben. Juans Vorliebe machte mich stutzig. Seine anschließenden Küsse erwiderte ich nur noch halbherzig. So, wie es aussah, war ich tatsächlich an einen Perversen geraten. Wer hätte das gedacht. Für einen Augenblick fragte ich mich, ob so etwas in Spanien vielleicht normal sei? Andere Länder, andere Sitten.

Während der fremde Körper sich wild in Lust und Bewegung verlor, lag ich ganz still da. Es gefiel mir, meine Erektion auf seiner zu spüren, doch stand ich noch immer unter Schock.

Juan kam mit lautem Atmen über mich und kurze Zeit später war auch ich trotz Irritation soweit. Die warme Dusche hatte es geschafft, für den Augenblick meine negativen Gedanken beiseite zu schieben.

„Du bist so ein süßes Kükemann", lachte mich das entspannte Gesicht über mir an.

„Was? Wie hast du mich genannt?" fragte ich verwundert nach.

„Kükemann. Du hast doch so gelbe Haare, wie ein kleiner Küken. Ein Pollito sagt man dazu auf Spanisch", erklärte der niedliche Perverse mir seine originelle Wortwahl.

Sofort schaffte er es durch seine herzliche Art, dass ich ihm wieder völlig ergeben war.

Ohne zu überlegen küsste ich ihn, wenngleich sich das Hinterfragen des Speichelgeschmacks nicht komplett ausblenden ließ. Was soll´s.

Es war ja immerhin mein eigener Arsch gewesen, beruhigte ich mich selbst.

Etwa eine halbe Stunde später reichte Juan mir eine lange Unterhose seines Ex-Freundes. Wir zogen uns an und lümmelten uns mit einer Flasche Rotwein vor den kleinen Fernseher, um Mutter Beimer und ihren Nachbarn in die Wohnungen zu gucken. Die „Lindenstraße" krönte unseren ersten gemeinsamen Abend. Eng aneinander gekuschelt starrten wir die nächsten dreißig Minuten auf den Bildschirm.

Ich konnte mein Glück kaum fassen: Da kam also ein sexy Mann, den vermutlich die halbe Bevölkerung begehrte, vom anderen Ende der Welt nach Hamburg, um deutsch zu praktizieren und ausgerechnet ich wurde vom Universum auserwählt, angeschmiegt an dem begehrenswerten warmen Körper zu liegen und seine sexy Eier in meiner Hand halten.

Wäre da nur nicht Juans perverse Neigung, dem Kükemann den Po lecken zu wollen. Es war mir einfach nicht möglich, das eben Erlebte auszublenden.

Kapitel 2

Der angenehm warme Wasserstrahl meiner alten Dusche ließ mich den eisigen Schneeregen vergessen, durch den ich mich mit vollem Körpereinsatz von der U-Bahn bis zu meiner Wohnung gekämpft hatte. Immer wieder versuchten orkanartige Windböen, mir den Regenschirm aus der Hand zu reißen. Fast wäre ich in Höhe der Bäckerei vom Fußweg auf die viel befahrene Straße geweht. In letzter Sekunde klappte ich meinen Knirps zusammen und gab mich der Witterung geschlagen. Ich war längst bis auf die Haut durchnässt, als ein rasender Leichenwagen an mir vorbeidüste und mich durch rücksichtsloses Gasgeben mit einer schneidend kalten Fontäne Pfützenwasser übergoss.

Weiche Schaumschäfchen rutschten aus meinen shampoonierten Haaren über meine nackte Brust, an der eben noch die klatschnassen Klamotten klebten, die nun zum trocknen über der Heizung im Schlafzimmer hingen. Flink griff ich mir ein paar der gut riechenden Luftbläschen, um den Duft noch einmal bewusst zu erforschen, denn bis auf die Dotterfarbe hatte der Inhalt des Eiershampoos recht wenig mit meiner Assoziation eines solchen Haarwaschmittels zu tun. Es roch eher blumig als säuerlich. Zudem diente es sicherlich nicht, wie man eigentlich annehmen sollte, der speziellen Reinigung hängender Genitalien. Dessen ungeachtet wanderten meine eingeseiften Handflächen auf direktem Weg zwischen meine Beine.

Schließlich musste alles sauber sein, wenn Juan zu späterer Stunde meiner Wohnung den ersten Besuch abstattete. Schon der Gedanke an den feurigen Spanier erregte mich. Jetzt bloß nicht das Pulver verschießen. Stark sein und durchhalten. Ich nahm erneut eine Portion Duschgel aus der Plastikflasche und führte meine Finger an mein Hinterteil. Dieses Mal wollte ich gut vorbereitet sein, falls der animalische Gast seiner Neigung wieder freien Lauf lassen würde.

Besonders intensiv hatte ich mich in der Vergangenheit noch nicht mit Reinigung meines Enddarms beschäftigt. Wozu auch? Mit schmerzverzerrtem Gesicht führte ich die eingeseifte Spitze meines Daumens in mich ein. Das war einfach nicht meine Welt. Nach mehrmaligen Hin- und Her war es erträglich, hatte aber aus meiner Sicht rein gar nichts mit Spaß zu tun. Menschen, die diese Körperöffnung benutzten und womöglich noch Sexspielzeuge darin verstauten, waren mir suspekt. Weitaus angenehmer war das Gefühl, als ich mir anschließend den sprudelnden Duschkopf an die Rosette hielt, um den Schaum wieder loszuwerden. Eines hatte ich jedoch nicht bedacht: Wie um Himmels Willen sollte ich das schmierige Zeugs aus dem Arsch bekommen? Mit gespreizten Beinen nahm ich in der Badewanne Platz und hielt den Schlauch an mein Hinterteil. Ob das vorsichtige Abwaschen reichen würde? Nicht, dass der abnormale Spanier später Seifenblasen durch meine Wohnung pustet. Eigentlich wollte ich ihm mit meiner Vorbereitung Gutes tun, doch nun war ich mir gar nicht mehr so sicher, dass Richtige getan zu haben. Vielleicht war es gerade der naturbelassene Geschmack, der seine Begeisterung ins unermessliche steigen ließ? Man weiß ja nicht, was in den Köpfen von so abstrus gepolten Leuten vorgeht. Nun war es jedenfalls zu spät. Auch ein Drucktest meines Darms signalisierte mir, dass hier so schnell nichts zu erwarten war. Und warum in aller Welt sollte ich mir weiter die Birne darüber zerbrechen. Schlimm genug, dass das Thema mich seit unserem letzten Aufeinandertreffen nicht mehr losließ.

Kurz nachdem ich mich parfümiert und die hellblonden Strähnen mit etwas Haarwachs in Form gebracht hatte, klingelte es an der Tür. Nur eine Minute später stand Juan in Jeans und schwarzer Lederjacke vor mir. Wortlos machte er einen Schritt auf mich zu und umfasste mich mit seinen eiskalten Händen. Ich drückte ihn an die Wand meines Flurs und presste meine Lippen auf seinen Mund. Nach und nach wanderte ein Kleidungsstück nach dem nächsten auf den roten Teppichboden.

Anders als bei Besuchern, denen zuvor ähnliches widerfahren war, ließ ich mich ganz von meiner Lust steuern, ohne dabei darauf zu achten, eine gute Figur abzugeben. Es war mir nicht wichtig, die Kontrolle zu behalten oder zu beeindrucken.

„Du hast eine schöne Wohnung. Wo ist der Bett?" grinste Juan und ließ sich von mir ins Schlafzimmer ziehen.

Wie erwartet, dauerte es nicht lange, bis die dunklen Schäfchenlocken des oralfreudigen Spaniers zwischen meine Pobacken wanderten.

Glücklicherweise schien dem Feinschmecker nichts Verdächtiges aufzufallen.

Jedenfalls ließ er sich nichts anmerken. Es war erstaunlich, wie sehr Juan der orale Tiefgang anmachte. Aufgeregt schleckte er an mir, während seine Hand sich in meiner hellgrünen Bettwäsche verkrampfte. Derartige Begeisterung konnte ich persönlich höchstens für Mousse au Chocolat oder Milchreis mit Zucker und Zimt aufbringen.

„Hol mal zwischendurch Luft", ermahnte ich ihn, da ich befürchtete, er würde gleich in Ohnmacht fallen. Trotz der körperlichen Vorbereitung konnte ich eine gewisse Angst nicht verdrängen, sein Zungenspiel könne nur als Vorspiel für vermutliche Steckspiele dienen, doch blieben meine Befürchtungen bis auf weiteres unbegründet. Während ich in Wickeltisch-Position auf dem Rücken lag, verdrehte ich den Kopf soweit ich konnte, um auch meinem Gast Gutes zu tun. Selbstverständlich galt meine Aufmerksamkeit allein der vorderen Körperhälfte.

Der Mann, auf den ich so lange gewartet hatte, war ein richtiger Kerl, der wusste, was er wollte und gern die Führung im Bett übernahm. Gegenseitiges Begehren und Verwöhnen ließ keine Wünsche offen. Dennoch kreisten meine Gedanken immer und immer wieder um das Tabu-Thema Arschlecken. Seit dem ersten Schleck-Treffen überschattete dieses Verlangen meine Entscheidung, mich endgültig auf Juan einzulassen. Meine Überlegung, ob ich mich dauerhaft mit dieser Vorliebe anfreunden konnte, brachte mich zu keinem guten Ergebnis. Nie und nimmer könnte ich darüber hinwegsehen und jemanden mit einem derartigen gesellschaftlichen Defizit wirklich lieben. Verwundert über meine eigene Engstirnigkeit, hielt ich mir noch einmal die Vorzüge des Spaniers vor Augen. Angefangen bei seinem schönen Schwanz und seiner niedlichen Art, beeindruckte mich, wie er so einfach in ein fremdes Land gezogen war. Fernab von Familie und gewohnter Umgebung. Zugegebenermaßen gab es einen anderen Mann, der wahrscheinlich der Auslöser für diesen großen Schritt gewesen war, doch trotz Trennung ließ er sich nicht von seinem Vorhaben abhalten, sein Leben in Hamburg nach Plan fortzusetzen.

Viel wusste ich nicht gerade über Matthias Apel, den Typen, der über ein halbes Jahr mit meinem neuen Freund zusammengewohnt hatte. Nähergekommen waren sich die beiden während eines Urlaubs in Granada. Aus irgendeinem Grund schien Juan das Thema Ex-Freund nicht gerade dazu ermutigen, ein wenig aus dem Nähkästchen zu plaudern. Mein Eindruck von ihm war alles andere als positiv. So wie es schien, war der abgelegte Liebhaber ein Schwein sondergleichen. Er roch meistens nach Schweiß, ließ benutzte Töpfe und Geschirr wochenlang in der Küche vor sich hingammeln und auch die verdreckte Toilettenschüssel wurde nicht geputzt. Bei Juans sexueller Vorliebe konnte man sicher davon ausgehen, dass Matthias Hinterteil bis vor kurzem der sauberste Fleck seines Körpers war.

Die gemeinsame Wohnung schien, entgegen meines ersten Eindrucks an unserem Fernsehabend, normalerweise ein Dreckloch zu sein. Neben der Arbeit für die Universität und das Besuchen von Vorlesungen kostete es Juan die meiste Zeit, seinem Partner hinterherzuputzen. Ich konnte mir den Spanier genau vorstellen, wie er mit Gummihandschuhen fluchend mit der Klobürste hantierte und entsetzt und angewidert das Gesicht verzog.

Er hatte so eine anschauliche und drollige Art, Situationen so zu erzählen, dass man fast das Gefühl hatte, dabei zu sein.

Zu guter Letzt hatte Juan nach sechs Monaten die Nase gestrichen voll vom Dreck und zog mit Sack und Pack zu Markus Wiesenbrinck ins Nachbarhaus. Jedenfalls war dies die Version des Spaniers. Kurze Zeit später fiel mir jedoch ein, dass der Neubürger sich bereits im August unter der anderen Anschrift im Einwohneramt angemeldet hatte. Ein wenig verunsichert grübelte ich darüber nach, ob Juans Ausführungen tatsächlich der Wahrheit entsprachen. Erzählen konnte er viel.

Am Ende waren die beiden vielleicht noch gar nicht getrennt und meine Person diente nur als Krisenkitt? Schnell erstickte ich den negativen Gedanken im Keim.

„Leider wir sehen uns nicht mehr wieder vor zwei Wochen“, meinte der Spanier, als er nach unserem wilden Sex aus meinem Badezimmer zurück kam und neben mich ins Bett kroch. Na, wer sagt es denn. Sicherlich will er mich auf Abstand halten, ärgerte ich mich innerlich, bevor er weitersprach.

„Ich besuche einen kranken Freund in Spanien. Er hat ein kaputtes Herz und ist ins Krankenhaus.“

„Das ist ja schade. Du kannst dich ja melden, wenn du wieder da bist, ja?“ entgegnete ich bewusst emotionslos. Ich wollte irgendwie neutral bleiben und nicht zu viel Nähe aufbauen, denn die ganze Geschichte war mir noch ein wenig zu verworren.

Mein Herz und der Verstand zogen nach wie vor in unterschiedliche Richtungen.

„Gern würde ich hierbleiben. Mit dir. Aber es ist mein bester Freund!"

Mit seinen süßen Augen und seiner niedlichen Aussprache umgarnte er mich.

„Ich werde mich auf dich freuen", ließ ich ihn wissen, bevor meine Hände ihn erneut an mich zogen.

„Du guckst jetzt mal nicht. Augen zu. Los!" befahl mir mein Freund.

Nach einem kurzen, warmen Kuss wartete ich gespannt auf das, was nun folgen würde. Juans Atmen war noch immer ganz nah an meinem Gesicht. Nun war er so nah, dass ich die Wärme seiner Wangen spüren konnte. Seine Wimpern erreichten meine Augen und streichelten liebevoll über mein geschlossenes Lid. Obwohl es im ersten Moment kitzelte, fühlte ich, wie mir eine Gänsehaut den Nacken herunter kroch, sodass sich die kleinen, blonden Haare an meinen Unterarmen aufstellten.

„Du hast ja eine Menge Sachen drauf, die ich noch nicht kannte", freute ich mich.

„Man nennt das Butterfly Kiss. Kanntest du es noch nicht, du Kükemann?" strahlte er stolz, mir etwas Neues beigebracht zu haben.

Unsere Verabschiedung war innig und herzlich. Ich genoss den nicht enden wollenden Zungenkuss im Treppenhaus, obwohl mein Gefühl mir sagte, dass ich Juan vielleicht nie wiedersehen würde. Vielleicht wollte ich gerade deshalb den Augenblick genießen und in die Länge ziehen. So, wie es war, war es gut gewesen. An eine gemeinsame Zukunft wollte ich nicht denken.

Wieso sollte ich mich dauerhaft mit ihm einlassen? Wer wusste, was am Ende neben seiner Vorliebe für Enddärme sonst noch alles ans Tageslicht kommen würde? Zudem hatte ich immer noch keine Klarheit, was seinen Ex-Freund anging. Und was würde ich überhaupt tun, wenn er von heute auf morgen beschließen würde, wieder zurück nach Spanien zu gehen?

Seine Lebensplanung würde ihn nach erfolgreichem Studium sicherlich zurück ins Land der Menschen mit komischen Sexualpraktiken zurückführen. Was würde dann aus mir werden?

Es waren einfach zu viele Dinge, die gegen eine dauerhafte Beziehung sprachen. Nicht von der Hand zu weisen war auf jeden Fall die Tatsache, dass er für zwei Wochen außer Landes war. Die Chance, mich vollends auf mein eigenes Leben zu konzentrieren, musste beim Schopf gepackt werden.

Kapitel 3

Ich machte weiter, wo ich vor meiner nächtlichen Darkroom-Begegnung mit Juan aufgehört hatte. Hier ein Flirt bei einem leckeren Mandelhörnchen im Café Gnosa und da ein Minuten-Quickie auf der öffentlichen Toilette am Altonaer Bahnhof. Auch vor dem Abschleppen eines Mittvierzigers, der mir in der Schwimmhalle gerade recht kam, machte ich nicht halt. Der blonde Mann, der trotz gemeinsamen Duschen penetrant nach Joop Parfum roch, wäre mir auf der Straße sicherlich nicht aufgefallen. Was mir an ihm gefiel, war die Art, wie er mich ansah und geradezu anhimmelte. Allein die Tatsache, dass er mir das Gefühl gab, ein Sexgott zu sein, öffnete ihm letztendlich die Tür zu meiner Wohnung. Die Empfindung wirklich begehrt zu werden und vielleicht sogar einer der besten Liebhaber zu sein, die dieser Mann seit Jahren in die Finger bekam, war eine Schwäche, die mich manchmal Dinge tun ließ, für die ich mich im Nachhinein ohrfeigen konnte.

Wie wir so auf meinem Bett lagen und der ausgehungerte Herr mit den grauen Schläfen sich über meinen schlanken Körper hermachte, hob ich fast wie von Geisterhand geführt meinen Po nach oben.

Der Fremde nutzte die Chance, mir einen lauten Klaps auf das stramme Hinterteil zu geben. Erst jetzt realisierte ich, was soeben unterbewusst in mir vorgegangen war. Leicht verunsichert legte ich mich auf den Rücken, damit mein Bewunderer nicht noch auf dumme Gedanken kam.

Mit ein paar Handbewegungen beendete ich das sinnlose Treiben.

Seinen Versuch, mich zum Höhepunkt zu bringen, wehrte ich ab: „Lass mal. Das ist schon ok so."

Was hatte mich nur dazu getrieben, diesen Typen mit nach Hause zu nehmen? Wollte ich wirklich in Zukunft so weitermachen? Mit ein paar unterkühlten Bemerkungen gelang es mir, den Eindringling ohne viel Gequatsche loszuwerden, was ihn jedoch nicht davon abhielt, sich nach meiner Telefonnummer zu erkundigen.

„Ich habe eigentlich einen Freund", log ich ihm entschuldigend ins Gesicht und knallte erleichtert die Wohnungstür zu, bevor er einen weiteren Versuch starten konnte, sich anzubiedern.

Die Aussage mit dem Freund war vielleicht gar nicht so abwegig. Immerhin war die Geschichte mit dem Spanier noch nicht offiziell beendet. Konnte man denn überhaupt etwas beenden, was noch gar nicht thematisiert wurde? Meine Gedanken kreisten bereits wenige Tage, nachdem Juan nach Granada geflogen war, nicht mehr um ihn. Die Zahnbürste, die er bereits bei seinem zweiten Besuch erwartungsvoll mitgebracht hatte, verbannte ich in das Flurregal hinter der Klotür, in dem meine Wimpernzange, Pinzette und der Rasierapparat auf den nächsten Einsatz warteten. Am liebsten wäre der Kanare gleich über Nacht geblieben, doch musste ich ihn mit der Unberechenbarkeit meines Magens konfrontieren. Eine gemeinsame Kuschelnacht mit ernüchternden Folgen wollte ich nicht riskieren.

Umso überraschter war ich, wie schnell zwei Wochen Auslandsaufenthalt vorüber gehen konnten, als sich Juan wie aus heiterem Himmel per Telefon bei mir meldete: „Ich bin´s. Dein Kükemann zurück aus Granada", freute er sich.

„Hast du dir etwa die Haare blond gefärbt oder warum sind wir nun beide Kükemänner?" grinste ich in den Hörer.

„Nein noch nicht. Aber ich will mit dir in dein Nest kommen", spielte er weiter den Süßen.

„Na gut. Wann kannst du hier sein?", fragte ich ohne weiter über mein eigentliches Vorhaben nachzudenken.

„Um Viertel vor Sieben kann ich bei dir sein. Ist das gut für dir?"

Und ob es das war. So blieben mir noch fast zwei Stunden Zeit aufzuräumen, ein paar Kleinigkeiten einzukaufen und in meinen Hinterteil klar Schiff zu machen.

Irgendwie beeindruckte mich, dass Juans erster Gedanke nach seiner Rückkehr mir galt. Ob es Liebe war, die ihn auf direktem Weg in meine Arme trieb? Die Trennung hatte uns allem Anschein nach nicht so weit voneinander entfernt, wie ich es mir vorgestellt hatte. In meinem Herzen loderten Flammen, deren anfängliches Züngeln fast unbemerkt darauf lauerten, endlich entfacht zu werden. Mit einer wohligen Wärme in der Magengegend machte ich mich an die Arbeit.

Pünktlich um achtzehn Uhr dreißig waren Wohnung und Hinterteil blitzblank.

Ich legte meine Lieblings-CD von Rosenstolz ein und kontrollierte zum wiederholten Male mein Aussehen im Spiegel meines Schlafzimmerschranks, denn nur dort hatte ich die Möglichkeit, mich von Kopf bis Fuß zu betrachten. Kurz steckte ich den Finger noch einmal hinten in die Unterhose und schnupperte daran. Alles frisch und blumig. Juan konnte kommen.

Die Zeit verging, doch das erwartete Klingeln ließ auf sich warten. Enttäuscht legte ich mich aufs Sofa und stellte einen Musiksender an. Unpünktlichkeit konnte ich noch nie ertragen. Mir selbst fällt es doch auch nicht schwer, rechtzeitig loszukommen, wenn ein Termin ansteht. Im Gegenteil. Normalerweise kam ich sogar früher als vereinbart.

Ein halbe Stunde später schellte es am Hauseingang. Meine Stimmung war inzwischen auf dem Nullpunkt, was Juan ohne weiteres an meinem Gesichtsausdruck ablesen konnte, als er drahtig die Treppe nach oben sprintete.

„Mein Kükemann. Hallo! Endlich mal wieder. Was ist denn mit dir?" wunderte er sich.

„Du wolltest doch um Viertel vor Sieben hier sein", knallte ich ihm vorwurfsvoll an den Kopf.

„Aber das bin ich doch auch", guckte er verstört auf die Uhr.

„Dann geht deine Uhr wohl falsch. Es ist schon gleich zwanzig nach", nölte ich lustlos.

Juan stammelte etwas auf Spanisch und wurde sichtlich verlegen.

„Ich kann mir nicht richtig merken. Viertel vor und viertel nach. In Spanien es ist genau andersherum."

Wieder brabbelte er Worte wie „medio" und „menos" leise vor sich hin.

„Ich kann nicht so gut deutsch. Es tut mir leid", guckte er mich mit großen, traurigen Augen an.

So ein kleiner Trottel. Anscheinend hatte er wirklich ein paar Nachhilfestunden in deutscher Uhrzeitkunde nötig. Mir war es nun ein wenig unangenehm, ihn wegen so einer Kleinigkeit etwas zickig empfangen zu haben, nachdem wir uns so lange nicht gesehen hatten.

Flink schlüpfte mein Freund aus seiner schwarzen Lederjacke, öffnete den dicken Rucksack und holte ein kleines Geschenk heraus, das in grünes Papier eingewickelt war.

„Du magst grün mein weißer Schatz? Du hast viel in diese Farbe in deine schöne, warme Wohnung", stellte mein Gast aufmerksam fest.

Neugierig wickelte ich mein Mitbringsel aus. Zum Vorschein kam eine kleine, kitschige Porzellanfigur in Gestalt eines dicken Kükens mit kariertem Kopftuch.

„Wie niedlich!" lachte ich etwas irritiert. Was zählte, war schließlich die nette Geste und nicht das hässliche Ding in meiner Hand.

Allein Juans funkelnden Augen, die im Wechsel mich und das abscheuliche Geschenk ansahen, waren es wert, das kitschige Deko-Tier erfreut in Empfang zu nehmen.

Obwohl ich die letzten beiden Wochen fast vergessen hatte, wie einzigartig dieser Mann war, war dies der Zeitpunkt, mir endgültig einzugestehen, dass ich ihm völlig ergeben war.

Noch im Flur entledigten wir uns unnötiger Klamotten, marschierten zufrieden Hand in Hand ins Schlafzimmer und studierten unsere Körper. Mit ganzem Gewicht drückte ich mich auf den warmen Spanier und trotzdem hätte ich gern noch zwanzig Hände mehr besessen, um jeden Fleck seiner weichen Haut zu spüren. Unsere innigen Küsse wurden immer leidenschaftlicher. Mit einem lustvollen Grinsen ertappte ich mich dabei, mich tatsächlich auf Juans gekonntes Zungenspiel zu freuen. Das erste Mal ließ ich meinen feurigen Liebhaber gewähren, ohne dabei, wie bisher, vor Scham im Boden zu versinken. Im Gegenteil: Das feuchte Lecken in meinem sauberen Hinterteil weckte sogar ungeahnte Lustempfindungen.

Kurz bevor ich meinen Höhepunkt nicht mehr zurückhalten konnte, stellte Juan sich auf die Matratze und spritze mir im hohen Bogen von oben ins Gesicht und auf den Oberkörper. Prost! Ein Höhepunkt ganz nach meinem Geschmack.

Glücklich und entspannt hielten wir uns noch lange in den Armen. Der Kanare berichtete gewohnt anschaulich von seinen Unternehmungen der letzten vierzehn Tage in Granada, während ich mich lieber etwas bedeckt hielt, was meine eigenen Aktivitäten anging.

„Ich war ins Krankenhaus bei den Rico, der gerade an sein schwaches Herz operiert wurde.

Ich habe ihn erzählt, dass du musst kotzen, wenn ich bei dir schlafen werde. Er hat so darüber gelacht, dass fast ein Arzt kommen musste, wegen den Herz. Die Maschinen hatten schon gepiept", lachte er überdreht und küsste mir auf die Augen.

Mit etwas Galgenhumor konnte ich sein Feixen gut nachvollziehen. Es musste sich für einen Außenstehenden wirklich äußerst grotesk anhören, was für mich bitterer Ernst war.

Verzückt musterte ich den noch immer kichernden, durchtrainierten Körper neben mir.

„Wenn du willst, dann zeige ich dir mal, wie ich mich übergeben muss!" nahm ich mein Problem nun selbst mit einer ungewohnten Leichtigkeit.

Nach kurzem hin und her ließ ich mich darauf ein, Juan spontan bei mir übernachten zu lassen. Mein Gespür sagte mir, dass es der richtige Zeitpunkt war, ihn mit meiner schwachen Seite bekannt zu machen. Aus dem Keller holte ich eine weitere Bettdecke, die bisher nur selten zum Einsatz kam. Eigentlich nur dann, wenn meine Schwester Karin über Nacht blieb. Für den Fall der Fälle versteckte ich die grüne Plastikschüssel, die ich sonst zum Fensterreinigen benutzte, auf dem Teppichboden unter unserem Nest. Eine mir unbekannte Melodie, die Juan beim Zähneputzen vor sich hin summte, regte zum Träumen an. Gedankenversunken schnuffelte ich an meinem Kissen, als mein neuer Freund nur mit einem Adams Family- Shirt bekleidet in der Tür erschien und mich verliebt musterte.

Nachdem wir uns einfach eine Weile so angesehen hatten, brachte Juan mich mit seiner Feststellung „Guck mal: Pilli ist kalt. Mach mal Platz!" abermals zum Grinsen.

Er kroch unter meine Bettdecke und kuschelte sich verliebt an mich.

„Ich muss aber noch mein Schlafmaske aufsetzen und etwas in die Ohren stecken, damit ich schlafen kann", eröffnete er mir ein wenig verschämt.

Hatte ich gerade richtig gehört? Tatsächlich hielt er ein solches Ding in der Hand. Irgendwie süß, aber total abgefahren. Juan schien immer wieder neue Überraschungen parat zu haben. Langweilig würde ein Leben an seiner Seite sicherlich nicht werden.

Viel war von meinem Kükemann nicht mehr zu sehen, als ich noch einmal meine Augen öffnete, um mich zu vergewissern, dass alles der Wirklichkeit entsprach. Mit Ohrstöpseln würde er die Nacht sicherlich durchschlafen können. Ob die gelben Dinger den Spanier auch vor Würgegeräuschen schützen, würde sich zeigen. Auf jeden Fall konnte sich diese Angewohnheit auszahlen. Ein letztes Mal bewunderte ich das vermummte Etwas neben mir, bevor das Land der Träume auch mich begrüßte.

Gegen zwei Uhr morgens schlug ich die Augen auf. Meine Hand wanderte auf meinen Bauch, doch alles schien ruhig zu sein. Komisch. Die Arme waren weder kalt noch lahm und auch sonst konnte ich nichts Negatives feststellen. Sachte schlüpfte ich aus dem Bett und schlich mich auf Toilette, um meine Blase zu entleeren. Stolz auf mich und meine Verdauung legte ich mich wieder zu meinem Freund. Es war kein Traum sondern Wirklichkeit. Juan lag bebrillt neben mir und atmete so niedlich, dass ich mir selbst den Mund zuhalten musste, um meinen Gast nicht durch verzücktes Kichern zu wecken.

Um halb sieben klingelte der Wecker. Eine viertel Stunde früher als gewöhnlich, damit ich nach dem erwarteten Übergeben ausreichend Zeit gehabt hätte, mich aufzuraffen, um nicht zu spät ins Amt zu kommen. Es ging mir noch immer gut. Ich konnte mein Glück kaum fassen. In Juan hatte ich den ersten Mann nach Ingolf gefunden, neben dem ich aufwachte, ohne auf direktem Weg zur Toilette rennen zu müssen. Die gewonnene viertel Stunde nutzte ich sinnvoll, um Juan mit einem extra-guten Blowjob zu wecken. Daran könnte ich mich gewöhnen, um entspannt in den Tag zu starten.

Wie verabredet legte ich leise meinen zweiten Wohnungsschlüssel und einen kleinen, gelben Zettel mit einem Guten- Morgen- Gruß auf den Couchtisch.

An der Haustür machte ich noch einmal kehrt und krabbelte zu Juan aufs Bett, zog ihm die Schlafmaske ein wenig nach oben und gab ihm einen Butterfly Kiss mit meinen Wimpern.

„Bis nachher“, hauchte ich ihm verliebt ins Ohr.

„Eine schöne Tag“, nuschelte mein neuer Freund so, dass man seine Worte eigentlich nur erahnen konnte.

Bester Laune und ungewohnt fit hüpfte ich die Stufen hinab. Am Himmel begrüßte mich ein herrlicher Sonnenaufgang. Ich setzte meine Kopfhörer auf und steckte meinen alten Walkman, der mir letzte Woche mal wieder aus der Hand geplumpst war, zurück in die schwarze Umhängetasche. Unter schwersten Bemühungen war es mir gelungen, ihn notdürftig mit Klebeband wieder zusammenzuflicken. Nachdem ich die vielen Einzelteile vom dreckigen Asphalt der Carl-Petersen-Straße zusammengesucht und auf meinem Schreibtisch ausgebreitet hatte, grenzte es fast an ein Wunder, dass alles wieder an seinem richtigen Platz gelandet war. Ohne Musik bin ich nur ein halber Mensch.

Ich drückte kräftig die Play- Taste, die sich seit der Notoperation des Gerätes etwas sträubte.

Nach kurzem Rauschen ertönten die ersten Techno-Beats. Eine verzerrte Helium-Stimme lockte die ersten hellen Sonnenstrahlen des Jahres hervor. Zufrieden und selbstsicher begrüßte ich die neue Jahreszeit mit einem erleichterten Blick nach oben.

Ein neuer Abschnitt meines Lebens hatte begonnen. Ich fühlte es ganz genau.

Der Frühling 1996 verzauberte nicht nur die Bäume und Wiesen, sondern erfüllte auch mich und mein Herz mit Sonnenschein. Ich war verliebt.

Kapitel 4

Gespannt drückte ich den Griff der weißgestrichenen Tür herunter. Ein niedliches, kleines WG-Zimmer mit hellem Fenster zur Straße kam zum Vorschein. Ein paar Stofftiere hatten es sich auf dem ordentlich gemachten Bett gemütlich gemacht und blickten mich einladend an. Ich nahm Juan an der Hand und zog ihn neben mich. Dies war also sein Reich. Ein paar Plakate und ausgeschnittene Anzeigen mit halbnackten Männern hingen an den weissen Wänden. Richtig gemütlich war es.

Als ich mich zufrieden nach hinten lehnte, um weitere Eindrücke zu sammeln, berührten meine Haare überraschend etwas Struppiges, was sicherlich nicht die verputzte Mauer war. Irritiert drehte ich mich um. Das weiche Etwas entpuppte ich als ein kleiner Orient-Teppich, den mein Freund schräg über mir an den Putz genagelt hatte.

„Was soll denn der hier?“, entwischte es meinen Lippen.

„Magst du es nicht? Es ist von einen alten Job, wo ich nachts auf ein Teppich-Lager aufpassen musste. Scheiße Job, aber schönes Erinnerung", erklärte Juan, während er liebevoll über das hässliche Ding streichelte.

Zum einen fiel es mir schwer, die vorhandene Begeisterung für die olle Fußmatte nachzuvollziehen, zum anderen freute ich mich, wie viel Enthusiasmus der Spanier auch für unbedeutende Dinge aufbringen konnte.

Im nächsten Augenblick bückte er sich unter sein Bett und kramte eine Kiste mit Kassetten hervor.
„Du magst Musik hören? Ich habe hier viele gemischte Tapes aus meiner Zeit in London."
Das war ja unglaublich. London. Ausgerechnet London. Meine absolute Lieblingsstadt.
Juan hatte für ein Jahr im Stadtteil Clapham Junction bei einem älteren, schwulen Paar gewohnt und abends in einem kleinen Restaurant nahe der Oxford Street sein Geld als Küchenhilfe verdient.
Während ich mich noch über die vielen Gemeinsamkeiten, die uns verbanden, wunderte, las mein Freund die einzelnen Titel des Kassetten vor.
„Willst du Nina Hagen, Blondie oder Alphaville hören?"
Beeindruckt von seinem guten Geschmack, versuchte ich, ihn ein wenig neidisch zu machen, indem ich von zahlreichen Nina Hagen-Konzerten schwärmte, auf denen ich in den vergangenen Jahren gewesen war.
„Die spielt manchmal so lange, dass man nach drei Stunden fast keine Lust mehr hat", grinste ich.
„Mit dir habe ich zu alles Lust. Guck mal", Juan deutete auf seine von einer Sekunde auf die nächste angeschwollene Jeans und umarmte mich. Ohne Rücksicht auf die plüschige Familie neben mir zu nehmen, legte er mich entschlossen auf den Rücken und präsentierte stolz seine männlichste Seite.

Wie ich, liebte Juan es, am Wochenende über Flohmärkte zu bummeln oder entspannt bei einer Schale Milchkaffee in einem gemütlichen Café ausgiebig zu frühstücken. Hierbei gab es allerdings einen kleinen Haken: Spanier stehen für gewöhnlich sonntags nicht vor elf Uhr mittags auf und legen sich gegen späten Nachmittag noch einmal für eine Stunde zum Siesta-Machen erneut aufs Ohr. So lange konnte und wollte ich nicht warten. Da kann man das Stöbern auf einem Trödelmarkt gleich sein lassen, denn nur der frühe Vogel fängt den Wurm.

Die einzige Möglichkeit, den Kanaren morgens aus den Federn zu locken, war ein perfekter Blowjob und somit auch eine Art Frühsport, die mich selbst ausgeglichen und zufrieden in den Tag starten ließ. Da mein feuriger Liebhaber nicht sonderlich begeistert war, wenn sein Körper von oben bis unten von Sperma bedeckt war, rannte er in der Regel direkt nach dem Höhepunkt ins Badezimmer, um Brust und Bauch pingelig sauber zu waschen. Versteh einer die Spanier.

Sein Reinlichkeitsfimmel konnte mich oftmals auf die Palme bringen, denn auch Spucke in größeren Mengen missfiel ihm. Verlor man sich beim Oralverkehr in Lust und Leidenschaft, sollte es einen nicht überraschen, wenn man plötzlich ein Handtuch oder T-Shirt vor die Nase gehalten bekam und man somit vor Verwunderung völlig aus dem Takt gebracht wurde.

„Ih! Alles voll saliva. Wisch das mal weg von mein heiliges Pillermann!“ zerstörte Juan immer wieder den für mich innigen Moment und versetzte mir statt anerkennender Dankbarkeit eine imaginäre Ohrfeige.

Derartige Bemerkungen waren so unmöglich und erschreckend, dass es mir die Sprache verschlug.

Anfangs hielt ich seine Worte noch für einen Scherz, doch verzog der Mann, von dem ich glaubte, er würde auch mich begehren, keine Miene. Entsetzt und verstimmt beendete ich fürs Erste mein Zungenspiel, um mich einem Buch zu widmen oder gekränkt unter die Dusche zu verschwinden. Nichtsdestotrotz konnte ich nicht der aufgestauten Lust in meinen Lenden standhalten und beendete, entgegen meiner Selbstachtung, was ich begonnen hatte.
Sehr viel penetranter und unangenehmer waren ständige Diskussionen über den Geruch meiner Vorhaut. Immer wieder wurde mir vorgehalten, dass meine Eichel stinken würde oder im Vorfeld lehrerhaft aufgetragen, mich vor dem Zubettgehen noch einmal gründlich im Intimbereich einzuseifen.
Ich sehe ein, dass eine mit Smegma übersäte Vorhaut nicht sonderlich lustfördernd ist, doch ist es ganz normal, dass ein Schwanz auch nach Schwanz riecht.
Der Ärger über ein solches Verhalten brodelte oft tagelang in meiner Brust. Der Gedanke daran, dass der Ekel vor meinem Körpergeruch ein Indiz dafür war, seine Liebe in Frage zu stellen, ließ sich nicht dauerhaft verdrängen.
Juans niedliche Art, überzeugte mich allerdings immer wieder aufs Neue, in ihm den Mann gefunden zu haben, mit dem ich mir eine gemeinsame Zukunft ausmalen wollte.
Es war nicht verwunderlich, dass meine Familie und Freunde begeistert von Juan waren. Mit seiner charmanten Art schaffte er es, ein Lächeln in jedes Gesicht zu zaubern.

Was hatte ich doch nur für ein Glück, diesen Kerl an meiner Seite zu haben.
„Das wäre eigentlich auch jemand für mich“, meinte meine Mutter irgendwann mal beiläufig, als wir am Telefon über ihn sprachen. Nachdem sie den Satz vollendet hatte, mussten wir beide laut lachen.

All meine Vorstellungen von einem Freund mit toller Wohnung und geregeltem Einkommen, wurden über Bord gekippt. Dieser Mann bot mir allein durch seine Anwesenheit all das, wonach ich immer gesucht hatte. Juan hatte es nicht nötig, sich anders darzustellen als er war, um Leute zu beeindrucken, so wie Ingolf es immer getan hatte.
Vielleicht überkam mich gerade deshalb immer wieder die Angst, Juan schneller verlieren zu können, als mir lieb war.
„In zwei Wochen fahre ich mit meinem Ex-Freund auf ein schwules Bauernhof an die Ostsee. Wir haben es schon lange gebucht. Es ist nur zwei Tage. Ich habe eigentlich keine Lust mit ihm, aber ich will schwule Kühe und Schweine sehen", beichtete mir mein Freund überraschend, als wir zusammen in der Badewanne plantschten. Natürlich hatte ich kein Problem damit, dass Juan auch mal für ein Wochenende ohne mich unterwegs war. Was mich verwirrte und wurmte, war die Tatsache, dass ich Thorsten bisher nicht kennengelernt hatte. Jeder Versuch, spontan bei ihm vorbeizugehen oder ihn mit ins Kino zu nehmen, wurde abgeblockt.
Bei der Häufigkeit, mit der Juan und ich uns trafen, konnte man sicher sein, dass mein Freund nicht

heimlich zweigleisig fuhr, dennoch war es mir wichtig, den Mann kennenzulernen, mit dem er sich ein Bett teilen würde.
„Ist ok für mich, wenn du bei den Homo-Tieren bist, aber ich möchte Thorsten vorher kennenlernen. Es ist mir wichtig zu wissen, mit wem du wegfährst. Immerhin sind wir nun schon seit sechs Wochen zusammen", versuchte ich meine Gedanken auszudrücken, während mein Finger unter Wasser über seinen behaarten Oberschenkel wanderte.
„Natürlich. Ich werde ihn das sagen, mein Kükemann", erwiderte der Süße mit einem tiefen Blick, wie ein Schuljunge, der sich vor seinem Lehrer erklären musste und stemmte sein Becken nach oben, um seine Bereitschaft zur Kooperation zu demonstrieren.

Bereits am nächsten Nachmittag ließ Juan mir ausrichten, dass Thorsten nicht gewillt war, einen neuen Mann neben seinem Ex-Freund zu ertragen. Er schien ihn nach wie vor zu lieben, was ich natürlich gut nachvollziehen konnte. Dennoch oder gerade deswegen war ich ein wenig sauer und schlecht gelaunt, als mein Partner sich in die schwule Landwirtschaft verabschiedete.
Das ganze Wochenende suchte mich innere Unruhe heim. Was würde passieren, wenn der unbekannte Ex versuchen würde, den Kanaren wieder für sich zu gewinnen? War unsere frische Liebe stark genug, um sich gegen eine langjährige Freundschaft durchzusetzen?
Vielleicht war Thorsten abgesehen von seinem Sauberkeitsdefizit ja ein absoluter Traummann?

Fotos, die ich von ihm gesehen hatte, ließen ihn nicht gerade unattraktiv erscheinen.
Außerdem sprach mein Vorgänger perfekt Spanisch. Ich selbst hingegen kannte nur Worte wie polla, culo, chupa me, chocho peluo und andere Dinge, die man beim Sex einsetzen konnte.
Als dann noch der versprochene Anruf ausblieb, brannte ich vor Wut und Eifersucht. Erst am zweiten Urlaubstag klingelte mein Telefon und Juans unschuldige, liebe Stimme begrüßte mich.
„Ich bin´s. Leider habe ich nur zehn Cent. Es könnte sein, dass…"
Ende des Gesprächs. Ein langes Summen signalisierte, dass die Leitung bereits unterbrochen war.
Typisch. So ein Schussel. Entnervt ließ ich mich auf mein Sofa plumpsen. Das konnte doch wohl nicht wahr sein. Erst lässt mich der Spanier zu Hause versauern und dann hat er nicht einmal genug Münzen parat, um mit mir zu sprechen. Fast hätte ich geschrien, um meinem Ärger über seine Dummheit Luft zu machen.
Zehn Minuten später läutete das Telefon erneut.
„Thorsten hat mich noch mal zehn Cent gegeben. Ich bin gleich wieder weg, aber ich vermisse dich sehr. Es ist…."
Wieder war die Unterhaltung beendet, bevor ich überhaupt etwas sagen konnte. Seine Worte freuten mich, doch hatte ich mir das Ganze ein wenig anders vorgestellt. Weitere Versuche, mit mir in Kontakt zu treten, blieben aus. Mein Telefon blieb stumm.
Erst kurz vor dem Schlafengehen bimmelte es aus meinem Wohnzimmer. Ich hastete von der Küche an den Apparat und meldete mich.

„Sei nicht böse, Kükemann. Es ist alles doof. Es tut mir leid. Ich hatte nicht mehr Kleingeld", buckelte Juan am anderen Ende, sodass er mir schon wieder leid tat.
„Thorsten ist auch schon schimpfig auf mich, weil ich nur von dich rede und bei dich anrufen möchte. Aber ich habe doch Urlaub und die Tiere sind so süß. Ich habe schon dicke Schweine für dich fotografiert, weil die so süß sind, wie du."
„Mach dir keine Sorgen. Ich freue mich auf dich. Genieße den Rest der Zeit, ja?", beruhigte ich den Naturburschen. Erleichtert darüber, dass er mir zuvor keine Möglichkeit gegeben hatte, ihm Vorwürfe zu machen, legte ich mich zurück ins Bett. Mir war es inzwischen ein wenig peinlich, dass ich so eifersüchtig und böse reagiert hatte.
So wie es aussah, gab es keinen Anlass, sich Sorgen zu machen.
Lucas Kükemann Timm schien an diesem Wochenende immerhin das Thema Nummer Eins zwischen Thorsten und Juan zu sein. Was wollte ich mehr.

Unser Wiedersehen feierten wir am Sonntagabend mit heißen Küssen bei einer von Juan gebratenen Tortilla an meinem schwarzen Ikea-Couchtisch und tranken eine Flasche spanischen Weines.
Der wahr gewordene Traum zog wieder in mein Leben ein. Das Wochenende ohne ihn machte mir noch einmal deutlich, wie sehr ich mich inzwischen an ihn gewöhnt hatte.

Juan, der sich regelmäßig an der Universität dem Vertiefen seiner deutschen Sprachkenntnisse widmete, jobbte nebenbei im Büro von Schmidts

Tivoli, einem bekannten, schwulen Theater auf der Reeperbahn. Als „Mädchen für alles“ kopierte der Student Programmabläufe, frankierte Briefumschläge oder sortierte einfach irgendwelche Unterlagen von links nach rechts.
Für mich interessanteste Auswirkung seiner Arbeit war die Tatsache, dass wir immer wieder in den Genuss kamen, Auftritte von Tim Fischer, Georgette Dee, Annie Sprinkle und anderen Bühnengrößen umsonst zu sehen.
Absolut entzückte mich Juan, wenn er deutsche Lieder anstimmte. Sein Vater, der bereits gestorben war, als mein Freund noch ein Kind war, hatte in seiner Schallplattensammlung diverse Stücke von Stars aus Deutschland, wie „Cindy und Bert“ oder den „Kessler Zwillingen“.
Zu meiner Verwunderung kannte der Ausländer weitaus mehr deutsche Schlager als ich selbst.
Mit leuchtenden Augen deckte er sich auf Flohmärkten mit Kindheitserinnerungen ein, die ihm hier in Deutschland zum Schleuderpreis hinterhergeschmissen wurd-en.

Selbstverständlich war es kein Akt, meinen Freund bei dieser Vorliebe auch leicht für Rosenstolz zu begeistern. Ich erinnere mich noch ganz genau an einen Morgen, wo wir im Reihenhaus meiner Mutter übernachtet hatten. Wir liebten uns noch vor dem Frühstück in meinem ehemaligen Zimmer. Bereits vom Badezimmer aus hörte ich, dass Juan eine Rosenstolz-CD eingelegt hatte. Minuten später ertönten die ersten mitgesungenen Zeilen. Während meine Mum das Frühstück in der Küche vorbereitete, saß mein Freund in Gedanken

versunken am Esstisch, hatte das rosafarbene Booklet aufgeschlagen und sang mit seinem zauberhaften Akzent: „Ich bin süüüüchtieg nach dir, doch ich hab´s niecht gewohlt."
Am liebsten hätte ich ihn einfach aufgefressen, so begeistert war ich von ihm.

In diesem Moment war mir klar, dass ich diesen Mann so liebte, wie ich noch nie einen Menschen zuvor geliebt hatte. Ich liebte ihn so sehr, dass ich es nicht in Worte fassen konnte.
Darüber hinaus ließ unsere körperliche Vereinigung keine Wünsche offen und war zudem äußerst abwechslungsreich. Juan hatte ein Talent, mich, der im Bett für gewöhnlich gern den Ton angibt, so zu führen, dass ich mich beim Sex wie eine Bowlingkugel von Position zu Position drehen und wenden ließ.
Er stand auf, legte sich wieder hin, hob mich hoch, küsste mich, steckte auch mal etwas in mich rein und wendete mich, wie ein Brathähnchen auf einem Spieß, ohne dabei die Kontrolle zu verlieren. Es gab Tage, an denen mir richtig schwindelig vom vielen Drehen wurde.

Ich war nie ein großer Fan von Analsex, doch möchte ich nicht auf die Nähe verzichten, die man mit seinem Partner verspürt. Es ist die beste Möglichkeit, tatsächlich Körper und Seele miteinander verschmelzen zu lassen.
Die Aufteilung der Positionen hierbei war von der Natur vorgegeben, denn Juan brachte seinen anatomischen Defekt gewohnt niedlich auf den Punkt: „Ich möchte so gern, aber ich habe so eine

kleine Arschloch. Ich habe schon einen Arzt gefragt, ob man es größer operieren kann, aber es geht nicht" jammerte der Po-Fan Nummer eins sichtlich bewegt.
Die Verengung erklärte auch, warum mein Freund hin und wieder Ewigkeiten die Toilette blockierte und ich selbst nicht nur einmal hippelig mit einer prall gefüllten Blase fast einen Schreikrampf bekam, weil das Klo so lange besetzt war. Zur Not half ein Sprint in den Hintergarten unseres Mehrfamilienhauses, wo vereinzelt Büsche vor den Wohnzimmerfenstern meiner Nachbarn standen und ab und an ein paar Bettlaken zum Trocknen im Wind wehten.

Mit den Wochen hatte ich Gefallen an den Zungenspielen in meinem normal ausgestatteten Analbereich gefunden, der es bei guter Vorbereitung schaffte, Juans großen Schwanz vollständig aufzunehmen, ohne dass ich vor Schmerzen in mein Schnuffelkissen beißen musste, um die anderen Hausbewohner nicht in Angst und Schrecken zu versetzen.

Mein siffiges Kissen hatte mit den Wochen eine ganz neue Funktion: Es diente als Sichtschutz, den ich mir beim Sex auf die Augen legte, um das lüsterne Gesicht meines Freundes nicht ansehen zu müssen. Immer wieder wurde ich von verzückten Lachkrämpfen heimgesucht, wenn ich seine süßen Grimassen und engagierten Blicke beim Liebesspiel bemerkte.
„Lach nicht. Du machst alles kaputt. Halt die Klappe!" regte er sich auf, was meiner guten Laune

dann den Rest gab. Laut prustend biss ich in die Textilware und versuchte, irgendwie stillzuhalten und die Sache zu unser beider Zufriedenheit zu Ende zu bringen.
Aus Zuneigung und Liebe, brach ich mit den Grenzen meiner Toleranz und wanderte an einem Sonntagmorgen mit meinem Mund über Juans leicht behaarten, weichen Pobacken in Richtung Ziel. Langsam und zärtlich ließ ich meine warme Zunge über sein Hinterteil wandern.
Die kurzen, dunklen Locken wurden immer dichter, je tiefer ich mich vorarbeitete.
Da ich wusste, wie körperbewusst mein Freund war, kostete es mich wenig Überwindung, mit meiner Zunge langsam über seine Rosette zu streichen, um vorsichtig mit der angespannten Spitze in ihn einzutauchen, während ich seine Popbacken mit beiden Händen vorsichtig auseinander drückte.
Sein Geschmack entpuppte sich als überraschend neutral. In etwa so, als würde man eine Milchtüte aufbeißen.
Ein genüssliches „ Siiiii!" bestärkte mich darin, engagiert weiterzumachen.

Mit immer schnelleren Bewegungen setzte ich das um, was ich mir bei dem Spanier abgeguckt hatte. Doch was war das? Meine Zunge stieß mit einem Mal auf etwas Merkwürdiges? Ich bemerkte, dass etwas trockenes in meinem Mund und hielt einen Moment inne. Das durfte doch nicht wahr sein. Tausende Gedanken stürzten auf mich ein. Entsetzt guckte ich auf meinen Fang, den ich soeben aus Juans Hintern geangelt hatte. Es war ein kleines

Kügelchen Klopapier, das anscheinend beim letzten Säubern ein wenig zu tief hineingesteckt wurde und erst durch meine Hilfe den Weg in die Freiheit gefunden hatte.
Angewidert schreiend demonstrierte ich dem reinlichen Spanier den Grund meines Unmuts und rannte mit aufgerissenem Mund ins Badezimmer, um das Stück Papier auszuspucken. Ich war kurz davor, mich zu übergeben.
Wieder und wieder spülte ich mit Wasser nach, eilte anschließend zum Kühlschrank und gurgelte mit einem halben Liter Apfelsaft.

Juan schämte sich derweil in Grund und Boden. Als ich wieder im Schlafzimmer erschien, versuchte er, seinen hochroten Kopf unter der Bettdecke zu verstecken.
„Che verguenza. Ich geniere mich so", stotterte er, als er vorsichtig hervorlugte. Ihm waren seine Po-Hygiene und deren Folgen zu Recht äußerst unangenehm.
Im nächsten Augenblick konnten wir herzlich über das Geschehene lachen. Unglaublich, was einem so alles passieren kann.

Es sollten Wochen vergehen, bis ich einen weiteren Versuch unternahm, mich an diese doch recht gewöhnungsbedürftige Sexpraktik heran zu wagen. Zum Glück blieb ich vom Fund weiterer Schätze verschont.

Kapitel 5

Mit dem richtigen Mann an der Seite lässt es sich doch gleich viel besser leben. Juan und ich gewöhnten uns von Tag zu Tag mehr aneinander. Nächte, die wir nicht miteinander verbrachten, bildeten die Ausnahme. Anders als bei meinen vorherigen Beziehungen vermisste ich es nicht, auch einmal ein paar Stunden für mich allein zu sein. Das tolle an der neuen Zweisamkeit war die Erkenntnis, dass keiner von uns dem anderen auf die Nerven zu gehen schien.

Vorbei war die Zeit, in der ich mich allein in Secondhand- CD-Läden und auf Flohmärkten durch anonyme Menschenmassen boxen musste. Ich hatte immer jemanden an der Seite, den ich nach Herzenslust umarmen oder knuddeln konnte, wenn mir danach war. Der Versuch, mich dabei ein wenig zurückzunehmen, um Juan nicht das Gefühl zu geben, er brauche sich nicht weiter anstrengen, um geliebt zu werden, gelang mir dabei nicht immer. Noch heute bin ich der Auffassung, dass gewisse Spielchen einer Beziehung gut tun können. Man nimmt sich aus taktischen Gründen einfach mal ein wenig zurück, um den Partner an seiner Seite nicht auf die Nerven zu gehen. Zum anderen gibt man ihm somit die Chance, sich selbst ein wenig ins Zeug zu legen. Was passiert also, wenn ich nicht von mir aus ankomme? Hat er überhaupt das Verlangen, mich zu berühren? Die Erkenntnis war bis auf Weiteres leider recht ernüchternd: Juan war einfach nicht der Mensch,

der einen umarmt und stundenlang mit mir herumknutschen mochte. Und trotzdem war ich mir sicher, dass auch er mich gern hatte. Normalerweise wurden mir die Spielchen schnell zu anstrengend, denn das Warten auf körperliche Zuwendung, die auch einmal nichts mit Sex zu tun hatte, dauerte meist länger, als mir lieb war. Mein Liebhaber drückte seine Zuneigung lieber durch kleine Geschenke aus, die er beim gemeinsamen Flohmarktbummel für mich kaufte.
Am liebsten wühlte sich Juan durch Kisten mit zehn oder Zwanzig- Cent- Angeboten und erstand kitschige Püppchen, Ringe oder anderes unnützes Zeug, das außer dem Spanier niemanden interessierte. Während er sich begeistert über Spielsachen und Kinderkram hermachte, durchsuchte ich wie ein Besessener verstaubte CD-Stapel.
Aus dem Augenwinkel bemerkte ich schnell, wenn mein Freund versuchte, möglichst unauffällig etwas zu bezahlen, um es mir Minuten später stolz unter die Nase zu halten:
„Ich habe ein Geschenk für dich gekauft", grinste er verschmitzt und versetzte mich dadurch immer wieder in Angst und Schrecken. Was war es diesmal? Ein kleiner Gummifrosch, der Wasser aus dem Mund spritze, wenn man darauf drückte? Vielleicht ein Plüschhase in Bayerntracht? Schlimmer als seine letzte Überraschung, einen Salzstreuer in Form eines Rotkehlchens, könnte es kaum sein. Meine Wohnung stand bereits voll mit kleinen Püppchen, knallbunten Kissen, farbenfrohen Windrädern und Kinderbüchern. Ich musste langsam aufpassen, dass meine Bude nicht zu rummelig oder unordentlich wurde.

„Na. Da bin ich ja gespannt!“ lachte ich gespielt überrascht und rechnete mit dem Schlimmsten.

„Ok. Es ist eine Blödigkeit!“ bestätigte er meinen Verdacht schon im Vorfeld.

Blödigkeit. Ein typisches Wort, das er selbst kreiert hat. Oder ging er vielleicht sogar davon aus, dass es den Begriff wirklich gibt? Mir war es eigentlich egal. Genauso egal war es auch, ob er eine quietschende Gummi-Ente, einen Schlüsselanhänger mit blinkenden Lämpchen oder einen grünen Holz-Kreisel präsentierte. Die Art und Weise, wie er mich mit seiner eigenen Begeisterung für den ganzen Krimskrams glücklich machte, überstrahlte den ganzen Klüngelkram bei weitem.
Selbst wenn ich den Kinderkram die ersten Tage auf die Fensterbank neben mein Bett stellte, um vor dem Einschlafen noch einmal einen Blick darauf werfen zu können, sah ich darin in erster Linie die freudig strahlenden Augen meines Kükemanns.
In unbemerkten Momenten sortierte ich schweren Herzens immer mal wieder ein paar Blödigkeiten aus, und verstaute diese in einen großen Karton in meinem Kleiderschrank, der nun als Schatzkiste diente. Hätte ich nicht rechtzeitig angefangen, der drohenden Verramschung meiner bis vor kurzem noch durchgestylten Wohnung entgegenzuwirken, wäre ich von Fremden sicherlich als „Messi“ abgestempelt worden.

Juan war pausenlos auf der Jagd nach Präsenten für Freunde, denen er etwas aus dem kalten

Deutschland mitbringen konnte, wenn er zu Besuch in seine alte Heimat Gran Canaria fuhr. Dabei erstand er für gewöhnlich nur Dinge, die er am liebsten sein Eigen nennen wollte.

Mein Blick wanderte vom U-Bahn-Fenster über den immer wieder beeindruckenden Hamburger Hafen, als Juan mich von der Seite antippte, um mir seine neuesten Schnäppchen zu präsentieren:
„Guck mal diese kleine Geschirr für einen Puppenstube. Heißt es so?" fragte er mich mit vor Verzücken leuchtenden Augen.
„Genau so heißt es", bestätigte ich ihn und schob gleich ein „Für wen ist denn das?", hinterher.
„Es ist für die Tochter meine Nichte..."
Er hörte auf zu sprechen, nahm eine kleine blaue Milchkanne mit weißen Punkten darauf aus dem Karton und beäugte sie selig. Ein Seufzen entglitt ihm dabei.
„Ich glaube, ich behalte es. Es ist zu schön, zu verschenkt zu werden", grinste er.

Der Spanier meinte es tatsächlich ernst. Zu meinem Entsetzen zog er es anscheinend in Erwägung, die albernen Teller und Tassen zu Hause ins Regal zu stellen. Womöglich würde sich schnell eine ganze Puppenstube samt Belegschaft dazugesellen.
Nach einer kurzen Diskussion hatte ich meinen Freund immerhin soweit, sich die Sache noch einmal zu überlegen. Wo sollte das nur enden. Immerhin war der Mann neben mir fast vierzig Jahre alt. Doch gerade seine kindliche Seite war es, die mich so sehr anzog und faszinierte.

Zu meiner Erleichterung wurde das Puppengeschirr wenige Wochen später in den großen, dunkelblauen Koffer gepackt, den mein Freund abends laut polternd auf den roten Teppich meines Flurs gewuchtet hatte. Mal wieder stand eine zeitliche Trennung bevor. Einen ganzen Monat, in der der Kanare seine Familie in Las Palmas besuchen wollte, würde unsere gerade so florierende Beziehung auf die Probe stellen. Die Gedanken an eine so lange Zeit ohne Juan ließen wenig Raum für Freude. Mir kam diese Reise ganz und gar nicht gelegen. Doch was sollte ich tun? Natürlich war es wichtig, dass er seine Familie, die er nun schon seit fast acht Monaten nicht gesehen hatte, besuchte.
Immerhin war seine Mutter schon Ende siebzig und auch die älteren Geschwister Paco und Carmen sehnten ein Wiedersehen herbei, doch musste ich auch an mich denken.

Was würde passieren, wenn es ihm dort wieder so gut gefiele, dass er am Ende womöglich gar nicht mehr zurück nach Hamburg kommen mochte?
Seiner Liebe war ich mir nach mehreren Monaten schon recht sicher, doch waren vier Wochen eine lange Zeit, die es irgendwie zu überbrücken galt.
Ein letztes Mal liebten wir uns heiß und innig, bevor ich mich am frühen Morgen auf den Weg ins Büro machte. Tief atmete ich den vertrauten Körpergeruch noch einmal ein, um ihn fest in Erinnerung zu behalten. Viel zu schnell hatte ich mich an den drolligen Spanier in meinem Bett gewöhnt. Der Gedanke an einsame Abende vor meinem Fernseher und die kalten Nächte ohne Schlafmaskenmonster neben mir, drückten auf meine Stimmung.

Heimlich hatte ich Juan am Abend noch einen kurzen Brief mit einem aktuellen Foto von mir und dem großen Plüschküken, das er mir vor wenigen Tagen geschenkt hatte, in den Koffer geschmuggelt. Sicherlich würde er mich so noch sehr viel stärker vermissen.
Eine weitere Frage geisterte mir durch den Kopf, nachdem die Wohnungstür hinter mir ins Schloss gefallen war: Wie sollte ich die kommenden Wochen ohne den gewohnt fast täglichen Sex überstehen? Kurz vor Erreichen der U-Bahn-Station war eine Lösung gefunden.
Ein sinnvoller Plan, die einsamen Tage zu nutzen, ließ mich für kurze Zeit meinen Abschiedsschmerz vergessen. Ich wollte eine Sache in Angriff nehmen, die ich schon seit Jahren vor mir herschob:

Ein intimes Problem, mit dem ich mich in meinem Leben irgendwie arrangiert hatte, obwohl es nach wie vor nicht von der Hand zu weisen war: Meine Phimose!
Von Kindheit an war meine Vorhaut zu eng. Zwar fiel es mir nicht sonderlich schwer, sie über die große Eichel zu ziehen, wenn mein Schwanz im normalen Zustand war. Sobald ich allerdings eine Erektion hatte, was bekanntlich ziemlich oft der Fall ist, war es ein Kraftakt, den engen Fleischlappen über meinen Schwellkörper zu ziehen. Geradezu unmöglich war es dann, diese wieder nach vorne zu bekommen, solange meine Erregung anhielt.

Allem Anschein nach brachte dieser Makel noch weitere Probleme mit sich, an denen sich allerdings noch niemand gestört hatte, bevor Juan in mein Leben trat.
„Du stinkst unter deine Vorhaut!“ hörte ich schon seit Beginn unserer Beziehung. Die weißen Smegma- Fussel rund um die Eichel wusch ich täglich weg, doch war es mit Körperhygiene allein-wohl nicht getan.
Ich könnte also durch einem chirurgischen Eingriff zwei Fliegen mit einer Klappe schlagen: Zum einen würde er mir in naher Zukunft das Eintauchen in alle Körperöffnungen ermöglichen, ohne dabei einen Blutstau in meiner Eichel zu bekommen. Zum anderen hätten riechende Geruchsablagerungen kaum noch eine Chance, sich penetrant an mir festzusetzen. Juan und ich hätten somit beide etwas davon. Fakt ist: Ohne Juans ständiges Herumgenöle wäre ich sicherlich bis heute nicht zum Urologen gegangen, um meinen anatomischen Defekt aus der Welt zu schaffen.

Kapitel 6

In den Gelben Seiten stieß ich auf den potentiellen Arzt meines Vertrauens und bekam als Privatpatient natürlich wie gewohnt in derselben Woche einen Termin zum Beratungsgespräch. Die Gemeinschaftspraxis nahe der Hoheluftchaussee wirkte modern.

Die beiden netten Damen am Empfang reagierten neutral, als ich mich flüsternd als Phimose-Patient vorstellte. Steril, spärlich möbliert und vor allem eine begrenzte Anzahl an Sitzgelegenheiten deuteten auf eine kurze Wartezeit hin. Tatsächlich wurde mein Name bereits aufgerufen, während ich noch das Inhaltsverzeichnis der Neuen Revue nach Sex-Seiten durchsuchte. Pech gehabt. Vielleicht bei meinem nächsten Besuch?

In einem kleinen, hellen Raum begrüßte mich der Arzt. Ein Mittvierziger mit - für sein Alter- recht langen, leicht ergrauten, dunklen Haaren. Seine schlanke Figur und die blasse Haut entsprachen voll und ganz dem Bild, das ich mir von einem Urologen gemacht hatte. Meine Blicke fielen immer wieder auf sein linkes Auge, das zur Hälfte von einem hängenden Lid bedeckt war.

Der Doktor wirkte routiniert, freundlich und vor allem stellte er keine unangenehmen Fragen.

Auf sein Bitten hin öffnete ich vor seinem Schreibtisch meine Jeans und packte meinen vor Angst kleingeschrumpelten Penis aus. Die Hose und den Slip zog ich bis zu den Knien herunter und betete zu Gott, dass mein gründlich gereinigtes Geschlecht keine üblen Gerüche absonderte.

Herr Franken schien fast ein wenig enttäuscht, dass im unerigierten Zustand nichts Ungewöhnliches festzustellen war. Während er meine Vorhaut vorsichtig hin und her bewegte, überkam mich für einen kleinen Moment das Gefühl, er würde vielleicht doch die Nase rümpfen, doch bildete ich mir das sicherlich nur ein.
„So auf den ersten Blick kann ich nicht wirklich etwas Auffälliges feststellen“, bemerkte er in einem ruhigen Tonfall.
„Wenn du wüsstest, wie groß mein Schwanz werden kann“, dachte ich, drückte es dann aber doch ein wenig medizingerechter aus.
„Bei einer Erektion kann ich die Vorhaut zwar zurückziehen, doch ist es mir fast unmöglich, sie ohne einen Kraftakt wieder nach hinten zu schieben“, erklärte ich mein Problem.
„Ja. Ihre Eichel ist wirklich recht ausgeprägt", bestätigte Dr. Franken.
Triumphierend sah ich ihn an, wusste allerdings nicht, in welches Auge ich grinsen sollte.
„Heutzutage ist es auch ohne schwerwiegende Missbildungen gang und gäbe, eine Phimose zu entfernen. In Ihrem Fall spricht man da von einer sogenannten „unvollständigen Phimose“ Wir hätten da zwei verschiedene Möglichkeiten, zu helfen.“

Er setzte sich an seinen Schreibtisch, beugte sich zur Seite und kramte in einer Schublade nach einem Stück Papier. Den weißen Zettel legte er auf die dunkle Schreibunterlage und gab mir ein Zeichen, dass ich meine Beinkleider gern wieder hochziehen könne.

Ich setzte mich auf einen der beiden silbernen Metallstühle mit dunkelgrünen Lederbezügen und wartete gespannt darauf, was der Doc mir anzubieten hatte.
Mit einem silbernen Kugelschreiber zeichnete er meinen eben gesehenen Penis auf das Blatt.
Hier und da hätte ich noch ein paar Korrekturen anzubringen gehabt, doch handelte es sich bei der Skizze schließlich nicht um ein erotisches Kunstwerk. Ich biss mir also auf die Lippen und zog es vor, zu schweigen.
Dr. Franken begann mit Variante Eins: Der kompletten Entfernung. Auf dem zweiten Bild erklärte er die sogenannte „amerikanische Variante" der Beschneidung: Bei diesem Akt wird das Stück Haut nur zur Hälfte entfernt. Wie ein Kragen würde die Eichel im oberen Bereich leicht bedeckt bleiben.

Mir fiel ein Stein vom Herzen. An den vergangenen Abenden hatte ich mich schon gefragt, wie ich denn bitte ohne Vorhaut wichsen könne. Meine Gedanken kramten die Erinnerung an einen verzweifelten Postboten im Café Gnosa wieder hervor, der jammernd mit einer Erektion am Pinkelbecken stand und mich mit flehenden Blicken um Hilfe bat: „Die Schweine haben mir meine Vorhaut weggenommen. Magst du dir ein bisschen Seife nehmen und mir helfen?" Ohne zu zögern erfüllte ich seinen Wunsch.
Dank der „amerikanischen Variante" würde ich sicherlich nicht in Toiletten auf die Mithilfe freundlicher Menschen, wie mich, angewiesen sein. Da hätte sich der Postler halt auch besser beraten

lassen sollen. Nun war es zu spät für ihn. Was weg ist, ist weg. Bei Dr. Franken schien ich glücklicherweise an einen kompetenten Mediziner geraten zu sein.
Allerdings wunderte ich mich, wieso mir in der Vergangenheit nie ein amerikanischer Penis untergekommen war? Sicherlich hätte ich mich neidvoll viel schneller zu diesem nun nicht mehr ganz so riskanten Eingriff entschieden. Juans Pillermann hatte auch so ein niedliches, kurzes Stück Haut, an dem ich nach Herzenslust herumspielen konnte. Mein Freund erinnerte sich nicht daran, ob er als Baby beschnitten worden war oder seine Überlappung eine Art Verkümmerung seines Genitales war. Mir gefiel es jedenfalls so, wie es war. Ihm selbst natürlich auch. Meine Entscheidung war gefallen. Nichts konnte mich nun mehr von meinem Plan abbringen.
Die Vorhaut musste gekürzt werden und Juan würde Augen machen, wenn er zurück nach Hamburg kam.
Vier Tage später lag ich auf dem Operationstisch der Gemeinschaftspraxis von Dr. Franken.
Entgegen der bisher gesehenen Zimmer, war der geflieste Raum kühl und steril. Es roch nach Desinfektionsmittel.
Obwohl ambulant an mir herumgeritzt wurde, zog man es vor, mich in eine Vollnarkose zu versetzen. Sicherheitshalber hatte ich früh morgens um fünf noch gewichst, denn laut der zusammengesuchten Informationen aus dem Internet, würde sich die nächsten zehn Tage kaum die Möglichkeit bieten, Druck abzubauen.

Die dürre Sprechstundenhilfe, die mir kurz zuvor ein hellgrünes Papiernachthemd gereicht hatte, platzierte mich auf der kalten Liege. Kurz darauf erschien der junge, gutaussehende Anästhesist und drückte mir eine spitze Kanüle in die Hand. Sein hübsches Äußeres weckte ein letztes Lustgefühl in mir.
„Es ist gleich soweit. Eins, zwei, drei, vier..."
Seine Worte rückten in weite Ferne. Fast fühlte ich mich, als würde ich in Ohnmacht fallen.
Traumlos ließ ich Arzt und Helferinnen an meinem besten Stück herumwerkeln. Ob sie meinen Intimbereich wohl hübsch fanden? Oder interessiert einen so etwas nach jahrelanger Arbeit mit Genitalien sowieso nicht mehr? Ich selbst schämte mich im Vorfeld zumindest nur dafür, dass man mich dazu genötigt hatte, die komplette, gepflegte Haarpracht mit einem Einmal-Rasierer zu entfernen. Der Anblick meines Glatzen-Penis, so ganz ohne Intimfrisur, ließ mich erschauern.

Wie lange der Eingriff dauerte, konnte ich nur erahnen. Irgendwann kam ich langsam wieder zu mir. Mein Blick bohrte sich in die weißgestrichene Raufasertapete. Das grelle Licht der Neonröhren über mir blendete, sodass ich die Augen mehrmals öffnen und wieder schließen musste, bis sie sich an die Helligkeit gewöhnt hatten. Mir war speiübel. Ich wollte etwas sagen, doch die aufmerksame Arzthelferin, die gerade noch neben meiner Liege in einer Zeitschrift geblättert hatte, konnte an meiner verzweifelten Mimik ablesen, was gleich passieren würde. Blitzschnell reichte sie mir eine Schale aus Recycling-Pappe, die ich bis oben hin vollkotzte. Schon allein das Berühren des ekligen Stück Kartons gab mir den Rest. Es stank bestialisch nach halbverdautem Nutella-Brötchen und Medizin. Mein Magen übernahm nach langer Zeit ohne Beschwerden mal wieder das Kommando. Mir ging es unwahrscheinlich schlecht. Nachdem ich mich noch zwei weitere Male erbrochen hatte, lehnte ich mich geschwächt zurück und schloss die Augen lieber wieder.

Erst in diesem Moment fiel mir wieder ein, warum ich eigentlich in dieser sterilen Praxis lag.
Gespannt und ängstlich wanderte meine Hand unter der dünnen Papierdecke zwischen meine Beine. Eine netzartige Unterhose lag wie ein Hauch Seide über der Wunde. Irritiert tastete ich an die Stelle, an der sich am Morgen noch mein Lieblingsspielzeug befand. Irgendetwas war anders, als erwartet. Hatte man meinen Penis tatsächlich in einen Tennisball gesteckt? Bei weiterem Abtasten entpuppte sich die runde Sache als ein langer Verband, den man wieder und wieder um mein bestes Stück gewickelt hatte. Vorsichtig zog ich an dem Baumwollknäuel. Da es einen kleinen Widerstand gab, war ich mir sicher, dass wenigstens der Schwanz noch dort war, wo er hingehörte.
„Soll ich jetzt ihre Schwester anrufen, damit sie nach Hause gehen können?“, erschreckte mich die Frau neben meiner Liege. Hatte sie mich etwa die ganze Zeit beobachtet?
„Ich glaube nicht, dass ich schon aufstehen kann“ antwortete ich verunsichert.
Mein Körper war wie gelähmt. Eine Stunde später erschien die Dame in Weiß erneut und erkundigte

sich nach meiner Transportbereitschaft.
„Ich werde ihre Schwester bitten, in einer Stunde hier zu sein. Wir schließen ja auch bald", ermutigte sie mich, gemeinsam mit Dr. Franken, demnächst vielleicht einmal das Sitzen zu versuchen.
„Es ist alles gut verlaufen. Machen Sie sich keine Sorgen", beruhigte mich der Urologe, bevor er seiner Angestellten einen schönen Feierabend wünschte. Draußen wurde es bereits dunkel.
Hatte ich wirklich so lange vor mich hin gedämmert?
Der OP-Termin war doch schon um neun Uhr morgens gewesen. Nach einem weiteren Nickerchen erschien Karin mit sorgenvollem Gesichtsausdruck in der Tür und half mir so gut sie konnte in Jeans, Pullover und Schuhe. Auf dem Weg zum Fahrstuhl wäre ich fast zusammengesackt. Es fiel mir unwahrscheinlich schwer, aufrecht zu stehen.
„Normal ist das aber nicht, oder?". wunderte ich mich über meine noch immer anhaltende Schwäche und legte mich auf die Rückbank des Ford Fiestas, der glücklicherweise direkt vor dem Ärztehaus geparkt war. Wie ich es im Anschluss in den zweiten Stock meines Wohnhauses geschafft habe, weiß ich kaum noch. Karin steckte mich liebevoll ins Bett, stellte mir zwei Flaschen Wasser auf den Nachttisch und ließ mich allein zurück, damit ich meinen Narkoserausch endgültig ausschlafen konnte.
Auf der Straße war es bereits stockdunkel, als ich wieder zu mir kam. Niemand hatte daran gedacht, die Jalousien zu schließen. Zu allem Übel machte sich nun auch noch meine Blase bemerkbar. Noch immer völlig labil schlüpfte ich aus dem Bett. Es

war ungewohnt kalt in meiner Wohnung.
Auf allen vieren krabbelnd erreichte ich das geheizte Badezimmer, setzte mich auf die Klobrille und löste ganz vorsichtig den Verband. Der Moment der Wahrheit war gekommen. Mit jeder Umdrehung des langen Stück Baumwollstoffs wurde mein Schwanz dünner. Als ich glaubte, noch mindestens fünf Umwicklungen vor mir zu haben, hielt ich überraschend das Ende des Stoffes in der Hand. Zwei blutverschmierte Kompressen plumpsten auf den schwarzweiß gefliesten Fußboden. Entsetzt starrte ich auf das rohe Stück Fleisch, was ich noch vor wenigen Stunden meinen Schwanz nennen konnte. Das, was ich nun zwischen den Fingern hielt, ähnelte einem hässlichen, verbeulten Kastanienmännchen. Mit meinem besten Stück hatte das, was dort zwischen meinen Beinen klebte, so gut wie gar nichts mehr zu tun. Das Häufchen Mett, das eigentlich der Rest meiner Vorhaut sein sollte, sah aus, wie ein aufgeblasener Luftballon, der sich einmal um den verschreckt wirkenden Kopf der Kastanienfigur, meiner Eichel, zog. Dieses geschwollene, quallenartige Etwas hatte in etwa die Dicke von zwei Daumen. Ich schrie beinahe auf, als der erste Schock nachließ und das Geschehende realisierte. Vorsichtig hoben meine Fingerspitzen den heißen Hautfetzen an. Zum Vorschein kamen Fäden, die sich mit aller Kraft bemühten, den entzündeten Mantel der Penisfigur nicht platzen zu lassen.

Unter Schmerzen entleerte ich nach und nach meine Blase. Sehr viel entspannter kramte ich im

Anschluss die vom Urologen mitgebrachte Heilsalbe aus der Manteltasche an der Garderobe, um meine geschundene Männlichkeit vorsichtig damit einzureiben. Ich konnte mir kaum vorstellen, dass die mir von Dr. Franken mitgegebene Tube, noch irgendetwas retten könnte. Mit Tränen in den Augen legte ich mich zurück ins Bett und schaute auf das Foto von Juan, das er mir vor ein paar Wochen zusammen mit einer weiteren Blödigkeit geschenkt hatte. Es war eine Schwarzweiß-Aufnahme, die er für Bewerbungen bei Film-Produktionen hatte anfertigen lassen. Sein niedlicher Blick würde sicherlich entgleisen, wenn er mir nun in die rosafarbene Boxershorts gucken könnte. Hatte ich wirklich das Richtige getan?

Kapitel 7

Die Nachwirkungen der Narkose fesselten mich noch zwei weitere Tage ans Bett. Dass die anhaltende Schwäche nicht ganz normal war, bemerkte ich spätestens, als die Praxis von Dr. Franken alle drei Stunden anrief, und sich nach meinem Empfinden erkundigte.

Zum Glück kam Karin nach der Arbeit noch einmal vorbei und kochte mir Miracoli.

Außer meiner Schwester hatte ich niemandem von diesem doch eher etwas peinlichen Eingriff erzählt.

Erst am dritten Tag nach der Horror-Beschneidung war ich körperlich wieder fit. Die Sprechstundenhilfe der Urologiepraxis war sichtlich erleichtert, als ich morgens in der Tür der Gemeinschaftspraxis erschien. Entsetzt hingegen waren die Blicke von Dr. Jekyll, der meine angeschwollene Vorhaut genauestens unter die Lupe nahm.

„Oh, da haben sich aber ganz schön viele Lymphgefäße gestaut", sprach er mit sich selbst.

Mein Blick fiel wieder auf sein hängendes Augenlid, das ich in diesem Moment für sein Versagen verantwortlich machte. Hättest er doch nur richtig hingesehen, während er an mir herum geschnibbelt hatte.

„Das wird sicherlich noch einige Wochen dauern, aber seien Sie sich sicher, dass alles gut wird. Die ersten Fäden werde ich schon heute ziehen", versetzte er mich erneut in Panik.

Die Schmerzen, die er dem Kastanienmännchen zufügte, hielten sich in Grenzen.

Sowieso hatte ich nicht mehr das Gefühl, das dieser verkrüppelte Fleischklops zu mir gehörte.
Würde ich die Zeit zurückdrehen können: Nie und nimmer hätte ich mich noch einmal für diesen grauenhaften Eingriff entschieden.
Nach weiteren zwei Wochen war kaum eine Besserung festzustellen. Hinzu kam ein ganz anderes Problem: Ich hatte Lust. Meine Eier waren bis zum Anschlag gefüllt. Und nun?
Masturbation war angesagt, doch wie um Himmels Willen, sollte ich das nur anstellen?
Meine Dauererektion ließ sich durch nichts in der Welt mehr aufhalten. Ich legte einen Pornofilm mit meinem Lieblingsstar Peter North in den Rekorder, ließ die Jalousien herab, damit die neugierigen Nachbarn mich nicht während des schwierigen Kraftaktes beobachteten und zündete den Docht der Kerze neben dem Fernsehapparat an.
Bei diesem schummrigen Licht, brauchte ich das Elend zwischen meinen Händen nicht so genau anzusehen und konnte mich voll und ganz der Handlung auf dem Bildschirm widmen.

Da meine Lieblingsstelle natürlich gerade vorbei war, weil ich den Videofilm nach meinem letzten Freudenspiel einfach zurück in die Hülle gelegt hatte, musste ich erst einmal die Stelle suchen, von der ich mir genug Zeit einräumte, mit Big- Cum-North zum Höhepunkt zu kommen.
Vorsichtig zog ich meine Jeans samt der weiten Unterhose aus und streckte die Beine nach vorn auf den Couchtisch. Ganz langsam begann ich am unteren Ende meines Schwanzes zu wackeln, während die Akteure vor mir hemmungslos

in allen möglichen Positionen herumvögelten. Echte Geilheit stellte sich bei mir nicht ein.

Das Ding in meiner Hand war zwar steinhart, doch bereitete mir das zaghafte Auf und Ab keine Freude. Ganz vorsichtig umfasste ich die geschundene Eichel und schaukelte den noch immer dicken Schal rhythmisch hin und her. Mein Körper war ziemlich verkrampft. Es schmerzte bei schnelleren Bewegungen. An Aufhören war nicht zu denken. Ich musste das Ding nun schaukeln.
Nachdem ich Peter Norths beeindruckenden Höhepunkt das dritte Mal zurückgespult hatte, explodierten meine Lenden so, wie ich es noch nie zuvor erlebt hatte. Erlösung!
Das, was sich in den letzten zwei Wochen angestaut hatte, ließ selbst den Meister der Ejakulationen auf meinem Video erblassen. Nachdem ich meinen Bauch, das Gesicht und die Sofalehne mit meinem T-Shirt gesäubert hatte, schaute ich neugierig nach dem abgekämpften Würmchen zwischen meinen Beinen. Zu meiner Erleichterung sah alles aus wie vor dem Entspannungsakt. Kein Blut und auch von geplatzten Nähten war nichts zu sehen.

Umso geschockter reagierte ich am nächsten Morgen auf die optische Veränderung des mutigen Kämpfers. Die Vorhaut hatte sich offenbar durch das viele Reiben dazu berufen gefühlt, sich noch einmal optisch zu verdoppeln.
Für zukünftiges Wichsen musste ich mir dringend etwas anderes einfallen lassen, um die Operationswunde nicht wieder so zu strapazieren.

Wie sollte mein Leben nur weitergehen?
Dr. Frankenstein hatte einen ganz tollen Rat für mich: „Sie müssen Ihren Penis ruhig halten. Nur so wird das Lymphwasser abfließen!"
Von einem männlichen Mediziner erwartete ich eigentlich ein wenig mehr Verständnis.

Ich war schließlich kein Zauberer. Was raus muss, muss raus. Das sollte er eigentlich wissen.
Bereits in zehn Tagen stand Juans Rückkehr an. Und was dann? Wir telefonierten während seines Auslandsaufenthalts nicht mehr als einmal die Woche, doch brachte ich nicht den Mut auf, ihm von meinem schiefgelaufenen Eingriff zu erzählen. Irgendwie blieb mir noch ein kleines Fitzelchen Hoffnung, die Sache würde sich eventuell doch noch von einem Tag auf den anderen normalisieren. Die Überraschung meines beschnittenen Schwanzes war im wahrsten Sinne des Wortes in die Hose gegangen. Das Wort Schwellkörper bekam für mich eine ganz neue Bedeutung. Jedes Mal, wenn ich wieder vorsichtig an mir herumspielte, rächte sich das Kastanienmännchen an mir. Ohne regelmäßiges Abpumpen wäre ich jedoch verrückt geworden. Es war ein Teufelskreis. Besserung machte sich so gut wie gar nicht bemerkbar.

Der große Tag der Offenbarung rückte immer näher. Meine Sehnsucht nach Juan wurde größtenteils von Unsicherheit und Scham übertrumpft. Als der Heimkehrer dann endlich an meiner Haustür klingelte, mich stürmisch umarmte und mit Küssen überschüttete, war alles nur noch halb so schlimm. Wir setzten uns zuerst auf mein Sofa, um zu reden.

Obwohl Juan mich unbedingt sofort ins Bett tragen wollte, konnte ich ihn mit einem ernsten Blick davon abhalten. Meine Erektion drückte unangenehm von innen an den schwarzen Jeansstoff. Irgendwie musste man den Spanier schonend auf den ungewohnten Anblick vorbereiten, damit er nicht schreiend davon lief. Man kann von Glück sagen, dass Juan mein Hinterteil sehr viel wichtiger war, als die vordere Ausbuchtung einer Unterhose. Von daher ermahnte ich mich selbst, ein wenig entspannter an das Gespräch heranzugehen.
„Ich habe eine Überraschung für dich", begann ich vorsichtig.
„Eine Blödigkeit?", grinste Juan erwartungsvoll.
„So kann man das auch nennen. Nur leider ist sie nicht so geworden, wie ich es mir vorgestellt habe."
Etwas verwirrt blickte mein Gegenüber mich direkt an, sodass ich einen knallroten Kopf bekam. In solchen Augenblicken wusste ich oftmals nicht, ob er mich rein sprachlich nicht verstanden hatte oder wirklich irritiert über den Verlauf der Unterhaltung war.
„Ist es etwas Schlimmes?" flüsterte er vorsichtig.
„Für mich jetzt schon, aber ich fang am besten von vorne an", holte ich ein wenig aus und begann, die ganze Geschichte möglichst kurz und verständlich wiederzugeben.

Mit großen Augen lauschte Juan konzentriert dem Horror-Bericht und streichelte dabei besorgt immer wieder über meinen Unterarm. Direkt im Anschluss machte ich meinen Freund mit meinem

unansehnlichen Kastanienmännchen bekannt. Wie ein kleines Kätzchen, das soeben das Licht der Welt erblickt hatte, berührte Juan es vorsichtig, ohne dabei das Gesicht zu verziehen. Zaghaft tätschelte er den halben Ständer und meinte: „ Du armes, kleines Pilli!"
Langsam beugte er sich nach unten und umschloss meine Eichel sanft mit den Lippen. Dieses Gefühl war viel angenehmer, als meine schmerzhaften Handbewegungen.
Erleichterung darüber, dass Juan sich nicht vor mir ekelte, ließ mich meine Scham schnell verlieren. Ich konnte mich nicht daran erinnern, in der Vergangenheit jemals ein so intensives Empfinden beim Oralverkehr gehabt zu haben, wie an diesem Abend.
Sollte es am Ende doch richtig gewesen sein, meiner Phimose den Kampf angesagt zu haben?
Eine völlig neue Art von Lust ließ mich die kommenden Wochen leichter überstehen.
Das nun regelmäßige Schwanzlutschen schien den Heilungsprozess Gott sei Dank nicht zu behindern, so wie es beim Handbetrieb der Fall war.
Insgesamt dauerte es sechs Monate, bis sich das Kastanienmännchen für immer verabschiedete. Noch heute sieht meine Vorhaut nicht so aus, wie ich es mir damals vorgestellt hatte, doch kann ich mit ruhigem Gewissen feststellen: Wir sind inzwischen ein eingespieltes Team.

Kapitel 8

acio non dorma pui, acio non dorma pui
svegliate mia ninnetta, svegliate mia ninetta
acio non dorma pui
acio non dorma pui

Zufrieden mit meiner Darbietung beendete ich die italienische Arie von Händel, an der ich in den letzten Wochen intensiv gearbeitet hatte. Die Sonne schien durch die wahrscheinlich frisch geputzten Flügelfenster in das gemütliche Wohnzimmer meiner Gesangslehrerin Anne Stieger. Nach nur wenigen Unterrichtsstunden hatte ich das Lied in einer mir fremden Sprache meiner Meinung nach recht gut umgesetzt. Den Anspruch, die Worte perfekt auszusprechen, hatte ich nicht. Sicherlich würde ein Italiener seinen Spaß an meinen Ausführungen haben.

Die verschrobene Frau am Klavier stand nach Verklingen des letzten Tons auf und sah mich mit ungewohnt ernster Miene an. Bestimmt hatte sie mal wieder etwas an meiner Atmung oder der nicht ganz lockeren Körperhaltung auszusetzen.

„Lucas, ich glaube, du solltest anfangen, dich anders zu orientieren. Ich bin an einem Punkt angekommen, an dem ich dir nicht mehr viel beibringen kann. Vielleicht wärst du besser bei einem männlichen Kollegen aufgehoben? Meinst du nicht auch?“

Dieser vom Grundgedanken her nette Satz überraschte mich, denn ich war mir relativ sicher, dass er nicht der Wahrheit entsprach. In den vergangenen Wochen hatte sich etwas zwischen meiner Gesangslehrerin und mir verändert. Das Miteinander von Anne und mir kam mir zum Teil etwas zäh und ausgelutscht vor. Nach nun fast drei Jahren gemeinsamer Arbeit stimmte die Chemie zwischen uns nicht mehr. Unsere anfangs lustigen Gespräche und Scherze, bildeten die Ausnahme und auch sonst war trotz der vielen Glücksmomente beim Singen alles anders als bisher. Vielleicht lag der Ursprung unserer Entfremdung darin, dass das angepeilte Gesangsstudium nicht zustande gekommen war? Zudem machte ich meiner Lehrerin gegenüber nie ein Hehl daraus, dass klassische Musik nicht wirklich meinen Geschmack traf und ich viel lieber Popmusik machen würde, doch war dies zwischen uns kaum weiter thematisiert worden.

Trotz alledem überraschten mich Annes Worte. Immerhin sicherte ich mit meinen monatlichen Zahlungen einen Teil Ihrer Existenz. Gerade in der letzten Woche hatte sie erwähnt, dass es bei ihr finanziell besser laufen könnte. Waren ihre lobenden Worte am Ende vielleicht sogar ernst gemeint? Jedenfalls war unsere gemeinsame Zeit abgelaufen.

Mir war klar, dass ich keine Ambitionen hatte, bei einem anderen Lehrer weiter an meinem Stimmumfang zu arbeiten. Nach drei Jahren hörte ich einfach auf. Das Kapitel klassischer Gesang war von heute auf morgen abgeschlossen.

Doch wo sich eine Tür schließt, öffnet sich bekanntermaßen auch eine neue. Bereits seit Monaten liebäugelte ich mit einer Kleinanzeige, die in der

Zeitschrift Szene unter der Rubrik „Dies und Das" abgedruckt war, in der ein amerikanischer Produzent Stimmen suchte, die in seinem Tonstudio zu Playbacks singen und im Bereich Popgesang geschult werden wollten. Der angegebene Preis war weitaus günstiger, als die klassischen Unterrichtsstunden bei Anne Stieger. Zudem weckte die Annonce die Hoffnung in mir, für eines seiner Projekte engagiert zu werden. Wann, wenn nicht jetzt, dachte ich und riss entschlossen das kleingedruckte Inserat aus dem Heft. Der große Sprung in den Pop-Olymp rückte in greifbare Nähe. Popmusik verzaubert mein Leben, seitdem ich zwölf Jahre alt war. Es vergehen keine vierundzwanzig Stunden, in denen ich mich dieser Leidenschaft nicht hingebe. Nun war die Zeit reif, selbst aktiv und vor allem kreativ auf diesem Gebiet mitzumischen.

Die Idee, eigene Songs zu schreiben, war mir bisher noch gar nicht in den Sinn gekommen, obwohl ich durch mein Einfühlungsvermögen und Gespür für Melodien sicherlich ein geeigneter Kandidat für interessierte Produzenten wäre. Vielleicht fände ich in dem erfahrenen Amerikaner ja einen Seelenverwandten, der das Beste aus mir herausholen konnte?

Ich vereinbarte telefonisch einen Termin für ein erstes Kennenlernen. Zehn Tage später war es soweit. Das Studio befand sich in einem sechsstöckigen Altbau in der Nähe der U-Bahn-Station Kellinghusenstraße. Dem Anlass entsprechend trug ich eine weiße Jeans und ein knallgrünes T-Shirt. Die verspiegelte Popstar-Sonnenbrille, die ich eher selten trug, weil man damit so schlecht flirten konnte, steckte ich vor Erreichen der aufgeschrieben Anschrift an die Hosentasche. Nachdem ich bereits zweimal geklingelt und keine Reaktion darauf erhalten hatte, raschelte der verbeulte Lautsprecher über den leicht verwitterten Klingelschildern doch noch. Außer übersteuertem Gegrunze war nichts zu verstehen. Ein Summen öffnete mir.

„Ich bin es. Lucas Timm!" rief ich, während ich die alte Tür aufstieß. Ob man mich überhaupt hören konnte? Nun wurde es ernst. Selbstbewusst stampfte ich die Stufen hoch und war gespannt, was mich gleich erwarten würde.

Eine nette Empfangsdame schien es in der Agentur nicht zu geben, da ich unter der abgedruckten Telefonnummer direkt mit dem Amerikaner gesprochen hatte. Vielleicht hatte die Angestellte auch gerade ihren freien Tag gehabt oder diskutierte auf der anderen Leitung knallhart mit dem Leiter einer Druckerei, weil dessen Mitarbeiter mal wieder nicht rechtzeitig mit der Produktion neuer Autogrammkarten der Stars des Hauses rüberkamen. Wer weiß...

Bei meinem ersten Anruf wirkte der Amerikaner ein wenig merkwürdig. Irgendwie wortkarg. Ich hielt ihm zu gute, dass er als Ausländer schließlich in einem fremden Land arbeite und sich eventuell nicht so ausdrücken konnte, wie er es wollte. Wenn das Glück auf meiner Seite stand, sähe der Typ vielleicht nicht übel aus, was den Grundstein für eine florierende Bettenkarriere legen könnte.

Im dritten Stock lockte mich eine angelehnte Eingangstür. Von Empfangspersonal oder Produzenten keine Spur. Verunsichert lauschte ich in den dunklen Flur. Weder das klappern von Tastaturen, noch fette Beats bildeten eine Geräuschkulisse, die ich eigentlich erwartet hatte. Vorsichtig stieß ich die Tür auf und trat ein. Zu meiner Überraschung entpuppte sich die genannte Anschrift als normale Wohnung. Genauer unter die Lupe genommen, war es viel schlimmer als das. Die Behausung wirkte geradezu heruntergekommen.

Die weiße Raufasertapete war vergilbt und der alte, braune Teppichboden, der nicht gerade professionell verlegt war, sah recht verschlissen aus. Die muffige Luft tat ihr Übriges. Eine Raucherwohnung. Auch das noch!

Die Wände waren kahl. Von Platin-Schallplatten, Konzert-Plakaten oder Werbepostern keine Spur. Eigentlich fehlte nur noch eine fette Bulldogge, die mit einem blutigen Stück Fleisch im Maul aus der Küche gerannt kommen, mich abschlecken oder sogar beißen würde.

Stattdessen erschien Pop-Produzent Daniel Almeida persönlich im Korridor.

„Da bist du ja. Komm rein. Los!“ herrschte er mich überraschend forsch an, als sei ich zu spät gekommen.

Erst in dem Moment als er die Tür zum Studio öffnete, war ich mir sicher, in der richtigen Wohnung gelandet zu sein. Zu meiner Erleichterung war dies also weder ein Dealer-Versteck, noch eine Obdachlosen-Unterkunft. Mit einer Zigarette im Mundwinkel setzte der Amerikaner sich hinter das recht verstaubte Mischpult und bat mich zu sich. Immerhin das Equipment schaffte es, mein Lächeln zurück ins Gesicht zu zaubern. Etwas eingeschüchtert musterte ich Daniel Almeida,

während mein Körper sich an Mikrofonen, Monitoren, Keyboards und anderem elektronischen Gedöns zu ihm durchkämpfte. Dabei musste ich aufpassen, meine blütenweiße Jeans nicht einzusauen. Der Produzent, der so rein gar nichts mit dem Bild zu tun hatte, dass ich noch vor wenigen Minuten in meinem Kopf hatte, startete seinen Computer, was mir Zeit gab, seine Erscheinung ein wenig genauer zu verinnerlichen.
Er war ein kleiner, grauhaariger Mann, der sicherlich schon über fünfzig Jahre alt war. Sein Oberkörper, der vor gut zwanzig Jahren vielleicht muskulös gewesen war wirkte wabbelig und massig. An seiner Stelle hätte ich mich von den langen Haarsträhnen im Nacken getrennt. Allerdings fühlte ich mich nicht in der Position, ihm Ratschläge zu geben. Jedem, der ihm begegnete würde sofort klar sein, dass man es mit einem aufgeblasenen Macho zu tun hatte, der versuchte, sich durch arrogante Posen und Sprüche besser darzustellen, als er war. Nachdem ich ihm stolz von meiner klassischen Gesangsausbildung berichtet hatte, meinte er trocken: „Klassischer Gesang ist Mist. Was du hier lernst, das ist etwas ganz anderes! Lass erst einmal hören, was du so mitbringst."

Dies wäre in meiner vorherigen Fantasie der Moment gewesen, meine Bettenkarriere mit einem stolzen Griff in den Schritt zu starten. Die Wirklichkeit hatte mich jedoch auf den Boden der Tatsachen zurückgeholt. Sexuelle Schwingungen würde es in dieser Wohnung sicherlich nicht geben. Jedenfalls nicht zwischen uns. Daniel,

den ich einfach mit Vornamen ansprach, um ihm nicht das Gefühl zu geben, sein Auftreten würde mich auch nur annähernd beeindrucken, spielte mir ein paar Oktaven auf seinem Keyboard vor. Konzentriert wiederholte ich diese gesanglich. Anschließend ging es darum, Harmonien zu singen. Ich schlug mich überraschend gut und bekam tatsächlich vom Meister der Musik ein Lob für meine ungewöhnliche Stimmfarbe.
„Wir werden mit Playbacks anfangen. Was willst du singen? Ich habe hier eine Liste mit Songs.
Wie wäre es mit „Forever Love“ von Gary Barlow? Yes. Das machen wir.“
Die Frage wurde sozusagen zu einem Befehl, den ich dennoch erfreut ausführte.

Juan und ich liebten die erste Solo-Single des ehemaligen Take That-Sängers. Der Titel hatte eine schöne Botschaft, die im dazugehörigen Videoclip wunderbar umgesetzt wurde. Verliebte Paare aller Altersschichten umarmten und küssten sich, um bis ans Lebensende zusammen zu bleiben. So, wie es aussah, gab es doch eine Basis, auf der Daniel und ich zusammenfinden konnten.
Kurz und knapp wurden mir die Kopfhörer und das Mikrophon erklärt und schon ging es los.
Es war faszinierend, sich selbst durch einen Klangverstärker zu hören. Abgesehen davon, dass man seine eigene Stimme ohnehin ganz anders wahrnimmt als andere Menschen, konnte ich mit dem, was ich über die dicken Ohrhörer eingespielt bekam, ganz gut leben. Frei von Unsicherheit und einer gewissen Scham war ich trotzdem nicht. Immerhin gab es hier einen, zumindest von mir,

gesetzten Anspruch zu erfüllen. Fortlaufend motzte der Produzent über das Mischpult, wenn ich einen Ton nicht richtig traf oder einzelne Worte für sein Empfinden zu klassisch betonte.
„Beim Popmusik musst du vor allem die Vokale anders aussprechen und nicht so scharf in die Mikro pusten", belehrte er mich. Obwohl mir der aggressive Ton nicht passte, nahm ich seine Tipps dankbar an. Noch bevor wir den Refrain von „Forever Love" erreicht hatten, war mein erster Studio-Tag beendet. Die nächste Sängerin stand bereits auf der Straße und klingelte. Anders, als bei meinem Besuch, hastete der Amerikaner wie von der Tarantel gestochen aus dem Studio, stolperte im Flur fast über den welligen Teppichbelag, um möglichst fix den Summer zu drücken.

Als das junge Ding zwei Minuten später das staubige Studio betrat, dachte ich, ich guck nicht richtig. Nicht die gerade erschienene Schülerin, sondern Daniel Almeida verwirrte mich. Er war wie ausgewechselt. Strahlend begrüßte er sie, machte kleine Scherze und sprudelte vor aufgesetztem Charme. Die blonde Sängerin, die wahrscheinlich ganz bewusst eine recht weit ausgeschnittene Bluse trug, wusste genau, wie sie den alten Herren um den Finger wickeln konnte. Kurz bevor der Speichel auf Daniels graues Oberhemd tropfte, verabschiedete ich mich.
Hier bediente man sich offensichtlich eines typischen Klischees: Alter Studio-Bonze verspricht jungem, sicherlich untalentiertem Mädchen eine große Karriere und das Dummchen fällt naiv auf seine Versprechungen rein. Warum machte mich

das nur so sauer, als ich wieder auf der Straße stand? War ich eventuell nur eifersüchtig, weil ich ihm womöglich gleichgültig war? Das Thema Bettenkarriere kam mir wieder in den Sinn. Dieser Platz war allem Anschein nach schon belegt. Abgesehen davon, hatte ich ja glücklicherweise auch einen Freund, dem ich um alles in der Welt treu bleiben wollte.

Kapitel 9

Schon am kommenden Dienstag festigte sich das Bild, das ich mir von meinem neuen Produzenten gemacht hatte. Auf die Frage, was er denn schon so veröffentlicht hätte, prahlte er mit leuchtenden Augen:

„Well, ich habe vor wenige Monate eine CD-Single veröffentlicht. Es ist eine geile Dance-Song." Er kramte in einer Schublade und streckte mir eine schmale Plastikhülle entgegen. Der Titel überraschte mich nicht wirklich: *Komm zu mir – Ich mach es Dir*. Das Cover-Foto darauf war ein wenig verschwommen. Wer sich die Mühe machte, genauer hinzusehen erkannte eine dralle Blondine, die ich auf Ende dreißig schätzte.

„Das wäre eine sichere Hit geworden. Leider ist die begabte Sängerin in letzter Minute abgesprungen, weil ihre Eltern nicht wollten, dass sie Karriere macht. Das wäre die Knaller geworden. Hübsches Ding, sechzehn Jahre und solche Titten."

Bei den letzten Worten strahlten Daniels Augen animalisch. Zufrieden hielt er die Hände nach vorn, als hätte er zwei Wassermelonen in den Armen.

„Mit diese Frau hat es nicht geklappt", schüttelte er enttäuscht den Kopf, während seine Hände langsam an seinen Brustkorb zurückwanderten. Zum Glück hatten die pflichtbewussten Erziehungsberechtigten des jungen Mädchens ihre Tochter aus den Fängen dieses geilen Bocks gerettet. Vielleicht hätte er lieber im Porno-Geschäft nach einem billigen Tittenmonster gesucht. Wahrscheinlich machte ihn die wahrgewordene

Fantasie aber auch extrem an, eine nymphomane Schülerin für sich singen zu lassen. Die zwei Minuten, die mir über die High-Tech-Anlage vorgespielt wurden, waren musikalisch voll im Trend. Treibende Beats und gute Loops, aber der Text..... Das ging überhaupt nicht. Es wunderte mich, dass bärtige Feministinnen die Veröffentlichung der CD nicht schon im Vorfeld verhindert hatten. Oder hatten sie es am Ende sogar getan?
„Na, was sagst du? Ist das nicht fucking good?" grinste Daniel mich ein wenig überheblich an.
„Cooler Sound", versuchte ich, mich möglichst bequem aus der Affäre zu ziehen und mich lieber wieder der eigenen Produktion zu widmen.
In den folgenden Wochen sang ich neben „Forever Love" noch zu weiteren Playbacks von Phil Collins und Black. Alles Balladen. Teilweise stieß ich in der Höhe an meine Grenzen. So hundertprozentig zufrieden war ich nicht mit meiner Leistung. Es war dennoch ein tolles Gefühl, Studioaufnahmen mit eigener Stimme auf DAT und Kassette sein eigenen zu nennen. Dies reichte mir allerdings nicht. Ich wollte Daniel Almeida mit selbstgeschriebenen Songs von meinem Talent überzeugen und in der Stimmlage singen, die meinem Organ entsprach. Immerhin war ich als klassischer Sänger ja ein Bariton.

Texte schreiben fiel mir nicht wirklich schwer. Man musste sich einfach ein wenig Zeit nehmen, in der man keine Musik nebenbei hörte, um die Gedanken besser ordnen zu können.
Schnell sprudelten massenhaft Einfälle aus meinem Kopf.

Es gab so viele Ideen, die ich in mir trug. Freundschaften, Hilflosigkeit und vor allem Liebe regten meinen Schreibfluss an.
Die Melodien dazu kamen beim Aufschreiben von ganz allein. Dank meines dicken Wörterbuchs konnte ich die Zeilen gut in die englische Sprache transportieren.
Das, was ich mitteilen wollte, mag vielleicht anfangs recht simpel gewesen sein, doch entstanden die meisten Texte tief in meinem Herzen. Nach zwei Wochen lagen vier fertige Songs auf meinem Couchtisch bereit, die nur noch darauf warteten, umgesetzt zu werden.
Stolz präsentierte ich Daniel Almeida bei unserem nächsten Termin meinen ersten Text. Äußerst gespannt beobachtete ich seinen Gesichtsausdruck. Nachdem er die erste Seite kopfschüttelnd überflogen hatte, ranzte er mich gewohnt unsensibel an: „Das ist viel zu lang. Ein Song muss nach spätestens eine Minute den Refrain haben, sonst schaltet das jeder ab. Außerdem kannst du nicht so viele verschiedene Zeilen bringen", schmetterte er meinen ersten Versuch ab, mit ihm an eigenen Liedern zu werkeln. Ein wenig verärgert schmiss ich meine Zettel fürs Erste wieder in meine Tasche. Immerhin hatte er als Amerikaner nichts an meinem Englisch auszusetzen. Kritik war in diesem Fall erwünscht. Schließlich war ich ja hier, um etwas zu lernen. Daniel stellte die Regeln auf.
Er war der Profi, den ich allerdings für seinen Rat und die Aufnahmen bezahlte.

Bereits eine Woche später legte ich ihm, trotz der nicht abzustreitenden Furcht vor weiterer Kritik,

einen neuen Entwurf vor, an dem es zu meiner Überraschung kaum noch etwas auszusetzen gab.
Ich hatte kurzerhand aus einem Lied zwei gemacht. Hier und da noch kurze Ergänzungen und fertig war die Arbeit. Meine Melodie stand fest. Nun musste ich nur noch versuchen dem Produzenten klarzumachen, was ich eigentlich für Musik machen wollte. Leichter gesagt als getan. Darüber hatte ich mir selbst noch gar keine Gedanken gemacht.
Seit einiger Zeit war Eurobeat von Bands wie 2Unlimited, Masterboy, Culture Beat und anderen Studio-Formationen total angesagt. Die Dance-Schiene gefiel mir zum damaligen Zeitpunkt sehr gut und auch Daniel Almeida hatte allem Anschein nach nichts anderes in seinem Repertoire. Ich sang meine Zeilen vor und er spielte verschiedene Melodien und Töne auf seinem Keyboard, mit dem er ein Computerprogramm bediente. Plötzlich tanzte der Produzent nach meiner Pfeife. War mir ein Ton nicht recht oder das Instrument nicht so, wie ich es mir vorstellte, wurde es nach meinen Belangen angeglichen. Das erste Mal fühlte ich mich als Musiker von dem Amerikaner richtig ernst genommen.
Mein erster eigener Song mit dem Titel *Jennifer* handelte von meiner besten Freundin Undine. Für mich war sie schon immer ein großer Star, der irgendwann ganz groß rauskommen würde.
Sie hatte eine großartige Stimme, spielte schon früh Theater und war eigentlich genau so, wie ich immer selbst sein wollte. Dass ihr Lied nun um die Hälfte gekürzt war, tat dem Inhalt und der Botschaft keinen Abbruch.

Von Woche zu Woche entwickelte sich aus meiner Idee und den Sounds von Daniel ein richtiges Lied. Mir konnte es gar nicht schnell genug gehen. Viel zu langsam vergingen die Tage zwischen den Aufnahmen.

Begeistert berichtete ich Juan von der Studioarbeit. Neugierig pochte er darauf, die erste Aufnahme vorgespielt zu bekommen, doch ließ ich mich nicht dazu überreden, ihm unfertige Sound- und Gesangsfetzen vorzuspielen. Erst, wenn alles so sein würde, wie ich es mir vorstellte, wollte ich das Ergebnis angemessen präsentieren. Man kann gar nicht in Worte fassen, wie stolz ich auf mich und meine Arbeit war.

Der erste Song konnte sich tatsächlich hören lassen, obwohl ich für meinen Geschmack gern ein wenig tiefer gesungen hätte. Ganz ohne Kompromisse ging es bei Daniel dann halt doch nicht.

„Pop-Musik darf nicht zu tief gesungen werden. Das muss so sein!“ ermahnte mich mein Produzent, sobald ich das leidige Thema mal wieder herauskramte. Mir fielen zwar genügend Gegenbeispiele ein, die diese Aussage widerlegten, doch war mir klar, dass ich Daniel Almeida nach dem Mund reden musste, um ihn bei der Stange zu halten. Eine andere Meinung wurde nur selten akzeptiert. Er war der selbsternannte Profi und, wenn ich weiter gut mit ihm auskommen wollte, musste ich meine freche Klappe halten können. Zu meiner Verwunderung wurde der Gesang doppelt aufgenommen. Brachte ich wirklich nicht mehr Volumen, machte man das allgemein so? Oder lag es vielleicht doch an der recht hohen Tonlage, dass man technisch nachhelfen musste?

Kapitel 10

Als mein Song nach fast drei Monaten endlich fertig war, zündete ich abends eine Kerze an und stellte eine Flasche Sekt kalt. Juan war der erste, der den Titel, der fast allein in meinem Kopf entstanden war, hören durfte. Obwohl ich eigentlich stolz auf meine Arbeit war, glühten meine Wangen vor Scham. Es war mir unangenehm. Was, wenn er *Jennifer* total schlecht fand? Ich drückte die Play- Taste und verließ aufgeregt das Zimmer, ohne Juan noch einmal in die Augen zu sehen. Während das Lied aus meinen Boxen tönte, zog ich mich in die Küche zurück und wischte noch einmal vorsichtig mit einem Tuch über die Sektgläser. Mein Herz schlug aufgeregt. Nachdem der letzte Ton verstummt war, überraschte mich Juan, indem er den eingängigen Refrain vor sich hin sang, um mich zurück ins Wohnzimmer zu locken:
„Jennifer – you put a spell on everyone. Let´s sing on stage and have some fun. “
Zu meiner Erleichterung gefiel ihm das Gehörte allem Anschein nach wirklich gut.
„Ich bin ganz stolz auf dich, mein Küke- Popstar“, sagte er, während er mich in den Arm nahm.

Lobt mich jemand, so nehme ich dem Gegenüber in der Regel nicht ab, dass er es wirklich so meint, weil er mich eventuell nicht verletzen will. Dennoch reichte mir der Zuspruch meines Freundes. An seinen Augen konnte ich ablesen, dass er wirklich angetan war. Er hatte natürlich auch keinen Grund, nicht begeistert zu sein.

Nur wenige Wochen später reichte ich Undine ein geschmackvoll eingepacktes Päckchen, in der sich meine Aufnahme, sowie der Songtext „ihres" Liedes befanden. Obwohl der Geburtstag meiner besten Freundin noch mehr als zwei Monate hin war, war es die letzte Chance, ihr ein Geschenk zu überreichen. Gemeinsam mit ihrem äußerst attraktiven Freund Moritz hatte sie ein Engagement als Musical-Sängerin auf dem Clubschiff Aida. Ihrem Schatz hatte sie im selben Zug einen Job als Tontechniker an Bord vermitteln können.
Wie bereits in meinem Lied angekündigt, ging *Jennifer* nun tatsächlich auf Mission, die Welt zu verzaubern. Ich war mächtig stolz auf sie. Allerdings hatte die Sache einen nicht unerheblichen Haken: Die Kreuzfahrt würde ganze sechs Monate dauern, in denen sie fast alle Meere dieser Welt überquerte. In dieser Zeit musste ich komplett auf meine beste Freundin verzichten.
Nur teure Ferngespräche würden uns im kommenden halben Jahr miteinander verbinden.
Was sollte ich nur ohne sie machen? Das Geschenk jedenfalls war ein voller Erfolg. Man bekommt ja nicht alle Tage ein eigenes Lied überreicht. Der Abschied fiel uns beiden sehr schwer.
Jennifer war fertiggestellt und der nächste Text wartete darauf, umgesetzt zu werden. Zu meiner Erleichterung willigte Daniel Almeida ein, mich endlich ein wenig tiefer singen zu lassen. Es verstand sich von selbst, dass als nächstes Juan an der Reihe war, mit einem von ihm inspirierten Musikstück geehrt zu werden. Beim Aufschreiben meiner Songtexte bemerkte ich schnell, dass in unserer Beziehung noch einiges im Argen war.

Besonders zu schaffen machte mir die Angst, mein Freund würde sich nicht wirklich auf mich einlassen.

Sobald alles perfekt lief, reagierte er manchmal komisch und zog sich überraschend zurück.
Er verunsicherte mich dadurch zutiefst. Wir hatten uns doch füreinander entschieden. Oder etwa nicht? Ich versuchte den Gedanken zu verdrängen, Juan wolle mich durch seinen Rückzug davor schützen, mich zu sehr in ihn zu verlieben. Doch warum? In unserer Beziehung war ich derjenige, der gefühlsmäßig das Ruder in der Hand hielt. Umarmungen, Küsse und Sex gingen fast ausnahmslos von mir aus, dabei wollte ich als Löwe-Geborener doch auch bewundert und vor allem begehrt werden.
Behind the walls wurde ein Lied, das Juan dazu ermutigen sollte, die von ihm errichteten Mauern zu durchbrechen und sich voll und ganz seiner Liebe hinzugeben.
Der treibende Beat des Liedes hat mich damals sehr beeindruckt und stimmlich war ich viel zufriedener mit mir, als ich es noch bei der letzten Aufnahme war, doch irgendwie wirkte das Ganze am Ende noch nicht so professionell, wie ich es mir erhoffte. Wer in die Charts wollte, sollte schon ausgefeilteres Material vorlegen können. Daniel Almeida machte zudem leider auch keinerlei Anstalten, mich zu fragen, ob wir nicht vielleicht eine richtige CD aufnehmen oder eine Plattenfirma für meine Musik suchen wollten. Eines stand fest: Wenn ich an ein Weiterkommen dachte, dann war ich bei diesem Produzenten sicherlich an der

falschen Adresse. Hätte ich vorstehende Nippel, einen großen Busen und einen frivolen, roten Kussmund, sähe sein Einsatz sicherlich ganz anders aus.

Ein weiteres Erlebnis mit dem selbsternannten Profi-Musiker vernebelte unsere geschäftliche Beziehung ein paar Wochen später endgültig. Wie gewohnt drückte ich Daniels Klingelknopf zur verabredeten Zeit. Niemand öffnete. Auch nach zwei weiteren Versuchen, auf mich aufmerksam zu machen, tat sich nichts. Irritiert warf ich einen Blick auf das Ziffernblatt an meinem Handgelenk. Genau sechzehn Uhr. Pünktlich wie immer. Verärgert bummelte ich erst einmal zu einem Obsthändler in der Nebenstraße und kaufte mir eine kleine Flasche Apfelschorle. Zehn Minuten später versuchte ich mein Glück erneut. Zu meiner Überraschung wurde nun der Summer betätigt, sodass ich eintreten konnte. Im Eiltempo hetzte ich die Treppenstufen nach oben, damit nicht noch mehr kostbare Zeit meiner Unterrichtsstunde verloren ging.

Außer Atem stieß ich die Wohnungstür auf und wäre am liebsten im selben Augenblick wieder umgekehrt. Der Duft, der an diesem Nachmittag aus dem verwohnten Dreckloch kam, ließ keinen Zweifel daran, warum Daniel mir zur verabredeten Zeit nicht öffnen konnte. Der Amerikaner litt offensichtlich an akuten Verdauungsproblemen. Es stank nach Tonnen von Durchfall. Sicherlich klebte der Produzent bei meinem ersten Klingeln noch hilflos auf der auch schon in der Vergangenheit stark verdreckten Klobrille seines hellblau gefliesten Badezimmers fest und war nicht in der Lage, zur Tür zu kommen.

„Wo bleibst du denn. Ich warte schon die ganze Zeit auf dich!“ herrschte Daniel mich an.
„Hast du mich nicht gehört? Ich habe pünktlich geklingelt", rechtfertige ich mich zwecklos.
„Nein. Hast du nicht. Ich war die ganze Zeit hier", motzte er weiter.
Ende der Diskussion. Jedes weitere Wort im Flur hätte mich näher an einen Kotz-Anfall gebracht. Der Geruch war unerträglich. Ich wollte nur weg. Soll der Miesepeter doch dazu stehen, dass er Dünnpfiff hat und nicht von der Toilette kam. So ein Idiot. Dachte er wirklich, man würde das nicht bemerken?
„Geh du schon einmal rein. Ich komme gleich", verabschiedete er sich mit Schweißperlen auf der Stirn erneut ins Badezimmer.
Hastig zog ich die Studio-Tür zu und atmete tief durch. Zum Glück hatte hier jemand Erbarmen und im Vorfeld das Fenster auf Kipp gestellt. Nervös sang ich ein paar Melodien vor mich hin und setzte mir sicherheitshalber schon einmal die Kopfhörer auf, um meine Ohren vor eventuellen Pups- und knallartigen Platschgeräuschen zu schützen. Wie sollte man mit so einem Menschen bloß zusammenarbeiten? Gefühlvolle Gesangseinlagen brachte ich an diesem Nachmittag jedenfalls nicht mehr zustande.

Von diesem Erlebnis an fand ich den unsympathischen Macho auch noch unappetitlich.

In den kommenden Wochen ließ sich der Gestank seiner Gedärme nicht mehr aus meiner Gedächtnis streichen.
Das letzte Lied, das wir gemeinsam aufnahmen hieß - entgegen unserer nicht gerade fruchtbaren Zusammenarbeit - *Good Time*. Ein vorausgegangener Streit mit meiner launischen Arbeitsfreundin Muriel, beschäftigte mich seit Wochen. Wir hatten eine tolle Zeit miteinander und plötzlich war nach zwei Jahren enger Vertrautheit alles kaputt. Grund für unsere Auseinandersetzung war ein Anruf von mir in ihrem Büro: „Ich bin´s Lucas. Alles klar? Komm mal hoch zu mir und bring Schokolade mit."
Dieser Satz verursachte zu meiner großen Überraschung eine emotionale Explosion am anderen Ende der Leitung.
„Ich lasse mich von dir nicht länger herumkommandieren!" schrie sie mir mit abgrundtiefem Hass ins Ohr. Irritiert legte ich den Hörer auf. Was war das denn bitte? Ihre unberechenbaren Launen überschatteten unser Miteinander schon seit einiger Zeit. Ohne weitere Diskussion wechselten wir anschließend mehr als zwölf Monate kein weiteres Wort miteinander. Wenn diese Situation nicht genug Stoff lieferte, in einem Songtext aufgearbeitet zu werden, welche dann?
Zu meiner Freude ließ mich Daniel Almeida bei diesem Lied endlich in der Tonlage singen, die ich für richtig hielt. Vielleicht auch nur deshalb, weil ihm die ganze Sache mit mir mittlerweile ziemlich am Arsch vorbei ging. Man hörte der ganzen Produktion an, wie wenig der Typ auf Feinheiten achtete.

Die Stimme war mal zu laut und anschließend zu leise.
Seine Pupsluft hatte unsere Zusammenarbeit vergiftet. Es fiel mir von Mal zu Mal schwerer, mich bei schroffen Äußerungen zurückzuhalten. Meine ungewohnt flapsigen und teilweise zickigen Kommentare verärgerten ihn immer mehr.

Inzwischen war Undine braungebrannt von ihrer langen Seereise zurückgekehrt. Die Durststrecke von sechs Monaten war zum Glück weitaus schneller überstanden als erwartet. Endlich konnte ich sie wieder in die Arme schließen und mit ihr herumalbern, wie wir es schon immer getan hatten. Bei unserem Wiedersehen in unserer Stammeisdiele fragte ich sie gleich aufgeregt, ob sie nicht Lust hätte, bei meinem neuen Stück den Background-Gesang zu übernehmen. Meine Freundin war erwartungsgemäß Feuer und Flamme, mich zu unterstützen. Unbedingt wollte meine Seelenverwandte auch den Mann kennenlernen, über den es in den letzten Mails so viel zu lästern gab.
Selbstredend packte Daniel Almeida mit einem Mal wieder die große Lust an meinem Lied, als ich ihm Undine vorstellte. Er war begeistert von meinem gutaussehenden Mitbringsel, schaute ihr unverfroren in den Ausschnitt, zu dem ich ihr aus taktischen Gründen im Vorfeld geraten hatte. Am Ende der ausnahmsweise verlängerten Aufnahmestunde bot er meiner Backgroundsängerin sogar an, für eigene Aufnahmen – natürlich kostenlos – wiederzukommen.

„Deine Stimme ist etwas ganz besonderes", schleimte er mit elektrisiertem Blick.

Seine Feststellung und auch die vorherigen Komplimente entsprachen natürlich der Wahrheit. Tatsächlich harmonierten unsere Tonarten sehr gut miteinander. Der Refrain vermittelte mir durch ihren Einsatz ein unbeschreibliches Gefühl. Die Aufnahme mit Undine war eine der schönsten Erfahrungen, die ich mit meinen eigenen Liedern erlebt habe.
Die Wut und der Ärger über Daniel Almeida wuchsen jedoch zeitgleich ins Unermessliche. Für ihn war ich an diesem Tag Luft. Es machte mir ein letztes Mal deutlich, dass es keinen Sinn machen würde, an seiner Seite noch weiter auf die angestrebte Popstar-Karriere zu hoffen. Das Interesse meinerseits wurde ohnehin schon vor Wochen ausgeräuchert. Ich kündigte fristgerecht, um mich anderweitig zu orientieren.

In den kommenden Tagen ließ ich Demo-CDs mit meinen drei Songs brennen, druckte Liedertexte aus und schrieb mit Undines Hilfe eine Art musikalischen Lebenslauf.
Ich wollte mich bei wirklich angesagten Produzenten bewerben, die sich erfolgsverwöhnt in den vorderen Regionen der deutschen Charts tummelten.
Als ich stolz den Karton mit den CDs auspackte und die silbernen Rohlinge auf dem Tisch ausbreitete, wusste ich, dass es nun höchste Zeit war, einen Künstlernamen zu finden.

Die Wahl fiel recht schnell auf *Tolliver.* Michael Tolliver ist der Name einer schwulen Romanfigur aus der beliebten Buchreihe „Stadtgeschichten" von Amistead Maupin.
Bisher hatte ich nicht gerade viel gelesen, doch diese Buchreihe hatte es mir angetan. Eine amerikanische, schwule Version der Lindenstraße sozusagen. Tolliver schien mir auf jeden Fall ein Name zu sein, mit dem ich mich anfreunden konnte.
Das einzige, was für eine vollständige Bewerbung nun noch fehlte, war ein Videoclip. Wie sollten die wirklichen Profis mich einschätzen können, wenn sie nur meine Stimme und mein Gesicht auf einem Schwarzweißfoto kannten. Ich hatte schließlich auch optisch einiges zu bieten, und konnte so vielleicht von den Schwächen der Produktion meiner Lieder ablenken. Doch wie sollte das Ganze aufgezogen werden? Geld hatte ich nicht übrig.
Es musste irgendwie mit einfachsten Mitteln zu machen sein. Wer mich kennt, der weiß: Wenn ich mir etwas in den Kopf setze, wird es auch mit aller Kraft erreicht.

Kapitel 11

Von der Idee bis zur Umsetzung dauerte es gerade einmal fünf Tage. Undine, Juan und ich setzten uns bei Pizza und Apfelsaft in meinem Wohnzimmer zusammen, um ein Konzept zu besprechen. Schnell war klar, wer meinen Videoclip aufnehmen würde: Moritz, Undines attraktiver Freund, der sich als Techniker inzwischen schon einen kleinen Namen gemacht hatte, wurde von uns auserkoren, die richtigen Bilder einzufangen. Eine Videokamera besaß meine beste Freundin glücklicherweise auch schon. *Behind the Walls* war das Stück, das ich am geeignetsten fand, um einen kurzen Film dazu zu drehen. Stimmlich war es am besten produziert und der Beat schrie regelrecht danach, eine coole Choreographie einzustudieren.
Es fehlte also nur noch die richtige Kulisse, um den Clip zu drehen. Zuerst kam mir die Bühne der Stadthalle meines Heimatortes in den Sinn, da es dort schöne hellgrüne Vorhänge und auch professionelle Beleuchtungsmöglichkeiten gab, doch traute ich mich nicht, bei der Verantwortlichen nachzufragen, ob sie uns den Raum für ein paar Stunden zur Verfügung stellen würde. Allerdings hatten wir schnell eine lustige Alternative parat. Meine Schwester Karin jobbte seit ein paar Jahren neben ihrem Studium in der Bäderabteilung einer nahegelegenen Reha- Klinik.

Als Rezeptionistin hatte sie rund um die Uhr Zugang zu den Räumlichkeiten. Wenn alles nach Wunsch laufen würde, stünden am kommenden

Samstagnachmittag keine Behandlungen oder Bewegungsbäder auf dem Plan.
Karin war zwar zuerst ein wenig überrascht, aber gleichzeitig auch erfreut, dass wir uns für ihren Arbeitsplatz als Location für unsere Dreharbeiten entschieden hatten.
„Einen Videoclip, der in einer Badeanstalt spielt, hatte es seit Bronski Beat und Culture Club auch nicht wieder gegeben. Find ich gut, wenn du da anknüpfst", freute sich meine Schwester und willigte ein, uns in jeglicher Hinsicht beim Dreh behilflich zu sein.

„Juan und ich werden dann deine Gogo -Tänzer, ok?“ lachte Undine, während sie meinem Freund aufgeregt auf den Oberschenkel klopfte.
„Woooos? Gogo-Tänzer?“ schrie er ein wenig tuntig, war aber selbstverständlich bereit, sich mit uns zusammen ein paar Tanzschritte für das kommende Wochenende auszudenken.
Am Samstag gegen Mittag verabredeten sich alle Beteiligten im Reihenhaus meiner Mutter, um eine letzte Besprechung zum Videodreh abzuhalten. Auch unsere Outfits standen schnell fest. Meine Wahl fiel auf weiße, abgeschnittene Jeans, schwarze Boots und ein enges Feinripp-Unterhemd, über das ich ein aufgeknöpftes, hellgrünes Hemd zog.
Juan trug sein leicht durchsichtiges, schwarzes Kapuzenshirt, durch das man bei genauem Hinsehen, seine schönen Muskeln bewundern konnte.
Wir hatten das trendige Oberteil gemeinsam vor wenigen Wochen in einem Shop auf der

Reeperbahn erstanden: Im Schnäppchenkorb, wo mein Freund am liebsten wühlte, entdeckte er das stylische Stück Stoff für gerade mal acht Euro. Passend zum kommenden Sommer-Hit zog er sich eine kurze, löchrige Jeans an, wie es Mitte der Neunziger in Mode war. Undine präsentierte sich mit einer hauchdünnen, weißen Bluse, durch die man den schwarzen BH sehen konnte. Dazu dunkle und extrem knackige Hotpants, die meinem Ex-Produzenten Daniel Almeida sicherlich in den Wahnsinn getrieben hätten.
Gut gelaunt und ein wenig überdreht schleppten wir eine Palme und den Fikus aus meinem Wohnzimmer ins Auto meiner Mutter, um die Schwimmhalle in unserem Tanzbereich ein wenig zu dekorieren.
Bepackt mit Scheinwerfern, Schminktäschchen und Pflanzen enterten wir wenig später mit meiner Mutter den Drehort. Karin erwartete uns bereits mit Keksen und Getränken.
„Ist ja ein klasse Catering-Service hier“ umarmte ich sie herzlich zur Begrüßung.
Ich war unwahrscheinlich dankbar, so viele Leute um mich zu haben, die mich nicht nur in meinem Vorhaben unterstützten, sondern sich von meiner Begeisterung richtig mitreißen ließen.
Während ich mich noch einmal mit Haarspray und leichtem Make-up runderneuerte, erklärte Undine meinem Freund noch einmal die sogenannte „Wasserchoreographie.“ Diese Tanzschritte hatte sie während der letzten Monate immer und immer wieder während einer Show am Pool auf dem Club-Schiff Aida performen müssen.

Juan lernte schnell und ich bewunderte ihn für den Sexappeal, den er beim Tanzen ausstrahlte.
Hoffentlich würde ich an seiner maskulinen Seite nicht verblassen.
Die warme Feuchtigkeit, die im Schwimmbad herrschte trieb mir von Zeit zu Zeit ein wenig Schweiß auf die Stirn, den ich vorsichtig mit einem Taschentuch abtupfte, um das großzügig aufgetragenen Make-up nicht zu verwischen. Dies versetzte uns genau in die richtige Stimmung, die wir für einen Sommer-Hit brauchten.
Karin drückte die Play-Taste und schon ertönten die ersten Töne von *Behind the walls* in voller Lautstärke über die Boxen der Schwimmhalle. Alle in Aufstellung. Noch einmal wurden kurze Abläufe abgesprochen, denn wir mussten die fast vier Minuten in einem Lauf durchdrehen. Es gab keinerlei Möglichkeiten, den Clip zu schneiden. Eine aufsteigende Nervosität ließ sich nicht länger verdrängen.
Moritz zählte ein: „Eins, zwei, drei…los“
Die Anfangstöne überfluteten das Schwimmbad mit coolem Beat. Nicht zu laut und nicht zu leise, da die Kamera auch den Ton aufnehmen musste.
Unsere Arme schaukelten wie verabredet aufeinander eingestimmt im Rhythmus zur Musik, als uns plötzlich eine genervte Stimme aus der angespannten Konzentration riss.
„Stop. Die Kamera funktioniert nicht", unterbrach Undines Freund das Treiben.
Immer wieder drückte er auf den Aufnahmeknopf, drehte an verschiedenen Knöpfen und nahm die VHS-Kassette ein paar Mal heraus, um sie anschließend wieder in das Plastikgehäuse zu schieben.

Juan, Undine und ich guckten uns erschrocken an. Niemand traute sich, etwas zu sagen. Nach fünf Minuten war die Ursache gefunden: Die feuchte Luft im Thermalbad wirkte sich negativ auf die Kamera aus. Bereits vor Drehbeginn hatte Moritz sich beklagt, dass die Linse beschlagen war. Nun hatte sich die Nässe anscheinend durch die Ritzen in das Innere das Gerät gefressen.
Ich bewunderte Undines Freund, dass er die Ursache überhaupt so schnell herausgefunden hatte. Auf so eine Idee wäre von uns sonst sicherlich niemand gekommen. Ich selbst hätte das defekte Ding sicherlich unwissend direkt in den nächsten Mülleimer geworfen.
Wir mussten dringend handeln und uns schnell einen Notfallplan einfallen lassen. Unser Vorhaben hing an einem seidenen Faden. Der rettende Einfall kam von meiner Schwester:
„Was haltet ihr davon, wenn wir einfach in die Turnhalle umziehen. Da gibt es ein paar Fenster, wo wir die Kamera fürs Erste durchlüften können."
Kurzerhand verlegten wir unsere Bühne in das sogenannte „Gymnastikstudio" am anderen Ende des Flurs. Hier wirkte es anfangs noch relativ kalt und steril, doch mit den Grünpflanzen und der großen blauen Matte im Hintergrund, war dieser Raum eine angemessene Alternative.
Vielleicht war es sogar besser, dass wir uns einen anderen Schauplatz suchen mussten, denn das Plätschern der Wasserchoreographie wäre sicherlich lauter als die aufgenommene Musik gewesen.
Eine halbe Stunde später starteten wir nachgeschminkt den nächsten Anlauf. Die Aufregung, die in den letzten Minuten ein wenig nachgelassen

hatte, kam mit den ersten Tönen von *Behind the Walls* zurück und ließ meine Beine richtig zittern. Ich weiß nicht, wie es meinen Gogo´s mit ihrer Nervosität ging, denn ich musste mich nun voll und ganz auf mich selbst konzentrieren.

Die erste Kamera-Einstellung zeigte Juans aufblasbaren Godzilla in Großaufnahme, den er vor wenigen Wochen auf einem Flohmarkt gekauft hatte. Mit meinen schwarzen Boots kickte ich das arme Tier beiseite, bevor Moritz auf uns schwenkte. Juan und Undine standen mit dem Rücken zu mir und wedelten zum Intro passend mit den Armen. Ich stieg ein und ab ging die Post. Nicht immer im Takt, aber synchron zum Playback, tanzten wir uns durch das Lied. Gekonnt warf ich meinen schlanken Körper auf den Boden und robbte vor der Kamera lasziv flirtend auf dem Bauch durch die Turnhalle. Alles in allem recht unterhaltsam.

Juan musste zwar bei der leicht verkorksten Wasserchoreographie leise Lachen, doch war der erste Durchlauf für mein Empfinden recht anständig geworden. Immerhin streikte weder die Kamera, noch verlor Popstar Tolliver sein Gleichgewicht während der schwungvollen Tanzeinlagen. Fast wie ein echter Profi!
Wir wiederholten den Dreh zur Sicherheit noch ein weiteres Mal, um auf Nummer sicher zu gehen, eine geeignete Aufnahme im Kasten zu haben. Gespannt blickten wir auf die bewegenden Bilder in der Kamera, die Moritz uns im Anschluss auf dem Display präsentierte.

Hier und da wirkte ich ein wenig unbeholfen oder bewegte mich nicht hundertprozentig passend zum Beat, doch sollte dieser Film schließlich nicht auf MTV oder Musicbox laufen, sondern nur einen ersten Eindruck vermitteln. Ich wollte zeigen, wie ich bin und besser war ich halt nicht.

Die Beschaffenheit des Videos war sicherlich grenzwertig. Durch das Kopieren des Videobandes litt die Qualität noch ein wenig, aber irgendwie gefiel mir das Ergebnis unserer fruchtbaren Zusammenarbeit richtig gut.
Am Montag nach der Arbeit durchstöberte ich mehrere Geschenkartikelläden nach passenden Kartons und deckte mich mit acht knallgrünen Schachteln ein. Die kopierten Liedertexte auf hellgrauem Briefpapier legte ich zusammen mit meiner Demo- CD und Videokassette dazu.
Ein vorteilhaftes Schwarzweißfoto am Anschreiben rundete die Sache ab. Meine hübschen Bewerbungsunterlagen schickte ich an die Creme de la Creme der erfolgreichsten deutschen Produzenten wie Annette Humpe und Alex Christensen.

Leider erhielt ich zu meiner großen Enttäuschung außer einer Absage und dem Paket mit dem Vermerk „Empfänger unbekannt" keine Reaktion auf mein musikalisches Powerpack.

Was sollte ich nun machen? Die Flinte ins Korn werfen und aufhören, meinen Traum Realität werden zu lassen?
In meinem Unmut kam mir die Anzeige des damals recht angesagten Produzenten Toni Cottura gerade

recht. Der erfolgreiche Macher der Fun Factory und später auch Mitbegründer der Backstreet Boys und N´Sync suchte in einer Musikfachzeitschrift nach neuen Talenten für ein internationales Musik-Projekt.

Kapitel 12

Für das Vorsingen, das an einem Mittwochvormittag stattfand, nahm ich mir extra einen Tag frei. Karriere geht schließlich vor Behördenstube.
Mein Weg führte mich mit einer Playback-Kassette von Jennifer und der Karaoke-Version des Hits *Wonderful Life* von Black bewaffnet zum Hamburger Schlachthof.
Die angesagte Konzert-Halle in der Nähe der U-Bahn-Station Feldstraße sollte der Ort werden, an dem ich einen international anerkannten Profi von meinem Talent überzeugen wollte.
An der Eingangstür bekam ich von einer gestresst wirkenden, jungen Blondine einen Zettel in die Hand gedrückt, den ich ihr wenig später in Sonntagsschrift ausgefüllt zurückgab.
Neben Namen und Telefonnummer musste eingetragen werden, was ich singen wollte und welche Stationen ich in meiner bisherigen musikalischen Karriere durchlaufen hatte. Alles, was mir einfiel wurde zusammengetragen: Blockflöte, Altflöte, Kirchenchor, klassischer Gesangsunterricht bis hin zu Studio-Aufnahmen inkl. Songwriting. Nur die kläglichen Anfänge meiner Klavierstunden verschwieg ich besser.
Um mich herum tanzten und sangen zahlreiche, ebenfalls aufgebrezelte Teenies aus aller Herren Länder, sodass es einem bei der Unruhe geradezu unmöglich war, sich noch einmal auf den nicht ganz sitzenden Text zu konzentrieren. Irgendwie kam es mir vor, als würden mich alle Mitstreiter herablassend und selbstherrlich beobachten.

Selten zuvor habe ich mit so vielen unangenehmen Menschen in einem Raum gesessen.
Schon auf meine Begrüßung bei Betreten des Raumes erhielt ich statt Erwiderung nur ein paar zickige Blicke. Meine gefühlte Aufregung lässt sich kaum in Worte fassen. In der vergangenen Nacht war ich kaum zum Schlafen gekommen und hatte mich so lange im Bett hin und her gewälzt, bis Juan mich entnervt angemotzt hatte, ich solle endlich mal ruhig liegen und schlafen. Das half komischerweise.

Nach dreißig unerträglichen Minuten des Wartens wurde ich von einer rothaarigen Dame mit versteinerter Miene aufgerufen. Missgünstige Augenpaare begleiteten jeden meiner Schritte in Richtung Konzertsaal. Vor lauter Nervosität hatte ich die berechtigte Angst, mich nicht mehr an die auswendig gelernten Strophen zu erinnern und nahm meinen Text kurzerhand mit auf die Bühne. Geblendet vom Scheinwerferlicht grüßte ich freundlich nach oben in den ersten Stock, wo anscheinend Toni Cottura und zwei weitere Männer auf gute Unterhaltung hofften. Statt einer Antwort auf mein nettes „Hallo“, wurde mir ein gelangweiltes Husten entgegengeschleudert.
Die Blondine vom Einlass kam auf ihren Highheels angestakst und nahm mir die mitgebrachte Kassette ab, um sie zum Tontechniker zu bringen.
„Seite Eins?“ fragte mich eine erfreulich nette Stimme aus dem Nichts.
„Richtig. Einfach auf Play drücken", erwiderte ich äußerlich ganz cool.
„Ok. Es geht los!“

Die ersten Töne ließen mir das Blut in den Adern gefrieren. Entgegen des erwarteten Intros von *Wonderful Life*, bummerte plötzlich eine unfertige Gesangsaufnahme von *Behind the walls* aus den Lautsprechern über mir.
„Hallo. Das ist leider falsch!" rief ich in das Mikrofon.

Der Verantwortliche hatten tatsächlich an meiner Aufnahme herumgespult und das richtige Lied irgendwo auf dem Band verschwinden lassen. Mit rotem Kopf dirigierte ich den Angestellten ein wenig mit hilfreichen Anweisungen wie „Noch ein wenig vor" oder „Nein, doch noch nicht" bis die richtige Stelle gefunden war. Aufgebrachtes Schnaufen und Fluchen aus der Dunkelheit im Obergeschoss ließ mich geradezu im Boden versinken. Nach zehn Minuten, die sich wie zwei Stunden anfühlten, konnte es erneut losgehen. Vor Aufregung verschwitzt und mit den Nerven am Ende, begann ich die ersten Zeilen zu singen. Der ganze Körper zitterte und die Stimmbänder kämpften gegen das Vibrieren meiner Beine an. Meine Augen bohrten sich aus Angst in den Zettel in der Hand.
Es überraschte mich nicht wenig, als ich nach nicht einmal zwei Minuten unterbrochen und nach Hause geschickt wurde.

Enttäuscht verließ ich die Bühne, auf der ich in den letzten Jahren so viele meine Lieblingsstars bewundern durfte. Mir war klar, dass dieser Tag im Schlachthof eine reinste Blamage war.
Tatsächlich fühlte ich mich wie ein aufgeschlitztes

Schwein, das darauf wartete, sich in einer Wurstpelle begraben zu lassen. Ob eines der blöde Flittchen und Konkurrentinnen vielleicht einen Komplott gegen mich eingefädelt und den Tontechniker bestochen hatten? Sicherlich nicht. Möglich wäre bei den Giftspritzen allerdings alles gewesen.
Zu Hause angekommen legte ich mich auf mein hellgrün bezogenes Bett, vergrub mein Gesicht in mein Kuschelkissen und weinte. Warum hatte ich mir das nur angetan? Ich musste der Wahrheit ins Gesicht sehen. Ein unbedeutender Sänger, der nicht einmal in der Lage war, einen Songtext auswendig zu können, hatte im Popbusiness nichts verloren.
Natürlich wäre alles anders gelaufen, wenn der Idiot das Band nicht zurückgespult hätte, doch war es nun einmal so. Ein Profi hätte sich einfach hingestellt und acapella gezeigt, was in ihm steckt.
Zerknirscht berichtete ich Juan am Abend vom Desaster meines Vorsingens.
Er nahm mich in die Arme und drückte mich fest. Was wäre ich nur ohne ihn.
„Es gibt doch noch andere Möglichkeiten für dich. Außerdem hast du ja noch mich, Kükemann", beruhigten mich seine lieben Worte wenig.
Nicht unerwartet erhielt ich zwei Tage später eine Absage von Toni Cottura und seinem Produktionsteam:

Sehr geehrter Herr Timm,

wir bedanken uns für Ihr Interesse an unserer Produktion.
Leider müssen wir Ihnen mitteilen, dass wir in

Ihnen keinerlei Potential für eine gemeinsame Zusammenarbeit sehen.

Mit freundlichen Grüßen
Ihr
Boyah Music Team

Schmerzhaft schlugen mir diese zickigen Worte ins Gesicht, dennoch war ich mir bewusst, dass der brutal auf den Punkt gebrachte Inhalt der Wahrheit entsprach. Ein wenig deprimiert und enttäuscht realisierte ich, dass ich mich damit anfreunden musste, mein Vorhaben als gescheitert zu akzeptieren und mir langsam einen neuen Traum zu suchen, den ich besser umsetzen konnte.
Doch dann klingelte das Telefon:
„Hallo. Hier spricht Anette Humpe", begrüßte mich die Berlinerin.
Ich musste mich erst einmal auf mein zerwühltes Sofa setzen und schlucken. War da tatsächlich die Produzentin der Prinzen und Popstar der Achtziger Band Ideal am Apparat?
„Oh. Hallo. Das ist ja nett", spielte ich den Relaxten.
„Du hast mir da ja deine CD und das Video geschickt und da muss man ja drauf reagieren"
Irgendwie hörte sie sich ein wenig genervt an, oder bildete ich mir das nur ein?
„Hat es dir gefallen?" duzte ich den Star selbstverständlich, weil man dies ja normalerweise unter Kollegen so macht.

„Ich mache ja keine Dance-Musik mehr und beschäftige mich jetzt nur noch mit spirituellen

Sounds“, blieb sie mir die Antwort auf meine Frage schuldig.
„Schreib dir mal die Nummer von einem Bekannten auf, der auch schon mit *Sin with Sebastian* etwas gemacht hat. Grüß ihn mal nett von mir, dann wird er dich sicherlich anhören.“
Die Zeit reichte gerade noch für ein kurzes „Danke“, bevor Anette Humpe das Gespräch beendete. Ganz verzückt und aufgedreht ließ ich die kurze Unterhaltung noch einmal Revue passieren. Egal, wie genervt sie sich angehört hat. Egal, dass sie kein Interesse daran hatte, Musik mit mir zu produzieren. Sie hat mich ernst genommen und das fühlte sich unwahrscheinlich gut an.
Sin with Sebastian mochte ich auf jeden Fall gern hören. *Shut up and sleep with me* war zwar ein toller Ohrwurm und nicht ohne Grund ein Riesen-Hit in ganz Europa, doch mit seinem Image der blonden Tunte, wollte ich jetzt nicht unbedingt in Verbindung gebracht werden. Rein musikalisch war dieses Projekt perfekter Dancefloor. Das originelle Album hörte ich damals rauf und runter. Es machte einfach gute Laune!
Zu meiner Schande muss ich gestehen, dass ich in der Vergangenheit nicht nur einmal darauf angesprochen wurde, ich sähe ein wenig aus, wie Sebastian Roth, der übertrieben geschminkte Sänger des Projekts. Auch mein Bruder zog mich immer wieder damit auf, bis er selbst einmal diesem Vergleich zum Opfer fiel. Immerhin wusste Sebastian, wie er sich von der Masse abhob und das imponierte mir neben seinen Songschreiber-Fähigkeiten.

Noch völlig geplättet von dem eben geführten Telefonat griff ich nach dem Telefon, um Juan von den neuesten Ereignissen zu berichten.
Selbstverständlich hatte er keine Ahnung, wer genau mich soeben angerufen hatte, dennoch freute er sich mit mir. Aufgeregt hüpfte ich durch meine Wohnung, wie ich es seit meinem Radio-Gewinn von dreißig Maxi-Singles vor einem Jahr nicht mehr getan hatte.

Kapitel 13

Acht Tage, einen Frisörbesuch und zwei Telefonate später machte ich mich auf den Weg zu den Boogie Park Studios in Hamburg Ottensen. Über einen Innenhof erreichte ich guter Dinge das eher unscheinbare Hinterhaus. Die Wände waren mit Gold – und Platin-Auszeichnungen geschmückt, so wie man sich das bei einen erfolgreicher Plattenfirma vorstellte. Der Typ um die vierzig, zu dem ich von der Empfangsdame begleitet wurde, schien mir, trotz sicherlich mehrerer Millionen auf dem Konto, sehr viel angenehmer als Daniel Almeida zu sein.
Klischeegerecht trug er zwar eine Sonnenbrille auf dem Kopf, doch machte er einen sympathischen Eindruck auf mich.

Nach kurzem Geplänkel legte er meine CD ein, hörte sich *Jennifer* und *Behind the Walls* an, und trommelte dabei angeregt im Takt auf seinem Oberschenkel mit. Fasziniert beobachtete ich seine Reaktion und schämte mich im selben Moment, als meine Stimme aus den Boxen schallte. War es nur falsche Bescheidenheit oder Angst vor Kritik?

Es ist unglaublich, wie verletzbar man sich macht, wenn man Menschen seine Arbeit vorspielt und davon ausgehen muss, dass das eigene „Baby“ im nächsten Augenblick eiskalt verurteilt und fertiggemacht werden kann. Immerhin hatte ich mein Bestes gegeben.
Von den Umständen, dass Daniel Almeida dies

getan hatte und seine Professionalität zu wünschen übrig ließ, konnte der Hörer nichts wissen. Es lag mir auch fern, mich selbst als „gut“ zu betiteln, jedoch war ich mir sicher, dass es eine Menge Popsternchen gab, die schlechter waren als ich.
„Das ist nichts für uns. Aber Deine Stimme klingt interessant. Sehr Eighties", holte mich der Produzent aus meinen Gedanken zurück.
Schade. Dabei hatte er doch eben noch so sympathisch mitgewackelt.
„Ich habe einen guten Freund. Dem kannst du mal vorsingen", sagte der Profi ernsthaft und zog eine hellgraue Visitenkarte aus einer Ledermappe, die aufgeschlagen vor ihm auf dem Glastisch lag.
Seine Reaktion war natürlich nicht so, wie ich es mir erhofft hatte, doch war das Verhalten mir gegenüber respektvoll und freundlich. Der Unternehmer suchte halt gerade etwas anderes, dass musste man akzeptieren. Dankbar und nur mit einem kleinen bisschen Wehmut, verabschiedete ich mich aus den heiligen Räumen der Hitfabrik.
Irgendwie fühlte ich mich langsam ein wenig herumgereicht. Erst Anette Humpe, dann Boogie Park Productions und nun also Benny vom Goldbekplatz. Der optische Rolf-Zuckowski-Abklatsch wohnte in einem noblen Altbau. Mit seinen längeren, braunen Haaren, der jugendlichen Figur und der engen Jeans wäre er das beste Opfer für den Beginn einer Bettenkarriere gewesen, doch spielte sein kleiner Sohn im Nebenzimmer mit Autos.
Ich musste mich also erneut auf mein Talent oder wie auch immer man das nennen sollte, verlassen.

„Deine Aufnahme möchte ich gar nicht hören", knallte er mir als erstes vor den Kopf.
Gab es eventuell doch noch die Möglichkeit auf körperliche Aktivitäten?

„Sing einfach mal etwas vor. So ganz spontan", lachte er mich an, während er uns eine Flasche Mineralwasser und zwei Gläser auf den Schreibtisch stellte. Wahrscheinlich wollte er gucken, ob ich nun anfangen würde herumzudrucksen, doch weit gefehlt. Ich begann mit den ersten Zeilen von *Jennifer* und gab im Anschluss meine Unglücks-Ballade *Wonderful Life* zum Besten. Richtig zufrieden war ich mit mir. Ich strotze vor Selbstbewusstsein und Benny lauschte interessiert.
„Deine Stimme ist recht ungewöhnlich und erinnert mich an Phil Oakley von Human League. Ein wenig sogar an Dave Gahan", stellte er interessiert fest. Zuerst dachte ich, er wollte mich verarschen, denn mit so großen Namen wollte ich mich nicht messen lassen – aber vielen Dank!
„Im Moment passt das nicht so zu meinen Aufnahmen, aber ein Bekannter von mir ist Gitarrist und sucht gerade einen Sänger. Vielleicht hast du ja Lust, dich mal mit ihm zu treffen. Darf ich ihm deine Nummer geben?" bot er mir an.
Der verschmähte Wanderpokal wollte einfach nicht den richtigen Anschluss finden, um sesshaft zu werden. Es wurde langsam unerträglich. Gerade mit Benny hätte ich gern zusammengearbeitet. Irgendwie fühlte ich mich wohl bei ihm.
Mit jeder neuen Verabredung sanken meine Hoffnungen, jemals professionell Musik zu machen.

Der mir vermittelte Kumpel Rudolf besuchte mich zweimal in meiner Wohnung. Unsere Vorstellungen passten überhaupt nicht zusammen. Als Rocker mit langer Mähne und Gitarre, hatte er sicherlich eine andere Vorstellung von jemandem, der seine beiden Lieder performen sollte. Die Songs, die er geschrieben hatte, waren gar nicht schlecht, doch wurde ich in eine komplett andere Richtung geschoben, als mir noch vor Wochen vorschwebte. Ich selbst mochte Akustikgitarren nie sonderlich und auch das Singen fremder Lieder war nicht mein Ziel. Der Kiffertyp war mir unsympathisch und ich fragte mich mehrfach, wie der attraktive Benny vom Goldbekplatz nur auf die Idee gekommen war, uns miteinander in Verbindung zu bringen.
Es blieb bei drei Treffen, zu dem Rudolf jedes Mal fast eine halbe Stunde zu spät aufschlug. Die Sache verlief im Sande, nachdem er einer weiteren Verabredung, ohne abzusagen, fernblieb. Der Wanderpokal blieb nun dort wo er war. Es gab keine Anwärter mehr, die ihn mal testen oder ansehen wollten. Das Ende meiner nicht wirklich in Fahrt gekommenen Karriere war fürs Erste erreicht.
Doch bevor der Pokal endgültig verstaubt und in Vergessenheit gerät, wird er demnächst, mehr als zehn Jahre später, wieder salonfähig gemacht. So schnell gibt ein Lucas Timm nicht auf. Haltet Eure Hände schon einmal bereit!

Kapitel 14

Das Geräusch von leisem Schnarchen ließ mich behutsam aufwachen. Hinter der geschlossenen Jalousie kündigten die ersten Sonnenstrahlen beste Voraussetzungen für ein aufregendes Wochenende an. Es war bereits halb zehn und somit Zeit aufzustehen.

Verzückt genoss ich den Ausblick auf die kurzen Schäfchenlocken, die direkt neben mir ein Stückchen aus der Bettdecke lugten. Juans Schlafmaske war leicht verrutscht und das enge Gummiband hatte einen Abdruck auf seinem Hinterkopf hinterlassen. Ganz vorsichtig drehte ich mich um und schmiegte meinen Körper an seinen Rücken. Wie von Geisterhand geführt schob sich meine Morgenlatte ohne großes Zutun zwischen seine Beine. Ein kurzes, behagliches Grunzen signalisierte mir, den richtigen Weg eingeschlagen zu haben, um meinen Traummann aus den Federn zu locken. Mit der Hand wanderte ich sachte vom flachen Bauchnabel über die leicht behaarte Brust. Meine Finger streichelten Juans unrasierte Wange und griffen lustvoll in das teigige, weiche Kinn. Diese Stelle seines Gesichts, zog mich seit Beginn unserer Beziehung immer wieder magisch an. Ich musste einfach von Zeit zu Zeit zupacken. Lachend zog der Spanier sich in der Regel zurück und versuchte mich abzuschütteln. Kitzelte es ihn so sehr oder verstand mein Freund nicht, was so süß daran war? Das Haarbüschel neben mir bewegte sich nun ein wenig. Eine Hand erschien und hob die blaue Schlafmaske an. Nun drehte sich das Murmeltier

mir zu. Seine verschlafenen Augen, die winzig klein in das helle Zimmer blinzelten, ließen keinen Zweifel daran, dass es lieber noch weiter geschlafen hätte.
Die dunklen Augenbrauen müssten auch mal wieder geschnitten werden, ging es mir durch den Kopf. Spätestens nach ausgiebigem Aufweck-Sex und einem gemeinsamen Frühstück, würde ich ihn auf meinen mit Autolack grün besprühten Klodeckel setzen und die verwühlten Fransen wieder in eine schneidige Haarlinie verwandeln. Wie immer würde er vor Angst, ich könne Löcher in den Brauen hinterlassen, aufschreien und mich voller Panik ermahnen, nicht einfach wie wild drauflos-zumähen.

Nach getaner Arbeit werden die kleinen Härchen mit leichtem Hauchen weggepustet und hartnäckige Überbleibsel mit dem Zeigefinger aus seinem Gesicht gewischt. Ein Kuss auf den Mund wird das Ritual in beidseitiger Zufriedenheit beenden. Doch mit hartem Schwanz lässt es sich nicht gerade gelassen zur Schere greifen. Entspannung musste her. Ein fordernder Griff in die Lenden eröffnete das Spiel.
„Was machst du nur?" grinste Juan mich im Halbschlaf an, während er seine Decke zur Seite zog, um mir seine atemberaubende Morgenlatte zu präsentieren. Inzwischen waren wir ein perfekt eingespieltes Team, was dem wohlgestalteten Liebesspiel nicht die Faszination nahm. Im Gegenteil: Immer wieder überraschte mein Freund mich mit neuen akrobatischen Übungen und ausgefallenen Positionen.

Nach gemeinsamer Erfüllung, hastete Juan auf direktem Weg unter die Dusche, um Spermaspuren und Schweißtropfen auf der Haut zu beseitigen. Ich selbst streifte mir einfach mein Schlafanzugoberteil über die befleckte Brust, um beim Brötchen holen noch ein wenig in Erinnerung zu schwelgen und die eben empfundene Nähe nicht gleich wieder zu vertreiben.
Die weiße Jeans und mein Sweatshirt, die ich am gestrigen Abend getragen hatte, lagen noch griffbereit auf dem Sofa.
„Ich bin gleich wieder da. Du kannst ja in der Zwischenzeit schon den Tisch decken!" versuchte ich den Spanier beim Aufbrechen ein wenig zur Arbeitsteilung zu bewegen.
Als ich zehn Minuten später bepackt mit Schokoladen-Croissants und Mohnbrötchen wieder im Flur stand, konnte ich keine Veränderung feststellen. Selbst die Toilettentür war noch verriegelt. Na das wird sicherlich wieder dauern, schüttelte ich den Kopf. Immer blieb alles an mir hängen, doch machte mir das im Grunde genommen nichts aus.
Zu den neuesten Videoclips auf Viva und MTV tanzte ich mit Tellern, Tassen und Servietten ins Wohnzimmer und wieder zurück in die Küche.
Für gewöhnlich beendete mein Freund gerade in dem Moment seine Morgentoilette, wenn ich die frisch aufgeschäumte Milch in Porzellanschalen goss und das Fünf-Minuten-Ei abgeschreckt auf dem Tisch stand.
Neben genussvollem Sex, gemeinsamen Plantschen in meiner großen Badewanne und dem Sammeln nackter Männerbilder, die er aus Magazinen und Zeitschriften ausschnitt, hatte der

Kanare noch eine andere Leidenschaft: Juan war ein großer Film-Junkie. In der Zentralbibliothek lieh er sich jede Woche einen Stapel Videofilme aus, um seinen Durst nach neuen Streifen zu stillen. Als Student blieb ihm genug Zeit, mehrere Stunden in der Woche vor der Glotze herumzuhängen und in fremde Welten einzutauchen. Oft legte ich mich zu ihm aufs Sofa und kuschelte meinen Körper dabei eng an ihn. Die meisten schwulen Filme, von denen ich noch nie zuvor etwas gehört hatte, boten die besten Voraussetzungen für ein kleines Nickerchen in seinen Armen. Trotzdem oder gerade deshalb genoss ich die gemeinsamen Fernsehabende mit meinem Kükemann. In den vergangenen achtzehn Monaten hatten wir uns richtig aneinander gewöhnt. Juan war genauso, wie der Traummann, den ich mir immer erträumt hatte. Das Leben ist viel schöner, wenn man einen Partner an seiner Seite hat, mit dem man auf Konzerten in der ersten Reihe in die Höhe springen oder nach dem Aufwachen vom aufregenden Traum der letzten Nacht erzählen kann. Freunde, die behaupten, lieber Single zu sein, um keine Kompromisse eingehen zu müssen und wild durch die Gegend vögeln zu können, ohne ein schlechtes Gewissen zu haben, ernteten nur Kopfschütteln von mir. Nie und nimmer würde ich das Gefühl von Geborgenheit und Liebe gegen einsame Abende in Discotheken und Pornokinos eintauschen wollen.

Von Zeit zu Zeit lockte Juan und mich die große weite Welt. Kurztrips in die europäischen Metropolen wie Stockholm, Kopenhagen und Prag gehörten genauso zu unseren Ausflugszielen,

wie das schwule Hotel in Amsterdam, aus dem wir uns zu unserem großen Entsetzen Filzläuse mitbracht-en. Zum einen ziemlich ärgerlich, weil die Unterkunft für die billige Einrichtung extrem überteuert war. Zum anderen präsentierte sich die niederländische Hauptstadt während unseres Aufenthalts äußerst kalt und regnerisch.
Es gab also keine schöne Erinnerung an den gemeinsamen Urlaub, die die juckende Ungezieferplage rechtfertigte.
„Die Duschen waren eklig und vielleicht haben sie die Bettwäschentücher nicht geputzt", verzog mein Freund das Gesicht, als wir unsere Schamhaare gegenseitig nach sechsbeinigen Insekten durchsuchten.

„Ihh! Da ist schon wieder eins!" schrie er angeekelt und verzog das Gesicht.
Triumphierend töteten wir die Filzläuse am nächsten Abend mit Goldgeist, das Juan ohne mit der Wimper zu zucken aus der Apotheke besorgt hatte. Erleichtert und irgendwie auch ein wenig mitfühlend spülten wir die kleinen Leichen am Abend in den Ausguss meiner Badewanne.
Da Juan und ich uns Treue geschworen hatten, machte ich mir keine Gedanken darüber, ob sich die anhänglichen Blutsauger vielleicht auch woanders Zugang zu unseren Haarwurzeln verschafft hatten. Mir selbst fiel es jedenfalls nicht sonderlich schwer, den Blicken anderer Männer zu widerstehen. Die Geborgenheit und täglich erlangte Entspannung ließen alle Schwulen um mich herum geradezu unsichtbar werden.

Einsame Abende daheim waren so selten, dass es fast schon wieder etwas Besonderes war, sich einfach mal ein wenig durchs TV-Programm zu zappen oder stundenlang bei Marmeladenbrot und anschließender Noisette-Schokolade mit Undine zu telefonieren.
„Juan sehe ich erst in zwei Tagen wieder. Total ungewohnt. Was mach ich nur mit der ganzen Zeit. Hast du nicht Lust, morgen mit mir die CD-Läden unsicher zu machen?" schmatzte ich mit vollem Mund in den Hörer. „ Was treibt der denn ohne dich? Hast du keine Angst, dass er mal einen anderen kennen lernt?" verärgerten mich die Gedankengänge meiner Freundin.
„Mach dir mal keine Sorgen. So einen wie mich findet der ja nicht noch einmal", hielt ich selbstsicher dagegen.
Gleich klärte ich Undine darüber auf, dass mein Freund sich für die mündliche Abschlussprüfung seines Studiums vorbereiten musste und sicherlich gar keine Zeit für Dummheiten haben würde.
„Da ist Konzentration gefordert. An meiner Seite hat er ja meistens nur Sex im Kopf. Der bekommt hier alles was er braucht", schmunzelte ich verträumt vor mich hin, bevor ich den Grund für meinen zweiten freien Abend offenbarte.
Juan und sein Ex-Lover hatten sich für das Schmidt -Theater an der Reeperbahn verabredet, um eine Sado-Maso-Show anzusehen. Dieses brisante Thema reizte mich so gar nicht. Im Gegenteil! Als mein Freund mich fragte, ob ich mitkommen wolle, lehnte ich ohne zu zögern ab. Juan, der sexuell aufgeschlossener war, als die meisten Menschen in meinem Umfeld, schien auf diesem Gebiet nicht so

zart besaitet zu sein wie ich. Fast überkam mich ein wenig Panik, als er von seinem Vorhaben berichtete. Wollte er sich am Ende Anregungen holen, um diese später zu Hause auszuprobieren? Außer einem hin und wieder genüsslichen kleinen Klaps auf den Po, war mein Schatz im Bett bisher immer ein Engel gewesen.
„Klapp, klapp auf Popoback", freute er sich, wenn er das leichte Klatschen seiner Hand auf meinem runden Hintern hörte. Nein. Ich hatte wirklich keinen Grund, mir Sorgen zu machen.
In der vergangenen Woche waren wir gemeinsam bei einer Veranstaltung der Six Sex Weeks im Schmidts, bei der Amerikas Ex-Pornoqueen Annie Sprinkle in verruchter Atmosphäre Einblicke und Details aus ihrem ereignisreichen Leben präsentierte. Die üppige Endvierzigerin war überraschend sympathisch, wie sie mit ihrer mütterlichen, humorvollen Art aus dem Nähkästchen plauderte und gleichzeitig zum Nachdenken anregte. Mein persönliches Highlight an diesem Abend waren Film-Ausschnitte, in denen sie eine weibliche Ejakulation zeigte. Während sie zum Orgasmus kam, spritzten Wasserschwaden aus ihrer Klitoris, von denen sich selbst Juan noch eine Scheibe abschneiden konnte. Fasziniert richtete ich meine Augen auf die nicht enden wollenden Sekretfontänen auf der Leinwand vor mir. Das Interesse meines Freundes an der SM-Veranstaltung resultierte sicherlich nur aus Neugier, einmal etwas ganz anderes kennen zu lernen. Kein Grund zur Beunruhigung. Der Abend mit Annie Sprinkle hatte mich selbst schließlich auch nicht zu einem Heterosexuellen gemacht.

Kapitel 15

Sonntagmorgen gegen elf Uhr klingelte endlich das Telefon. Gespannt wartete ich auf den hoffentlich angewiderten Bericht über die erlebte Vorstellung. Erfreut griff ich den Telefonhörer, den ich beim Zähneputzen extra bereitgelegt hatte, falls Juan ich meldete.
„Moment. Ich muss noch schnell ausspülen“, nuschelte ich in die Muschel, spuckte fix den Schaum meiner Zahnpasta aus und ließ mir ein wenig kaltes Wasser durch den Mund laufen.
„Na mein Süßer. Es ist richtig scheisse, ohne dich aufzuwachen", begrüßte ich meinen Schatz nun noch einmal richtig.
„Es ist etwas Schlimmes passiert“, erschreckte mich Juan mit aufgebrachter Stimme.
Mir war klar, dass er keinen Scherz machte, wie damals, als er nach einem Bluttest in meinem Büro auftauchte, um mir mitzuteilen, dass er sich mit HIV infiziert habe.
Bedrückt hielt er mir einen weißen Zettel unter die Nase und meinte: „Ich wurde an einen Spezialisten überwiesen und muss viele Medikamente bekommen, damit es nicht so schnell ausbricht“, spielte er mit ernster Miene den Totgeweihten, während er traurig auf den Boden starrte. Sofort brach ich in Tränen aus, was ihn dazu brachte, die Sache schnell aufzuklären.
„Das war nur ein Witz. Ich bin ganz gesund", lächelte er ein wenig verunsichert über meine Reaktion. Ich war total sauer und konnte seinen Humor nicht wirklich teilen.

Aufgebracht und sauer schickte ich ihn nach Hause. Sicherlich würde er nicht noch einmal mit meinen Gefühlen spielen. Etwas musste in der vergangenen Nacht vorgefallen sein.
„Was ist denn los? Sag schon?“, pochte ich auf Klarheit.
„Wir wurden geklaut“, jammerte der Kanare erbärmlich.
„Was meinst du damit?", fragte ich nach, obwohl ich eigentlich verstanden hatte, was er mir sagen wollte. Fast musste ich lachen, doch fühlte ich, dass die Situation alles andere als lustig war. Juan schien seiner Stimme nach zu beurteilen ungewohnt aufgelöst zu sein.
„Wir wurden geklaut. Mit eine Pistole. Neben dem Museum am Hamburger Dom!“
„Ihr wurdet überfallen oder was meinst du?“ brachte ich die Sache auf den Punkt.
„Ja Sag ich doch. Vier scheiße Jugendlicher haben uns bedröht mit eine Pistole und uns geschrien: Geld her! Geld her! Schnell! Schnell! Da waren Leute aus einen Café gekommen und wir haben nach Hilfe gerufen. Sie sind einfach in die andere Richtung gegangen und haben uns da gelassen mit den Räubern. Die blöde Sau-Schicki-Micki-Arschlöche!“

Mir lief ein Schauer über den Rücken. Am liebsten wollte ich ihn sofort in meine Arme nehmen und drücken, weil er so verzweifelt ins Telefon rief. Sicherlich stand er noch unter Schock.
Bei der Schilderung des Angriffs hatte ich die Situation vor Augen so, als wäre ich dabei gewesen.

Das angstverzerrte Gesicht und seinen zitternden Körper konnte ich in Gedanken vor mir sehen.

„Und dann? Erzähl schon“, motze ich ihn fast an, weil ich noch immer nicht wusste, wie die Sache ausgegangen war. Ich fühlte mich total hilflos.
Mir wurde total heiß. Schweiß bildete sich vor Anspannung auf meiner Stirn.
„Ich habe den Arschloch dann mit meine Faust ins Gesicht getreten und dann sind wir schnell, hopp hopp zu die Arsch-Leute gerannt, die weggegangen waren. Thorsten stand die ganze Zeit ein Stück daneben und gewartet, was passiert. Die blöde Teenies wollten mein Geld, aber ich habe es ihnen nicht gegeben", triumphierte er nun.
Mein Held, dachte ich stolz. Allerdings war es genauso leichtsinnig, die bewaffneten Räuber einfach in die Flucht zu schlagen.
„Du bist ziemlich dumm. Warum hast du ihnen das Portemonnaie nicht einfach gegeben?", versuchte ich ihm die Brenzligkeit der Situation noch einmal deutlich zu machen.
„Ich weiß nicht. Wenn sie geschossen hätten, dann wäre es so. Kurze Zeit habe ich gedacht, alles ist gleich vorbei", flüsterte mein Freund nun ganz leise.

Mir stiegen Tränen in die Augen. So schnell könnte es gehen. Ein Leben ohne meinen Spanier wollte ich mir nicht mehr vorstellen. Juan hatte sich jedenfalls nach seinem mutigen Schlag in das Gesicht des Gangsters mit seinem Ex zu den feigen Passanten gerettet und sie beschimpft, weil sie nicht zu Hilfe geeilt waren. Im Anschluss sind die

beiden Freunde unbeirrt ins Schmidts gegangen, ohne eine Anzeige bei der Polizei zu erstatten.
„Ich hatte mein Geld ja noch. Außerdem ich wollte mir meinen Abend nicht kaputt machen lassen", rechtfertigte der Dummkopf sich.
Als wenn das Erlebte nicht schon furchtbar genug war, beendeten die beiden Überfallenen ihren Abend tatsächlich noch in der Sado- Maso- Show. Viel mitbekommen hat er von den nackten Männern auf der Bühne allerdings nicht.
„Ich konnte mich auf nichts mehr konzentrieren, weil meine Gedanken waren nicht ganz da. Gern würde ich es noch einmal sehen", meinte mein Freund traurig.

Eine Stunde nach unserem Telefonat konnte ich ihn endlich wieder in die Arme schließen. Ich drückte ihn so fest und innig wie nie zuvor. Meine Liebe mischte sich mit Verlustangst, denn die Geschichte machte uns deutlich, dass man sich im Leben keiner Sache wirklich sicher sein konnte. Ich beschloss, von nun an jeden Moment noch mehr zu genießen, als ich es bisher eh schon tat.
Die folgenden Wochen machten wir weiter wie bisher, wenngleich Juan ein wenig ruhiger und nachdenklicher wirkte, als vor dem Überfall. Er schien sich in Gedanken noch viel mit dem Angriff zu beschäftigen, redete allerdings nicht darüber, was genau in seinem Kopf vorging. Ich selbst traute mich nicht, dass Thema von mir aus anzusprechen und versuchte, den Vorfall zu verdrängen.
Vielleicht war es gar nicht verkehrt, sich noch einmal vor Augen zu führen, wie wichtig es ist,

jeden Moment in vollen Zügen zu genießen. Bei mir war Juan auf jeden Fall an der richtigen Adresse, um gemeinsam die sonnige Seite des Lebens auszukosten.

Kapitel 16

Regentropfen prasselten bedrohlich gegen mein Wohnzimmerfenster. Draußen wehte ein orkanartiger Sturm, sodass die Äste der alten Birke vor meinem Haus immer wieder in Panik an die Glasscheibe schlugen. Genau das richtige Wetter, um sich den ganzen Tag zu Hause einzuigeln, gemeinsam mit der besseren Hälfte ein paar Videos anzusehen und mit einem Gläschen Wein bei Kerzenschein in der Badewanne zu sitzen.

Der gedeckte Abendbrottisch ließ keinen Wunsch übrig. Sogar für gemütliches Kerzenlicht war gesorgt. Mit gemischten Gefühlen musterte ich meinen hungrigen Freund dabei, wie er ein getoastetes Möhrenbrot mit frischem Lachsschinken belegte. Obwohl der Geruch von Fleisch normalerweise Würgereize bei mir auslöste, kaufte ich nun entgegen meiner Überzeugung als Vegetarier regelmäßig Aufschnitt. Mein Dauergast sollte sich schließlich rundum wohl fühlen. Es machte mir auch nichts mehr aus, weil seine leuchtenden Augen beim Auspacken der toten Tiere und das anschließend genüssliche Ablecken der Finger so niedlich anzusehen waren. Nur mit dem Küssen tat ich mich nach dem Essen ein wenig schwer. Jedenfalls in den ersten Minuten.

Nachdem wir gemeinsam mit vollem Magen das Geschirr abgeräumt und in der Spüle verstaut hatten, zog mich Juan aufs Sofa. Gleich würde es wieder Sex geben, freute ich mich auf den perfekten Ausklang des gemeinsamen Wochenendes.

„Lucas, ich muss mit dir etwas besprechen", zerstörte er meine gerade entfachte Wollust.
Nur ganz selten sprach mein Freund mich mit meinem Vornamen an. Erschrocken blickte ich in sein ernstes Gesicht. Mir war klar, was nun passieren würde, doch hoffte ich, dass ich mich täuschte. Was war denn plötzlich los? Besser, als in den letzten Monaten könnte es doch gar nicht laufen.
„Lucas, ich werde zurück nach Gran Canaria ziehen", verschaffte Juan mir Klarheit.

Seine Worte zogen mir den Boden unter den Füßen weg. Ich war sprachlos. Damit hätte ich nicht gerechnet. In mir stiegen tausend Gedanken hoch, sodass ich nicht wusste, was ich sagen sollte. Wie versteinert starrten meine Augen in sein plötzlich so kühl wirkendes Gesicht. Ich weiß nicht mehr, wie lange ich mich nicht bewegte. Meine Augen konnten den Tränenfluss nicht länger zurückhalten. Alles wirkte so unwirklich. Natürlich hatte ich ab und zu darüber nachgedacht, dass Juans Zeit in Hamburg begrenzt sein könnte, aber waren wir zwei nicht füreinander geschaffen? Bedeutete ihm unser gemeinsames Glück denn gar nichts?

Mit dem ersten Schrecken und der unerträglichen Traurigkeit wuchs im nächsten Augenblick eine enorme Wut in mir. Wieso wurde ich einfach vor vollendete Tatsachen gestellt und nicht mit in seine Überlegungen einbezogen? Der Entschluss, Deutschland zu verlassen und zurück nach Las Palmas zu ziehen war zudem eine klare Entscheidung gegen unsere Beziehung.

„Wenn du gehst, dann ist es vorbei", sagte ich, ohne ihn dabei anzusehen.

Ich vergrub mein Gesicht im Sofakissen, um meinen Freund nicht länger ansehen zu müssen.

Gerade vor zwei Tagen hatten wir noch bestgelaunt und glücklich auf unserem Bett gelegen und herumgealbert. Mein Diktiergerät, mit dem ich in der Vergangenheit erste Song-Ideen aufgenommen hatte, lag versteckt unter der Bettdecke, um heimlich Juans niedliche Stimme aufzunehmen. Als ich ihm seine Worte anschließend in doppelter Geschwindigkeit vorspielte, lachten wir beide so sehr, dass wir fast Magenschmerzen bekamen und kaum noch Luft holen konnten. Und auch dieser gemütliche Sonntag mit gemeinsamen Bad und Kuscheln auf dem Sofa deutete in keinster Weise an, was gerade passierte. Noch nie zuvor war ich so sorgenfrei in einem Mann verliebt gewesen, wie in meinen Kükemann. Nun sollte alles von einem Moment auf den nächsten vorbei sein?
„Warum willst du weggehen? Wir lieben uns doch!" schluchzte ich nun laut auf.
„Ich vermisse meine Heimat: Den Strand, meine Freunde und meine Familie. In Deutschland ich bin ein Fremder und meine Universität ist vorbei. Es ist nicht leicht einen guten Arbeit zu bekommen", versuchte er sich zu erklären.
„Aber was ist mit mir? Was ist mit uns?" appellierte ich an Juans Herz
„Ich werde hier immer ein Ausländer sein. Wenn ich zum Beispiel zum Bäckerin gehe und frage nach ein Rosinschnack, sie versteht mich nicht. Warum nicht? Ist doch egal, wenn ein Buchstabe

anders ist. Immer fragen sie mich, was ich will, weil sie nicht verstehen."

Seine Worte waren so niedlich. Ich spürte so viel Wärme in meiner Brust und konnte nicht glauben, was gerade vor sich ging. Es gab keinerlei Anzeichen für diesen Schritt. Oder war ich blind vor Liebe gewesen? Juans Nachdenklichkeit, die mir durchaus aufgefallen war, schob ich auf den abgewehrten Überfall vor ein paar Wochen. Sicherlich hatte auch dieses unerfreuliche Ereignis seine Entscheidung, Deutschland zu verlassen, beeinflusst.
Wir legten uns aufs Bett, umarmten uns und schwiegen für eine Weile. Für einen Augenblick zog ich ein Fortführen der Beziehung trotz räumlicher Trennung in Erwägung. Was für eine Schnapsidee. Ein Flug nach Gran Canaria dauert fast fünf Stunden. Wie soll man denn da bitte eine Fernbeziehung aufrechterhalten. Und überhaupt: Mein Partner hatte sich gegen mich und eine gemeinsame Zukunft entschieden. Ein solcher Vorschlag hätte, wenn überhaupt, von Juan kommen müssen. Mein Selbstbewusstsein sank in den Keller. Die Bindung an seine Heimat schien offensichtlich weitaus stärker zu sein, als die Freude an unserer Beziehung.
Meine nicht enden wollenden Tränen überfluteten meinen Ärger. Auch Juan, den ich bis zu diesem Tag noch nie weinen gesehen hatte, schluchzte mit einem Mal laut auf:
„Und wer wird mir in Zukunft die Augenbrauen so lieb schneiden, wie du?"

Nun konnte ich nicht mehr an mich halten. Ich küsste Juan auf die verheulten Lider und drückte ihn an mich. Am liebsten hätten meine Hände ihn nie wieder los gelassen, ihn einfach eingesperrt und nie wieder fort gelassen.
Eine innere Stimme wollte mir etwas sagen, doch konnte ich meine Überlegung noch nicht in Worte fassen. Ein Notfall-Plan musste her und zwar ganz, ganz schnell!
„Wann fliegst du denn zurück?“ fragte ich ihn mit zitternder Stimme.
Uns blieben noch vier Wochen. Auf keinen Fall wollte ich weitermachen wie bisher.

Es widerstrebte mir, jeden Tag an seiner Seite zu sein und leidend darauf warten zu müssen, dass er mich für immer verlässt.
„Ich möchte jetzt aber nicht mehr mit dir zusammen sein, wenn du dich gegen uns entschieden hast“, brachte ich den angefangenen Gedanken auf den Punkt. Verwirrt sah Juan auf. Damit hatte er wahrscheinlich nicht gerechnet.
„Wenn du möchtest, können wir nächstes Wochenende noch zusammen zum Christopher Street Day gehen, aber danach ist es vorbei. So als Abschluss wäre es vielleicht ein guter Anlass. Jedenfalls brauchst du nicht denken, dass ich dir deine Sachen noch zum Flughafen trage!“ unterbreitete ich ihm nun ein wenig verzickt meinen Vorschlag.
Mein zukünftiger Ex-Freund und gleichzeitig Liebe meines Lebens schwieg. Man sah ihm an, dass er nicht mit einer derartigen Reaktion gerechnet hatte.

Engumschlungen schliefen wir in dieser Nacht ein. Am nächsten Morgen hoffte ich, aus einem üblen Traum aufzuwachen, doch der Alptraum des letzten Abends entpuppte sich als bittere Realität. Mir war übel, doch hielt mein Magen der gefühlten Unruhe stand. Beim Zähneputzen beobachtete ich mehrere Tränen dabei, wie sie sich einen Weg über meine Wangen suchten. Wenn es mir schlecht geht, schaue ich gern in den Spiegel. Es ist so, als wäre jemand da, der einen versteht und bei einem ist. Jemand, der einen tröstet, wenn man niemanden hat, mit dem man seine Sorgen teilen kann oder will.
Entsetztes Schluchzen verhinderte mein Selbstmitleid nicht. Warum musste Juan mich verlassen? Warum nur?

Ich verließ die Wohnung gegen sieben Uhr, ohne dem Mann in meinem Bett wie gewohnt einen Abschiedskuss zu geben.
Ganz sicher war ich mir nicht, ob ich die richtige Entscheidung getroffen hatte, doch verfolgte ich mit der sofortigen Trennung ein ganz spezielles Ziel: Juan sollte rechtzeitig merken, wie sehr meine Nähe ihm fehlte, bevor er wegzog. Vielleicht würde er sein Vorhaben dann noch einmal überdenken und feststellen, dass sein Zuhause inzwischen bei mir und nicht auf den Kanaren war.
Meine Freunde und Familie waren geschockt, als ich ihnen die traurige Neuigkeit erzählte. Alle hatten Juan inzwischen ins Herz geschlossen. Reihum weinte ich mich aus und versuchte einen Weg zu finden, mich irgendwie mit der Situation zu arrangieren.

Niemand, der uns kannte, gab einer eventuellen Fernbeziehung auch nur die geringste Chance.

Sieben lange Tage und Nächte vergingen, ohne dass der Spanier sich bei mir meldete, um mir seinen Sinneswandel mitzuteilen. So, wie es aussah, stand sein Vorhaben fest. Die verordnete Kontaktsperre verfehlte jedenfalls in der ersten Woche die erhoffte Wirkung.
Mit gemischten Gefühlen machte ich mich am Sonnabend nach dem Frühstück auf zum Christopher Street Day. Die Schwulen-Parade mit politischem Hintergrund stand mir bevor. Zum einen war es die letzte Henkersmahlzeit meiner Liebe. Zum anderen der wirklich letzte Versuch, Juan noch einmal zur Vernunft zu bringen. Dabei war ich mir nach wie vor sicher, nicht angekrochen zu kommen, um mein Gesicht zu wahren.
Die Lange Reihe, auf der sich Schwule und Lesben versammelten, um den bunten CSD-Umzug zu starten, war bereits komplett in der Hand von Paradiesvögeln, Ledermännern und Kampflesben, als ich kurz vor der verabredeten Zeit in Hamburgs schwulste Straße einbog.
Laute Musik, die mir aus den Lautsprechern der aufgereihten Trucks entgegen bummerte, versuchte, meine Anspannung ein wenig zu lösen. Bekleidet mit einem blauen Samtsakko, von dem ich wusste, dass Juan es besonders leiden mochte, einem grauen Hemd und einer hautengen Jeans erreichte ich pünktlich um elf Uhr unseren Treffpunkt: die Kreuzung in Höhe des Cafe Gnosa.

Kaum angekommen, entdeckte ich meinen Ex-Freund, wie er sich lachend zwischen zwei Transen in Hühnerkostümen durchdrängelte und mir aufgeregt zuwinkte. Sein versprühter Charme zog mir mal wieder fast die Schuhe aus. Mit seiner Lieblings-Levis und einem weißen Trägershirt präsentierte er seinen maskulinen Körper gewohnt sexy. War es Zufall, dass die ersehnte Sonne im selben Augenblick das erste Mal an diesem Tag die Wolken durchbrach? Die mir vertrauten Augen funkelten lustvoll. Eine Umarmung ohne den gewohnten Kuss auf den Mund und ein niedliches: „ Na Küky! Du siehst gut aus!“ ließ mich für einen kurzen Augenblick die Realität verdrängen. Der vertraute Geruch der weichen Haut trieb mir die ersten Tränen in die Augen. Unser letzter gemeinsamer Tag sollte uns in schöner Erinnerung bleiben.
Also bemühte ich mich, so gut es ging, eventuelle Gefühlsduseleien beiseitezuschieben.
Mit einer Sektflasche bewaffnet mischten wir uns unter das feiernde Volk und machten da weiter, wo wir vor zwei Wochen aufgehört hatten. Wir küssten uns, drückten die Körper immer wieder sehnsüchtig aneinander und genossen den Moment. Die verdrängte Bitterkeit der Situation machte sich einzig dadurch bemerkbar, dass keiner von uns sich traute, dem anderen in die Augen zu sehen. Meine letzte Hoffnung, Juan würde doch noch das Ruder umwerfen und mir eröffnen, er habe sich gegen den Wegzug entschieden, versickerte, nachdem er mich an seinen Sorgen teilhaben ließ, dass er keine Ahnung habe, wie er die vielen Klamotten und Blödigkeiten

mit nach Gran Canaria bekommen solle. Nun war definitiv klar: Dies war unser letzter gemeinsamer Tag.

Leicht beschwipst zogen wir durch die Straßen und tanzten zwischen den vielen, gut gelaunten Menschen, die nicht die leiseste Ahnung hatten, was ich in diesem Moment durchmachte. Der steigende Alkoholpegel verfehlte seine Wirkung. Ich war nervlich am Ende. Meine Seele war so unwahrscheinlich schwer, doch wollte ich den Augenblick genießen und einen guten Eindruck bei Juan hinterlassen. Wenn er mich schon aufgab, sollte er es wenigstens hinterher bereuen und an einen
tollen Hamburger zurückdenken, den man nie und nimmer hätte verlassen dürfen.
Viel zu schnell erreichte die laute Parade den Jungfernstieg, der gleichzeitig Ziel der Demonstration war. Mit einer Flasche Bier in der Hand zog der Kanare mich auf den Alsteranleger, wo das Partyvolk bereits ausgelassen feierte. Mein Traummann streifte sein Trägershirt ab und tanzte überdreht im wärmenden Sonnenschein.
Zwischendurch überschüttete der Charmebolzen mich mit Küssen auf meinen Hals und herzlichen Umarmungen. Mir selbst war nicht zum Tanzen zumute. Die mir entgegengebrachten Zärtlichkeit schmerzten. Mein Herz hielt den Druck, mich zusammenzureißen nicht mehr aus. Mit einem Mal wollte ich nur noch weg.
„Wir müssen uns nun verabschieden, mein Kükemann“, guckte ich dem Spanier direkt in die Augen. Auch seine Blicke trafen meine für einen kurzen

Moment. Es fiel mir sehr schwer, nicht loszuheulen, doch irgendwie gelang es mir. Wie in Trance nahm ich meinen Freund in die Arme und drückte ihm das letzte Mal einen langen Kuss auf den Mund.

„Alles Gute. Ich hab dich sehr lieb", flüsterte mir der Halbnackte ins Ohr. Ohne etwas auf seine Worte zu antworten, flüchtete ich in Richtung U-Bahn-Station. Juan, der in der Nähe des Gänsemarktes wohnte, konnte zu Fuß nach Hause laufen. Noch mehrmals drehten wir uns zueinander. Juan wurde immer kleiner und kleiner, bis sein trauriges Gesicht zwischen aufgekratzten Tunten und feiernden Lesben in der Menschenmenge verschwand.

Das war es nun also. Ich hatte die Liebe meines Lebens einfach ziehen lassen, ohne darum zu kämpfen. Die ganze Traurigkeit, die ich in den letzten Stunden heruntergeschluckt hatte, musste mit einem Mal raus. Kraftlos ließ ich mich auf den nächsten Bordstein nieder, um meine Gedanken zu sammeln. Die ersten Tränen schossen aus den Augen.

Während laute Musik die Menschenmassen anheizte und der DJ ein lautes „Ihr seid so geil!“ ins Mikrophon brüllte, stakste eine sichtlich angeheiterte Transe im rosa Rüschenkleid an mir vorbei. An der behaarten Hand hielt sie einen jungen Typen mit freiem Oberkörper und schwarzer Lederhose. Der attraktivere der beiden beugte sich im Vorbeigehen kurz zu mir runter und meinte: „Guck nicht so traurig. Das Leben ist doch so wunderbar!“

Laut lachend lief er mit seiner Eroberung davon. Ich schluchzte im selben Moment laut auf. Warum sollte ich mich auch weiter zusammenreißen. Mein wunderschönes Leben, das ich an der Seite von Juan so sehr genossen hatte, war ein einziger Scherbenhaufen.

Kapitel 17

Das dumpfe Rattern der alten U-Bahn und die Blicke der gesichtslosen Menschen im Morgenverkehr prallten an mir ab. Ich war viel zu sehr damit beschäftigt, mich selbst zu bemitleiden. Beinahe verpasste ich, am Hauptbahnhof umzusteigen. Was würde eigentlich passieren, wenn ich einfach sitzen bliebe? Spätestens an der Endstation würde der Fahrer wütend an die Fensterscheibe klopfen und mich energisch auffordern, den Waggon zu verlassen. Schlimmstenfalls könnte man mich einfach übersehen und aufs Abstellgleis schieben. Ob ich nun ins Büro gehen würde oder nicht. Alles war mir egal.

Die ältere Frau auf dem Sitzplatz gegenüber sah mich mitleidig an. Passierte ihr wohl nicht jeden Tag, dass ein junger Mann ungeniert in aller Öffentlichkeit heulte. Sollten doch ruhig alle sehen, wie schlecht es mir ging. Mir war wirklich alles egal. Mein Leben ohne Juan würde ein einziges Desaster sein. Nie und nimmer würde ich einen Mann finden, den ich so sehr lieben könnte. Jemanden, der so viele Interessen von mir teilte und immer bereit war Sex zu haben, wenn mir danach war.

Meine morgendliche Übelkeit hielt mich seit unserem Bruch erneut auf Trapp, doch konnte ich, mit Hilfe meiner Tropfen, ein Übergeben verhindern. Inzwischen blieben noch ganze neun Tage, bis mein Traummann das Land verlassen und für immer in der Versenkung verschwinden würde.

Der Plan, ihm durch die Trennung im Vorfeld klarzumachen, wie sehr ich ihm fehlte, hatte bisher keine Wirkung gezeigt. Im Gegenteil. Mir wurde klar, dass ein Leben ohne ihn für *mich* nicht zu ertragen war. Immer wieder kam mir das Ende der Beziehung zu Ingolf in den Sinn, die mich fast ins Grab gebracht hatte, obwohl wir zwei bei genauerem Hinsehen so gar nicht zusammen gepasst hatten. Am liebsten hätte ich mich ohne zu zögern vor den nächsten Zug geschmissen, um das Leiden der nächsten Monate zu verkürzen, doch dazu fehlte mir der Mut.

An diesem Morgen machte ich einfach kehrt und stieg in die Bahn zurück nach Hause.
Ich war relativ früh dran, weil an entspanntes Schlafen seit Tagen nicht zu denken war. Immer wieder hatte ich Juans süßes Gesicht und seine niedlichen Blicke vor Augen. Es wollte mir einfach nicht in den Kopf, dass zwei Menschen, die sich liebten, nicht zusammenbleiben konnten. Von zu Hause aus meldete ich mich krank. Das erste Mal seit einem Jahr. Kundenverkehr und Smalltalk waren mir in diesem Zustand nicht möglich. Mein Kopf drohte zu platzen, denn ich hatte ein ganz bestimmtes Vorhaben im Kopf, das ich nicht wahrhaben wollte. Sollte ich tatsächlich entgegen meines Stolzes eine Kehrtwendung wagen und wieder bei Juan ankommen? Wäre eine Fernbeziehung nicht besser, als gar keine? Falls es dann doch nicht so laufen würde wie erhofft, konnte man die Sache immer noch beenden. Wieso konnte mein Freund nicht von sich aus auf mich zukommen? Würde meine Seele es verkraften, wenn er meinen

Vorschlag ablehnte und womöglich froh war, mich in Hamburg zurückzulassen?
Ich verdrängte die vielen Fragen fürs Erste und ließ mir ein warmes Bad ein. Alles um mich herum erinnerte mich an unsere gemeinsame Zeit. Die Toilettenbrille, auf der Juan manchmal stundenlang saß, weil die kleinen Würstchen einfach nicht raus wollten. Die Wanne, in der wir gemeinsam bei Kerzenschein plantschten und aneinander herumlutschten oder der Spiegel, an dem noch kleine, grüne Zahnpastaspritzer klebten, die Juan hinterlassen hatte.
Wie sollte man um Himmels Willen in so einem Umfeld auf andere Gedanken kommen.
Wieder und wieder liefen mir Tränen über die Wangen. Irgendwann würde der Rand der Badewanne erreicht sein und mich aus meiner Wohnung schwämmen. Vielleicht sogar bis nach Gran Canaria. So konnte es auf keinen Fall weitergehen. Mir blieb keine Wahl. Selbstwertgefühl hin oder her. Juan und ich mussten zusammenbleiben, denn wir waren füreinander bestimmt.

Meine Haut war inzwischen schon ganz aufgeweicht, dass es an der Zeit war aus, dem inzwischen leicht abgekühlten Badewasser zu steigen. Sehnsüchtig schnappte ich mir das große, grüne Handtuch, das zuletzt meinen Kükemann umhüllt hatte. Wäre er noch da gewesen, hätte er mir den Stoff ärgerlich aus den Fingern gerissen, weil er es nicht so toll fand, wenn ich seine Sachen benutze. Dennoch liebte ich ihn.
Ich kochte mir einen Pfefferminztee und schrieb einen Brief, in dem mein Herz an Juans Vernunft

appellierte, mich und unsere Beziehung nicht einfach fallen zu lassen.

Irgendwie war es erniedrigend, bei ihm angekrochen zu kommen, wo ich zuvor doch so hart reagiert hatte, dass eine Beziehung für mich nicht mehr in Frage kommen würde. Dennoch wollte ich mir selbst nicht vorwerfen, meine letzte Chance verpasst zu haben.

Aufgewühlt durchkramten meine Finger die unordentliche Schreibtischschublade anschließend nach einer passenden Briefmarke. Na, wer sagt´s denn! Meine Zeilen wurden nur eine Stunde später durch Einwurf in den dreckigen Postkasten am Hammer Marktplatz auf den Weg gebracht. Es gab kein Zurück mehr. Die Zukunft unserer Liebe lag nun nicht mehr in meiner Hand. Wie schnell würde Juan sich wohl melden? Bestenfalls morgen Nachmittag. Vielleicht wäre es angebracht, die in den letzten Tagen etwas verdreckte Wohnung schon einmal wieder auf Vordermann zu bringen? Vielleicht hätte ich besser gleich anrufen sollen, um schneller zu wissen, was Sache war. Juan sollte allerdings Gelegenheit haben, sich wirklich Gedanken über uns zu machen. Es würde mir nichts nützen, wenn er nur aus Mitleid einlenkte, dann aber in Las Palmas mit dem Nächstbesten eine neue Beziehung einginge.
Die erhoffte Reaktion auf meine herzlichen, traurigen Worte blieb die nächsten Tage aus.

Juan mochte zwar manchmal ein wenig unüberlegt und dösbaddelig sein, doch hatte ich ihn nicht so eingeschätzt, dass er meine Worte ignorieren würde. Die anfängliche Sorge, dass ihm etwas passiert sein könnte, schlug nach drei Tagen ohne Antwort in Wut um. Wie konnte er mich nur so lange in Ungewissheit warten lassen. Die Zeichen standen nicht gerade auf Wiedervereinigung.

Erst am fünften Tag klingelte gegen Abend das Telefon. Der Spanier hörte sich recht entspannt an: „Ich habe deinen Brief gekriegt und wollte mich nun melden", ließ er völlig neutral verlauten.
Mein Herz schlug aufgeregt und steuerte gegen meine Gedanken, etwas Schnippisches zu antworten, weil er mich so lange schmoren gelassen hatte. Normalerweise wäre er Opfer einer vorwurfsvollen Szene gewesen, allerdings war mir klar, dass ich mir keinen Fehler erlauben durfte.
Juan quatschte einfach weiter drauflos: „Ich habe dich gesehen. Letzte Woche auf die Mönckebergstraße, wie du dir ein Eis gekauft hast. Es war so für mich, als wenn du hast mich absichtlich ignoriert. Es hat mich so traurig gemacht, weil du so niedlich dein Eis geliebt hast. So gern hätte ich dich geküsst und umarmt. Du sahst sehr traurig aus."
Der Spanier war mir wirklich nicht aufgefallen. Offensichtlich ging das Leben seit unserer Trennung irgendwie an mir vorbei. Abgesehen davon, dass das Pfefferminz-Eis wenige Minuten später im Papierkorb landete, weil selbst eine sonst immer willkommene Süßigkeit mich nicht aufmuntern konnte, hätte ich meinen Ex-Freund noch vor wenigen Tagen zur Strafe tatsächlich ignoriert.
Juans Worte waren sehr lieb und mir wurde noch

einmal klar, wie einzigartig er und seine komischen Satzstellungen waren. Aber wieso spannte er mich so lange auf die Folter.
„Ich habe dich nicht bemerkt", rechtfertigte ich mich, um nicht nur ins Telefon zu schweigen.
„Es wird nicht einfach sein, aber ich habe dich so lieb, dass ich möchte auch mit dir zusammen sein, wenn ich weit weg von dir bin. Man muss versuchen, wie es geht", ließ der Kanare endlich mein Herz in die Höhe schnellen. Es war fast, als würde man eine tonnenschwere Last von mir nehmen.
„Soll ich vorbeikommen? Ich möchte dich gleich sehen", sprudelte es aus mir hervor.
„Das würde mich froh machen", flüsterte mein Freund ebenfalls erleichtert.
Warum hatten wir es überhaupt erst soweit kommen lassen?
Eine Stunde später lag ich auf dem schmalen Bett in seinem kleinen Zimmer bei Wiesenbrincks in der Kurzen Straße. Die Welt war wieder in Ordnung, auch, wenn uns fürs Erste nur noch drei gemeinsame Tage blieben. Ganz ohne neuen Ärger verlief unser Aufeinandertreffen allerdings nicht, denn Juan erwähnte nebenbei, dass er meinen Brief pünktlich bekommen hatte, allerdings erst einmal für zwei Tage mit seinem Ex-Freund an die Ostsee gefahren war, ohne darauf zu reagieren. Er hatte mich in meiner Ungewissheit einfach zurückgelassen. Wieder biss ich mir auf die Zunge, um eine Diskussion zu diesem Thema zu vermeiden. Vielleicht brauchte er auch nur ein paar Tage, um sich Gedanken zu machen. Was jetzt zählte, war nur das Ergebnis: Juan wollte mich nicht verlieren.

Eine Fernbeziehung verlangt Regeln, die wir gemeinsam absprachen, um ehrlich miteinander umzugehen. Ohne großen Redebedarf waren wir uns einig, einander treu zu bleiben, da die ganze Geschichte sonst keinen Sinn hätte. Eine offene Beziehung war für mich schon in der Vergangenheit undenkbar gewesen. Wie konnten Menschen, die sich wirklich liebten, ertragen, dass der Partner mit jemand anderen ins Bett stieg? Schon allein die Vorstellung, dass Juan einen fremden, braungebrannten Hintern am Atlantik-Strand leckte, versetzte mir einen Stich ins Herz.
Sicherlich würde dies keine einfache Aufgabe sein, doch hatte ich ja schließlich noch meinen Lieblingspornostar Peter North, der mir mit seinen geschmackvollen Filmen zur Seite stehen würde. Auch die Wichstoilette am Harburger Bahnhof zog ich in meinen heimlichen Survival-Plan ein. Dort guckte man den Schwanz-Genossen einfach beim Onanieren zu, ohne dabei in direkten Körperkontakt zu kommen. Vielleicht sollte man auch einfach mal wieder den eigenen Voyeurismus intensiver ausleben?

Kapitel 18

Das Anschaffen eines Computers für Webcam-Chat und tägliche E-Mails standen für mich mit an oberster Stelle unseres Fernbeziehungs-Plans. Bis zum Kauf der ganzen Elektronik, mussten wir uns mit Faxen und Telefongesprächen über Wasser halten. Alles war perfekt ausgearbeitet. Trotzdem tröstete unser Zukunftsdesign mich nicht sonderlich, als der Abschied am Hamburger Flughafen anstand. Es war ein ziemlich albernes Bild, wie mein Freund mit einem Wandteppich unter dem Arm und einer Bratpfanne in der Hand am Check-in aufschlug und fest davon ausging, ohne horrende Übergewichtszahlung das Flugzeug entern zu dürfen. Mit seiner charmanten und liebenswerten Art, wickelte er die anfangs recht genervte Dame am Schalter jedoch im Handumdrehen um den kleinen Finger.

„Sie meint, sie drückt mein Auge nochmal zu", grinste Juan mich selbstbewusst an und winkte mir stolz mit seiner Bordkarte entgegen.

Unser letzter Kuss war innig, denn er musste für mindestens zwei Monate vorhalten.

Als erneuter Tränenfluss meine Augen überflutete, stellte sich mir die Frage, ob ich eigentlich ein Weichei war oder einfach nur ein großes Herz in meiner Brust schlug. Sicherlich trifft beides zu.

Nach einer kräftigen Umarmung verabschiedete sich Juan mit einem zufriedenen und dankbaren Lächeln aus der Hansestadt. Als Strohwitwer machte ich mich zurück auf den Heimweg. Mir ging es gut.

Erst beim Zubettgehen wurde mir klar, dass die nächsten Wochen ohne Körperkontakt sicherlich nicht einfach werden würden. Sicherheitshalber wichste ich schon einmal drauflos, um am kommenden Tag bloß nicht in Versuchung zu geraten. Während in meiner Fantasie Erektionen und ehemalige Liebhaber umherschwirrten, stieß ich mit dem Kopf gegen irgendetwas Hartes. Für einen Augenblick unterbrach ich den wollüstigen Handbetrieb. Was war denn das? Unter meinen Federkissen blitzte ein kleines Geschenk hervor. Daneben lag eine Postkarte mit den Worten: „Wir schaffen alles gut. Hier ein kleine Hilfe, damit du mich nicht vergisst!"

Der kleine, weiße Dildo, der bei Drücken des Powerknopfes anfing, wie wild zu vibrieren, konnte mir meinen potenten Kükemann nicht annähernd ersetzen. Es blieb bei einem einzigen Versuch, mir das kalte Stück Plastik unter Schmerzen in den Po zu schieben. Die Idee war vom Grundsatz her gut, doch schürte ich lieber meine Vorfreude auf das vertraute Original.

Seit Juans Rückkehr auf die Kanaren telefonierten wir jeden Abend, um Neuigkeiten und Liebesbekundungen auszutauschen, was sich deutlich auf meiner nächsten Telefonrechnung bemerkbar machte. Der monatliche Betrag von umgerechnet dreißig Euro vervierfachte sich. Da meine Wohnung mir allerdings wenig Miete abverlangte, konnte und wollte ich mir diesen Luxus leisten. Mehrmals die Woche erfreute mich mein Fern-Freund zusätzlich mit Faxen aus dem Büro seiner Schwester, die mir das Gefühl gaben, ihm unwahrscheinlich nah zu sein.

Überhaupt konnte Juan seine Empfindungen mir gegenüber viel besser auf Papier bringen, als persönlich oder durchs Telefon. Trotz Sehnsucht, endlich mal wieder sein Gesicht zu sehen oder den würzigen Geruch der braunen Haut zu riechen, war ich glücklich. Es verging kaum eine Stunde, in der ich nicht vor mich hin grinsen musste. Jeder Brief und jedes Gespräch bot neues Herzfutter, über das ich mich amüsieren konnte.
Mein Leben war wieder in Ordnung. Man muss nur flexibel sein, um das Glück auf seine Seite zu ziehen. Diese Fähigkeit wird es auch sein, die Juan irgendwann zurück zu mir nach Hamburg holen wird. Davon war ich überzeugt.

Kapitel 19

„Ich komme gerade vom Arzt. Ich weiß jetzt endlich, was für eine Krankheit wir haben. Doktor Uhle hat eine seltene Erbkrankheit bei uns diagnostiziert. Wir haben Polyneuropathie."
Wumms! Es fehlte nur noch ein lauter Tusch oder Donnergrollen am Ende der dramatischen klingenden Neuigkeit. Meine Schwester, die gern einmal dazu neigt, ein Drama aus allem zu machen, war allem Anschein nach mal wieder in Höchstform. Irritiert bohrte ich noch einmal nach, worum es eigentlich ging. Erbkrankheit? Was meinte sie nur? Eigentlich konnte ich es mir fast denken. Der Watschelgang unserer Familie war schon recht auffällig.

„Lucas! Ich trau mich gar nicht, Mama anzurufen und ihr die Neuigkeit schonend beizubringen. Das ist so furchtbar." Sie machte eine lange Atempause und schluchzte leise auf, um die Dramatik weiter in die Höhe zu treiben.
„Dann tu es doch nicht", entgegnete ich leicht genervt und fragte noch einmal nach, was genau sich denn nun eigentlich für uns ändern würde.
„ Unsere Nerven sterben ab. Die Krankheit ist auch der Auslöser, dass wir so krumme Füße haben. Du weißt doch auch, dass Mama immer so kalte Beine hat. Nun wissen wir, was es ist.
Das Schlimmste daran ist, dass man es nicht behandeln kann. Wir sind dem ausgeliefert!" vollendete Karin den anstrengenden Redeschwall.

Ich hatte keine Lust auf diese Unterhaltung und beendete das Gespräch recht schnell.
Es war mir eigentlich egal, wie sich das Ding nannte, was mich beim zügigen Laufen ein wenig einschränkte. Allein die Tatsache, dass unsere timmsche Paddeligkeit nun einen Namen hatte, würde doch nichts besser oder schlechter machen, als es war.
Jedenfalls gab es nun, nach all den Jahren, eine Erklärung dafür, warum der besorgte Neurologe bei mir damals keine Reflexe an Armen und Beinen feststellen konnte. Undine und ich fanden das damals recht amüsant. Immer wieder schlug der ernst dreinblickende Mann im weißen Kittel mit seinem Gummihammer auf meine Kniescheibe, zog verwundert die Augenbraue nach oben, um anschließend noch einmal fester zuzuschlagen. Verwundert gab der Arzt irgendwann auf, bevor mein Gelenk durch die ungeduldigen Schläge blau anlief. Noch skurriler war es, als im Anschluss Gehirnströme gemessen wurden. Eine alberne Haube mit Gumminoppen wurde auf meinen Kopf geploppt. Mit der unvorteilhaften Kopfbedeckung scheuchte man mich auf ein Trimm-Dich-Rad, auf dem ich zwanzig Minuten in die Pedale treten musste. Es wurde nichts Verdächtiges festgestellt, doch leider hinterließ ein Saugnapf einen roten Fleck auf meinen Hinterkopf, der komischerweise auch Jahre später noch durch die kurzrasierten Nackenhaare schimmerte.
Für den Moment wollte ich mich nicht weiter mit dem Thema Erbkrankheit auseinandersetzen, zumal ich den Ausführungen von Karin recht kritisch gegenüberstand. Nach ein paar Tagen war

es allerdings an der Zeit, sich einzugestehen, dass es nicht verkehrt war, mehr über den körperlichen Defekt zu erfahren.

Das Internet sollte Klarheit bringen. Polyneuropathie: zuerst schrieb ich den Suchbegriff komplett falsch, aber die elektronischen Mitdenker wiesen mir hilfreich den Weg auf die richtige Seite.
Ein Text, der fast nur aus komplizierten Fachbegriffen bestand, verschwamm vor meinen Augen. Alles drehte sich plötzlich. Die unterschiedlichsten Symptome wie Sensibilitätsstörungen, unsicherer Gang, Taubheitsgefühle und Begriffe wie „peripher ataktische Koordinationsstörungen" reihten sich seitenweise aneinander.

Ich druckte mir alle Informationen aus, setzte mich mit einem Marzipanbrot und einer heißen Schokolade auf mein Sofa und markierte die wichtigsten Passagen mit meinem gelben Textmarker, um wenigstens ein paar wissenswerte Informationen herauszufiltern. Zusammengefasst ergab sich folgendes Krankheitsbild: Es handelt sich tatsächlich um eine Erbkrankheit, was erklärte, warum meine Mutter und meine beiden Geschwister genauso von diesem Leiden betroffen waren wie ich. Im Normalfall trifft es jedes zweite Familienmitglied. Dies ist bei uns leider nicht der Fall. Außer meine Tante und ihre Tochter latschen alle Nachkommen meiner Großmutter recht auffällig. Hände und Füße werden mit den Jahren taub und kalt, was erklärt, warum ich drei von fünf Zehen so gut wie gar nicht bewegen kann.
In den Händen merke ich außer einer gewissen

Tollpatschigkeit, die ab und zu ein Glas zu Bruch gehen lässt, zum Glück keine Einschränkung.

„Die Patienten sind mit geschlossenen Augen nicht in der Lage, sicher zu gehen“, las ich mir selbst laut vor, als sei ich mein zuständiger Oberarzt.
Stimmt! „Lähmungserscheinungen, Bildung von Geschwüren und die verminderte Produktion von Schweiß können das Bild abrunden.“
Die Liste endet vorerst mit Impotenz, wovon bei mir jedoch bisher nichts festzustellen war. Vielmehr kam es mir so vor, als wäre genau das Gegenteil der Fall. Hatte sich unser Hausarzt vielleicht mit seiner Diagnose zu weit aus dem Fenster gelehnt oder waren so starke Abweichungen der Symptome tatsächlich möglich?

Obwohl der Verlauf von Polyneuropathie alles andere als rosige Aussichten für meine Zukunft bereithielt, ließ ich mich nicht von der Panikmache meiner Schwester anstecken. Einer möglichen Potenzschwäche, krummen Füßen und Kältegefühl in den Beinen konnte ich genauso wenig Positives abgewinnen, wie meinem unsicheren Gang. Die verminderte Absonderung von Schweiß hatte allerdings etwas für sich. Und um ganz ehrlich zu sein: Die Krankheit hatte mich immerhin vor der Bundeswehr gerettet! Tauglichkeitsstufe Fünf – ausgemustert. Es war mir nicht möglich zehn Kniebeugen zu machen, ohne dabei das Gleichgewicht zu verlieren. Mit etwas Mühe, wäre dies sicherlich machbar gewesen, aber meine Fußstellung überzeugte den Amtsarzt offensichtlich, mich freizustellen. Weder Zivil- noch Wehrdienst wurden von mir gefordert. Ein großer Gewinn für mich.

Als Soldat wäre ich sicherlich untergegangen, obwohl mich die Gemeinschaftsduschen und eventuelle Gruppenwichsspielchen schon mehr als gereizt hätten. Meine Füße wurden mit den Jahren immer schiefer, sodass ich mich von dem Gedanken verabschieden musste, andere Menschen würden meinen Watschelgang nicht wahrnehmen. Sprach mich doch einmal jemand direkt darauf an, warum mein Gang so unsicher sei, reagierte ich früher oft zickig oder beleidigt, da ich mich nicht mehr in meine Traumwelt flüchten konnte, das mein Makel nur besonders aufmerksamen Beobachtern ins Auge fiel. Meine persönliche Note wirkte sich offensichtlich nicht negativ auf meine Ausstrahlung aus. Probleme, von Männern begehrt oder angebaggert zu werden, gab es nicht. So schlimm konnte es also auch nicht sein. Die kalten Füße waren ein Teil von mir und ich lernte mit der Zeit, sie als einen solchen zu akzeptieren. Beim Sex versuche ich dennoch, die Aufmerksamkeit auf andere Körperteile zu lenken. Bekennende Socken- und Fuß-Fetischisten sind bei mir definitiv an der falschen Adresse.

Im Winter ist es normal für mich, dass ich schnell auf die Nase fliege, weil es mir schwer fällt, bei Glatteis das Gleichgewicht zu halten. Sollte es mir dennoch gelingen eine glitschige Schnee- und Eiswelle ohne Sturz zu überstehen, liege ich spätestens an dem Tag auf dem Asphalt, wenn der zurückgebliebene Streusand meine Schuhsohle zum Rutschen bringt. Übung macht den Meister: Mit den Jahren bin ich ein recht sicherer Hinfaller geworden. Verletzungen bilden da die große Ausnahme. Wenn man zum Beispiel in der Eisdiele über die Türschwelle stolpert und sich auf die Fresse legt, ohne dabei das Eis zu verlieren, ist das für mich in erster Linie ein Erfolgserlebnis! Nach wie vor peinlich und äußerst unangenehm sind mir Momente, in denen ich mal wieder langgestreckt auf der Mönckebergstraße liege oder im Gedrängel das Gleichgewicht verliere und aus Versehen mit ausgestreckter Hand einer Frau an den Busen falle. Ich kann es halt nicht ändern. So bin ich. Glücklicherweise passiert mir so etwas auch nicht jeden Tag. Mit rotem Kopf murmele ich nach einem Sturz für gewöhnlich ein „Wie peinlich“ oder „ Das war ja mal wieder ungeschickt“ und machte mich so schnell wie möglich aus dem Staub. Erst hinter der nächsten Häuserecke kontrolliere ich, ob meine Klamotten gerissen oder die Knie aufgeschürft sind.

Es gibt kein Mittel, dass die Entwicklung des Nervenabsterbens stoppen kann. Ich muss damit leben, nicht zu merken, ob ich Strümpfe trage, oder nicht. Ganz frei von Zukunftsangst ist man dabei trotz allem Optimismus nicht immer. Wenn mein Gleichgewicht beim Unterhose ausziehen mich mal wieder im Stich lässt und mein schlanker Körper ausgestreckt auf dem harten Laminatboden liegt, würde man schon gern wissen, wo das nochmal enden wird. Zu Hilfe kommt mir dabei die Erinnerung an meine Großmutter, die vor ein paar Jahren gestorben ist. Sie konnte bis ins hohe Alter selbstständig laufen. Ihre Beine waren weder komplett taub, noch erweckte sie den Anschein, sie wäre in einem Rollstuhl besser aufgehoben. Mit dieser Erkenntnis steht dem entspannten Älterwerden nichts im Weg.

Kapitel 20

Juan regierte recht gelassen, auf die Diagnose: „Wir wollen ja sowieso keine Kinder herstellen, oder wolltest du es?“ Wieder einmal bemerkte ich an seiner Reaktion, wie gut er mir tat. Immerhin wird er derjenige sein, der mich vielleicht irgendwann stützen muss, doch soweit dachten wir beide nicht. Ich schob die ganze Krankheitsgeschichte einfach beiseite und konzentrierte mich weiter auf die anstehenden Reise nach Gran Canaria. Mein Hepatitis-Urlaub auf Teneriffa war mir nicht gerade in guter Erinnerung geblieben. Weitere kanarische Inseln kannte ich nur vom Hören.

Meine Internet-Recherchen zeigten in erster Linie klotzartige Hotelanlagen und heruntergekommene Einkaufspassagen. „Das Leben in der Hauptstadt ist was ganz anderes“, erklärte mir der Spanier immer wieder, doch wie genau würde es tatsächlich sein? Wie würden seine Freunde auf mich reagieren und wie um Himmels willen sollte ich mich eigentlich verständigen? Endlich bot sich einmal die Gelegenheit, meine guten Englischkenntnisse einzusetzen. Voller Vorfreude träumte ich von unserem Wiedersehen. Wäre da doch nicht noch ein kleines Problem gewesen: Juan lebte bei seiner Mutter, die fast achtzig Jahre alt war und offiziell nie erfahren hatte, dass ihr geliebter Sohn schwul war.

„Du bekommst ein eigenes Zimmer, wenn du hier bist. Da kannst du dann alle Sachen so legen, wie du willst", eröffnete mir mein Freund ganz beiläufig am Telefon. Hatte ich richtig gehört? „Es gibt aber ein Verbindungstür für verliebte Kükemänner“, lachte er, kurz bevor ihm ein zickiger Spruch entgegenknallte. So richtig glücklich war ich mit seiner Planung allerdings nicht. Schlimm genug, dass ein Mann mit Ende dreißig noch bei seiner Mutter lebte. Die Tatsache, dass er sich nach all den Jahren des genüsslichen Arschleckens noch nicht einmal geoutet hatte, ließ nichts Gutes erahnen. „In Spanien man heiratet oder bleibt bei Mutti. So ist das hier. Außerdem sie ist schon alt und es ist gut, wenn sie sich nicht aufregt und nicht allein wohnt", rechtfertige sich das Mamakind. „Wenn du kommst, wir können ein paar Tage ins Hotel in Maspalomas fahren und einander ungestört genießen“, buhlte Juan weiter um Verständnis. Nach einer Pause schob er noch flüsternd: „ Schon bekomme ich eine Erektion, wenn ich an dich denke“, hinterher. Der putzige Kerl, wusste doch immer wieder, wie er mich bei Laune halten konnte. Es würde noch fünf unendlich lange Wochen dauern, bis ich ihn wieder in die Arme schließen konnte. Viel zu lange.

Obwohl er so viele, viele Kilometer von mir entfernt war, hatte ich die meiste Zeit das Gefühl, ihn bei mir zu haben. Oftmals lächelte ich einfach verzückt vor mich hin, weil mir irgendwelche lustigen Sprüche oder gemeinsame Erinnerungen durch den Kopf spukten. Auf Flohmärkten freute ich mich über Blödigkeiten, die es Juan sicherlich angetan hätten und deren Kauf mir im selben Moment erspart blieb. In regelmäßigen Abständen flatterten Briefe mit Fotos in meinen Briefkasten.

Auf den Rückseiten der Bilder kritzelte Juan lustige Kommentare. Immer wieder nahm ich das Foto eines urinierenden Elefanten in die Hand, das Juan vor ein paar Wochen im Zoo geschossen hatte. Nicht das beeindruckende Genital, sondern die Worte „Der pinkelnde Sau", die mein Freund mit Kugelschreiber darauf verewigt hatte, ließen mich laut aufprusten.

Von Zeit zu Zeit befanden sich in den gegenseitig zugeschickten Päckchen auch Kassetten mit unseren Lieblingsliedern. Während Juan sich mit seinem Walkman in der Sonne am Strand von Las Palmas aalte und die beigelegten, deutschen Schwulenzeitschriften las, drängelte ich mich bei Regen oder Schnee durch Menschenmassen an der Mönckebergstraße und versuchte, durch das übermittelte Gefühl seiner Musik, dem Alltagstrubel zu entfliehen. Bei all der Zuwendung, die wir uns trotz großer Entfernung entgegenbrachten, ließ ich es mir nicht nehmen, meinem Freund wöchentlich die „Lindenstraße" auf Video aufzunehmen, um ihm bei unserem Wiedersehen ein Stück Heimat zu überreichen.

Selbstverständlich wurde auch jede Möglichkeit genutzt, meinem abtrünnigen Partner vor Augen zu führen, welche Gelegenheiten er durch seinen Wegzug nach Gran Canaria verpasste. Schwule Filmfeste, Alstervergnügen und Musik-Festivals besuchte ich fortan allein. Richtig neidisch wurde der Spanier, als er erfuhr, dass ich zwei Karten für die Comeback-Tournee von Blondie erstanden hatte. Er liebte die Band seit seiner frühen Jugend, hatte allerdings in Spanien nie die Möglichkeit gehabt, seine Helden einmal live zu bewundern. Pech gehabt! Er wollte schließlich nicht in der hanseatischen Weltstadt leben. Bei meiner Planung vergaß ich dabei völlig, dass die Oldie-Combo bisher eigentlich gar nicht meinen eigenen Geschmack traf. Die vierzig Euro Eintritt waren es mir dennoch wert, Juan neidisch zu machen. Immerhin hatten meine Freundin Muriel und ich einen tollen Abend. Debbie Harry und ihre Jungs überzeugten auf ganzer Linie. Mittlerweile wartet meine CD-Sammlung mit etlichen Blondie- CDs auf.

An der Volkshochschule belegte ich einen Spanisch-Anfängerkurs. In Zukunft sollte es mir besser möglich sein, außer albernen Kinderreimen und ausländischen Schweinereien, die ich im Bett benutzen konnte, auch normale Unterhaltungen mit Einheimischen führen zu können. Eine weitere Fremdsprache könnte zeitgleich bei meiner Arbeit im Einwohnermeldeamt von Nutzen sein. Ich war Feuer und Flamme, mehr und mehr in Juans Leben einzutauchen. Es blieb mir noch ein wenig Zeit, bis ich meine große Liebe wieder in die Arme schließen würde. Genauer gesagt: Vier Wochen, drei Tage, sechzehn Stunden und siebenundzwanzig Minuten.

Kapitel 21

Für gewöhnlich bin ich alles andere als ein Morgenmuffel. Meistens hüpfe ich zufrieden und gut gelaunt aus dem Bett und freue mich auf das, was der neue Tag bringen wird. Trotz bester Stimmung und der Vorfreude, meinen Freund wieder in die Arme schließen zu dürfen, war mir komisch zumute. Vier Minuten nach Vier zeigte die rote, digitale Nummernanzeige der Uhr meines Radios. Gegen einundzwanzig Uhr war ich bereits schlafen gegangen, konnte aber vor Aufregung kein Auge zumachen. Es fühlte sich an, als wäre ich gerade mal zwei Stunden weggeduselt gewesen.

Der blaue Koffer mit den Rollen, den ich nach meinem Auszug von meiner Mutter geschenkt bekommen hatte, stand prall gepackt im Flur. Nachdem ich mich zu nachtschlafender Zeit geduscht und rasiert hatte, setzte ich noch schnell einen Tee auf und machte es mir bei Kerzenschein auf dem Sofa bequem. Zuvor sorgte ich mit spanischen Liebesliedern, die mir vor kurzem aus Gran Canaria geschickt worden waren, für die passende Untermalung.

Erst sechs Wochen war es her, dass wir in meinem Wohnzimmer Juans Geburtstag gefeiert hatten. Eigentlich sollte es ein lustiges Picknick im Hammer Park werden, doch dunkle Regenwolken, die unerwartet an seinem großen Tag aufzogen, durchkreuzten unsere Pläne. Vielleicht waren sie schon die ersten Anzeichen dafür, dass sich hinter unserer traumhaften Beziehungsfassade etwas zusammenbraute.

Das Regenwetter an diesem Nachmittag forderte spontane Kreativität. Ein Notfallplan musste her. Wo kämen wir denn hin, wenn wir uns von dunklen Wolken einen Strich durch die Rechnung machen ließen? Die geplante Party wurde kurzerhand vom Park ins Haus verlegt. Wir räumten meine Stube komplett leer. Selbst der Fernseher und das Sofa wurden unter großer Anstrengung ins Schlafzimmer geschleppt, um Platz zu schaffen. Mehrere Picknickdecken wurden auf dem Teppich ausgebreitet und alle Pflanzen, die zu finden waren, verteilten mein Freund und ich in unserer künstlichen Grünanlage. Die spontan umgeleiteten Gäste staunten nicht schlecht, als sie mein botanisches Wohnzimmer betraten. Praktisch war dieser Ort sowieso, denn der Weg vom Eisschrank zur Kühlbox betrug gerade mal drei Meter. Zudem brauchte man nicht, zum Pinkeln in die Büsche zu verschwinden. Ganz entspannt bot mein Badezimmer sogar ein Waschbecken, um sich nach dem Geschäft, die Hände zu waschen. Es wurde ein lustiger Nachmittag – trotz oder gerade wegen des wütenden Wetters auf der Straße. Die Gäste hatten jedenfalls eine Menge Spaß und niemand vermisste grünes Gras und Sonnenschein.

An schlechte Witterung bräuchte ich in den kommenden zwei Wochen, wohl kaum einen Gedanken zu verlieren. Auf Gran Canaria hat man schließlich gewissermaßen eine Gut-Wetter-Garantie. Irgendwie wollte mir der Tee am frühen Morgen nicht so richtig schmecken.
Mein Magen begann zu grummeln. Ich setzte mich kurz noch einmal auf die Toilette, doch war auch

hier zu nachtschlafender Zeit noch nichts zu holen. Eine halbe Stunde später lehnte ich mit Sack und Pack an der Wand der ersten U-Bahn in Richtung Barmbek, um kurz darauf mit dem Shuttle-Bus am Hauptbahnhof zum Flughafen zu düsen. Nie und nimmer würde ich erneut einen Flug um sechs Uhr morgens buchen, koste das Ticket, was es wolle. Trotz allem ist Hamburg eine wundervolle Stadt, wenn sie im Morgenrot friedlich und ruhig erwacht. Entlang der Alster bretterte der Bus, der zu dieser Uhrzeit noch recht spärlich besetzt war, über menschenleere Straßen in Richtung Flughafen. Bei jeder noch so kleinen Kurve meldete sich mein leerer Magen. Mir war inzwischen richtig übel. War es nur die Aufregung oder eine Begleiterscheinung der kurzen Nacht? Bis auf die wenigen Schlucke Pfefferminztee war mein Magen leer. Vorsichtshalber durchwühlte ich meinen Lederrucksack nach einer Plastiktüte oder irgendeinen passenden Behälter, den ich zur Not vor meinen Mund halten konnte, wenn es gar nicht mehr gehen würde. Fehlanzeige. Schweiß lief mir über die Stirn. Einfach die Augen schließen und durchhalten.

Die Hälfte der Strecke lag schon hinter mir. Erleichtert stieg ich zwanzig Minuten später aus dem Bus. Mit festem Boden unter den Füßen ging es mir gleich ein wenig besser. Meine Lungen sogen die frische Morgenluft ein, bevor ich mit meinem Koffer in das recht heruntergekommene Terminal 3 des Hamburger Flughafens schlurfte. Nach dem Einchecken blieb mir noch fast eine Stunde Zeit, um mich ein wenig umzusehen. Eine Hamburger Morgenpost sollte mir die Wartezeit

verkürzen. Dazu bestellte ich mir in der Cafeteria einen Milchkaffee, den ich allerdings nicht herunter bekam.
Auch das Schokoladencroissant ließ ich angebissen liegen, was bei dem horrenden Preis eigentlich eine Schande war. Vielleicht würde ich mich später im Flugzeug an einen mitgebrachten Apfel wagen.

In der Maschine nahm ich neben einer Mutter mit ihrer etwa dreijährigen Tochter Platz.
Mit sehnsüchtigem Blick aus dem kleinen Fenster konnte ich Juans Nähe fast schon spüren. Uns trennten nur noch wenige Stunden. Sicherlich lag er im selben Moment noch schnarchend mit Morgenlatte in seinem spanischen Bett und träumte von meinem griffigen Hinterteil.
Mit leichtem Rucken setzte sich der Flieger auf der Rollbahn in Bewegung. Mein Puls schlug immer schneller. Ich wurde nervös und der Magen begann erneut zu rumoren.
Nein. Bitte jetzt nicht! Die aufsteigende Säure konnte auch durch Anhalten meines Atmens nicht aufgehalten werden. In letzter Sekunde zog ich die Papiertüte für Notfälle aus der Rückenlehne vor mir und übergab mich. Aus dem Augenwinkel konnte ich sehen, wie die vorhin noch freundlich grüßende Frau neben mir, angeekelt dem Kind die Hand vor das Gesicht hielt. Der widerliche Anblick eines kotzenden Passagiers konnte vielleicht ein Trauma auslösen? Das war ja mal wieder typisch für mich. Wir hatten noch nicht einmal abgehoben und schon war die Papiertüte randvoll. Sicherheitshalber klingelte ich nach einer Stewardess,

die aufgebracht ankam, weil wir bereits auf Startposition standen.
„Ja bitte. Was gibt es denn?“ guckte sie mich genervt an.
„Ich habe mich übergeben“, stotterte ich, während ich ihr verschämt meine volle Papiertüte hinhielt. Sicherheitshalber gingen meine beiden Sitznachbarn in Deckung und pressten sich erschrocken an ihre Rückenlehnen.
„Die behalten Sie mal schön bei sich. Einfach unter den Sitz stellen.“
Weg war sie. Das hatte ich mir irgendwie anders vorgestellt.
„Darf ich ihnen etwas gegen Übelkeit geben? Geben Sie mir bitte die Tüte, damit sie fachgerecht entsorgt werden kann. Kann ich noch irgendetwas für sie tun?“
Nichts dergleichen wurde mir entgegengebracht. Mit hochrotem Kopf versuchte ich, meine inneren Abfälle unter den Sitz zu stellen. Es kam, wie es kommen musste: Mein Schatz kippte um und versickerte im dunkelgrauen Bordteppich. Die Flugbegleiterin hatte es ja nicht anders gewollt. Der langsam aufsteigende Geruch hielt sich glücklicherweise in Grenzen.
Meine Sitznachbarin bot mir mitleidig ein Kaugummi gegen Reiseübelkeit an, das ich dankbar in den Mund steckte. Nachdem mein innerer Ballast abgeworfen war, ging es meiner Verdauung gleich sehr viel besser. Mit lauten Motorenrauschen hob die Maschine planmäßig um zehn Minuten nach sechs ab. Es konnte nur noch besser werden. Was man nicht alles für eine Fernbeziehung auf sich nimmt.

Der nächste Ärger ließ nicht sehr lange auf sich warten. Nachdem ich meinen mitgebrachten Apfel gegessen hatte, ging es mir endlich wieder richtig gut. Ich fieberte sogar dem angekündigten Mittagessen entgegen. Zur Auswahl gab es Rindergulasch oder Putengeschnetzeltes.
„Entschuldigung. Ich bin Vegetarier. Was haben Sie denn für mich im Angebot?“ fragte ich ahnungslos.
„Wenn Sie nichts vorab bestellt haben, tut es mir leid. Da kann ich Ihnen höchstens Nachtisch und einen Apfel anbieten", eröffnete mir die Dame, die schon vorhin nicht gerade durch Herzlichkeit glänzte.
„Verzeihen Sie. Ich fliege nicht so oft. Das wusste ich nicht", entgegnete ich.
Mir stand einfach nicht der Sinn nach einer Diskussion. Ärgerlicherweise machte sich gerade in diesem Moment mein Magen durch lautes Knurren bemerkbar.

Wenige Minuten später erschien eine andere Flugbegleiterin. In ihrer Hand hielt sie ein Tablett mit meiner Mahlzeit.
„Sind Sie der Herr ohne Essen? Wir haben immer zwei fleischlose Mahlzeiten in Reserve. Guten Appetit", lächelte mich der geschickte Engel freundlich an.
„Danke!“ Geht doch. Die Gemüserolle mit Spinat schmeckte recht gut und der Bordfilm lenkte mich ein wenig von meinem vorhergegangenen Ärger ab. Die innere Anspannung hatte sich verabschiedet. Satt und zufrieden schlief ich ein.

„Wir bitten alle Passagiere, die Sitzplätze nicht

mehr zu verlassen“, schallte es aus dem Lautsprecher über mir. Verschämt wischte ich mir mit dem Handrücken einen Tropfen Speichel aus dem Mundwinkel. Der kleine Junge auf dem Nachbarsitz beobachtete mich dabei mit großen Augen. Der Flieger setzte zum Landeanflug an. Endlich! Noch länger hätte ich nicht stillsitzen wollen. Mit neugierigem Blick sog ich die Landschaft unter mir auf. Von oben konnte man verschiedene Inseln in der strahlenden Sonne sehen. Auf der größten würde mein Freund jetzt sicherlich gerade am Flughafen ankommen und noch schnell auf Toilette eilen, um zu pinkeln. Dabei zieht er es im Gegensatz zu mir vor, in eine Kabine zu gehen, um nach dem Wasserlassen seine Eichel auf einem Stück Klopapier trockenzudrücken. Mir lief jedes Mal ein Schauer über den Rücken, wenn ich ihn zu Hause dabei beobachtete. Andere Länder, andere Sitten.
Wieder meldete sich mein Bauch, doch diesmal war es eine angenehme Wärme, ein glückliches Kribbeln, das sich bis zu meinem Herz ausbreitete. Mit einem lauten Krawumm setzen wir auf.

Kapitel 22

Beim Aussteigen fiel mein Augenmerk auf einen kleinen, gelben Kotzfleck auf dem Stoff meiner weißen Jeans. Anscheinend war ich bei meiner morgendlichen Entleerung doch nicht so zielsicher gewesen, wie angenommen. Schnell eilte ich auf das nächstgelegene Herrenklo mit der Aufschrift Caballero und stellte mich zwischen zwei nette, junge Männer. Ich riskierte ein paar Blicke nach links und rechts, um mich anschließend zufrieden ans Waschbecken zu begeben, um den Magen-Klecks mit Wasser und Seife zu bearbeiten. Viel war da leider nicht zu machen. Die nasse Stelle war anschließend nur noch auffälliger als der kleine gelbe Punkt.

Als sich wenig später die Schiebetür am Ausgang öffnete und mein braungebrannter Kükemann aufgeregt mit einer Rose zu mir herüberwinkte, rückte alles andere in Vergessenheit. Es war ein unglaubliches Gefühl, Juans warmen Körper endlich wieder in die Arme zu schließen. Ein flüchtiger Kuss musste für den Moment reichen.

„Das sind Linda und Paco, meine Freunde, von denen ich dich schon so viel erzählt hatte“, stellte mir der Kanare seine Begleitung vor. Stimmt, Linda war anscheinend die letzte Frau, der er zwischen den Beinen geleckt hatte, als er betrunken war. Juans anschaulichen Ausführungen nach zu urteilen, musste sie ein riesiges Geschlechtsorgan haben. Wie hatte er es noch genannt? Eine Monster-Fratze? Ich konnte mich nicht mehr genau an seine Worte erinnern.

Jedenfalls fiel es mir schwer, an etwas anderes zu denken, als sie mich mit Küsschen auf die rechte und linke Wange begrüßte. Ihr Ehemann Paco gab mir die Hand, was ich mit freundlichem Tätscheln seiner Schulter toppte. Juans Freund sah auf den ersten Blick aus wie ein Indianer. Lange, graue Locken und ein schmales Gesicht. Um seinen Hals hingen verschiedene Holz-Ketten. Die beiden wirkten sehr nett, doch schien ich mit meinem Englisch nicht gerade viel Erfolg bei unseren Chauffeuren zu haben.
„Leider, Linda und Paco sprechen nur Spanisch. Paco kann ein bisschen Englisch, aber er ist noch zu schüchtern", lachte Juan, während er mich erneut an sich zog, sodass mir sein angenehmer Parfumgeruch wieder in die Nase stieg.
„Hier riecht aber einer nach Senft!“ knallte er mir im Gegenzug an den Kopf.
Ich klärte auf, dass der Schweißgeruch, den er meinte, heute mit Magensäure gemischt sei, was ihn zu meiner Überraschung nicht davon abhielt, mich noch einmal zu küssen.
„Du armes Kükemann", schaute mir mein Freund besorgt in die Augen.

Bis zum Klamottenwechsel würde es noch ein wenig dauern, da Juan als Willkommensgeschenk eine kleine Reise an einen See in den Bergen organisiert hatte. Mit dem Auto seiner Freunde ging es auf direktem Weg vom Flughafen über die Autobahn weiter aufs Land. In Serpentinen kämpfte sich der große Wagen immer höher. Wenig verwunderlich, wirkten die vielen Kurven und das Ruckeln des Geländewagens sich nicht gerade positiv auf das fast verdaute Mittagessen aus, sodass ich sicherheitshalber noch ein Kaugummi gegen Reiseübelkeit auspackte. Während meine Hand immer wieder zwischen Juans Bauch, Knien und Eiern hin und her wanderte, ließ ich die Landschaft um mich herum ein wenig auf mich wirken. Ausgetrocknet und dürr kam mir die Insel vor. Nur hier und da entdeckte man einen Kaktus oder künstlich angelegte Blumenbeete mit einer Marienfigur darin. Je höher der Wagen allerdings tuckerte, desto malerischer präsentierte sich die immer üppiger werdende Vegetation. Der einladende Bergsee erschien überraschend hinter einer Straßenbiegung. Als Tourist wäre man sicherlich nichtsahnend daran vorbeigefahren. Kein Wunder, dass sich nur wenige Insulaner an diesen romantischen Ort verirrt hatten. Juan breitete ein paar mitgebrachte Handtücher aus, bevor wir in das kühle Nass hüpften, um meinen Senfgeruch weg zu baden. Paco und Linda aalten sich derzeit nackt in der Sonne. Man musste sich nicht sonderlich anstrengen, um der erwähnten Fratze einen guten Tag zu wünschen. Sie war noch sehr viel größer als angenommen. Pacos langer Schwanz hatte sicherlich einen nicht unerheblichen Anteil dazu beigetragen, dass die präsentierte Vagina nicht gerade jugendlich frisch wirkte.

Nach der angenehmen Erfrischung und inbegriffenem Abkühlen meiner anscheinend etwas zu sehr in Fahrt gekommen Gedankengänge, schlichen Juan und ich uns hinter einen nahe gelegenen, großen Felsbrocken, um uns nach wochenlanger Abstinenz endlich wieder körperlich zu vereinigen. Bei all meiner Verzückung für diesen Mann, hatte ich fast vergessen, welche körperlichen Vorzüge und Talente er mit sich brachte.

Gegen Abend trudelten wir in Las Palmas ein. Juans Elternhaus lag nur wenige Meter vom Las Canteras Strand entfernt, dennoch schien es nicht gerade die beste Gegend der Insel zu sein. Ein paar Drogensüchtige, Obdachlose und asiatische Prostituierte kreuzten unseren Weg zu dem alten Mehrfamilienhaus, das schon vor Jahren einen neuen Anstrich hätte vertagen können. Aus dem Fenster im ersten Stock winkte uns eine dunkelhaarige, alte Frau, die sich erwartungsgemäß im nächsten Moment als Juans Mutter entpuppte.
„Hier unten wohnen eine Familie mit geilen Söhnen. Der eine ist ein Model. Ich habe schon seinen Popo beim Fitness gesehen... muaah", schwärmte mein Freund begeistert und deutete auf die Fenster im Erdgeschoss. Nach einer herzlichen Verabschiedung mit Küsschen links und Küsschen rechts, machten sich unsere Chauffeure Fratzen- Linda und Paco wieder auf den Heimweg. Mein Gastgeber griff nach meinem schweren Koffer und führte mich über die steile Treppe in den ersten Stock. Meine winzig kleine Schwiegermutter erwartete uns schon. Der laufende Meter hatte sich extra hübsch gemacht. Sie trug ein buntes Kleid, was sie in der unruhig dekorierten Wohnung fast unsichtbar erscheinen ließ. Neben geblümter Tapete und gemusterten Gardinen gab es bunte Sofabezüge und diversen Schnickschnack, der auf allen Regalen umherstand. Der Apfel fällt nicht weit vom Stamm. Daher kam also Juans

Neigung zu Blödigkeiten, lachte ich innerlich. Verzückt beugte ich mich zu Juans Mutter herunter und wurde auch von ihr auf beide Wangen geküsst. Sie empfing mich sehr liebevoll und brabbelte irgendetwas auf Spanisch, was ich nicht verstand. Immer wieder fiel das mir fremde Wort hermana, was wahrscheinlich so viel wie willkommen bedeutete. Wie sich später allerdings herausstellte, war sie total erpicht darauf, meine Schwester kennen zu lernen. Na herzlichen Dank! Vielleicht wollte sie ihren Sohn zu allem Überfluss noch mit Karin zwangsverheiraten. Davon abgesehen, fühlte ich mich gütig empfangen. Unterbewusst war der alten Frau bestimmt klar, dass hier der zukünftige Schwiegersohn an der Tür stand und nicht ein x-beliebiger Freund aus Deutschland zu Besuch war.
Entlang eines langen Flures, der wiederum mit einer anderen, bunten Tapete dunkel wirkte, zeigte Juan mir das Fernsehzimmer, in dem zwei dunkle Sessel mit türkisfarbenen Kissen standen. Über Rücken- und Armlehnen waren kleine Wolldeckchen gelegt. Lieber Gott! Mach, dass die Handarbeiten nicht von Juan gehäkelt wurden! Auf einem Beistelltisch standen zehn bis fünfzehn Bilderrahmen mit Familienfotos. Die süßen Kinderbilder von Juan wollte ich mir nicht entgehen lassen, doch war die Neugier, sein eigenes Reich anzusehen, für den Moment größer. Ich nahm mir fest vor, die Fotos demnächst genau zu begutachten. Als wir in Juans Zimmer traten, fiel mir die Kinnlade herunter.
„Und deine Mutter weiß nicht, dass du schwul bist?" wunderte ich mich.

Die Wände um sein Bett herum waren größtenteils mit Plakaten und Zeitungsausschnitten von halbnackten Männern beklebt. Direkt neben dem Bücherregal schlug mir eine pralle Badehose einer Tom of Finland- Zeichnung ins Gesicht. Ein Schwarzweißakt eines nackten Hinterns, der aus einem See herausragte, zierte die Wand neben dem kleinen Fenster. Mit offenem Mund stieß ich im nächsten Augenblick mit dem Kopf an ein Mobilee aus flachen Plastikblumen, dass von der Decke baumelte. Das Bett war mit einer Tagesdecke bezogen. Fast zwanzig kleine Stofftiere thronten darauf und buhlten mit ihren Knopfaugen um Zuneigung. Erfreut fiel mein Augenmerk auf ein gerahmtes Bild von mir. Sogar eine halb abgebrannte Kerze stand daneben. Durch das Sammelsurium aus Blödigkeiten, die alle ordentlich aneinandergereiht in den Regalen standen, konnte ich die Buchrücken mehrerer Pin up- Bände erkennen.
„Aber blind ist deine Mutter nicht, oder?" brachte ich meinen ersten Eindruck auf den Punkt.
„Sie guckt nicht so viel in meine Zimmer", rechtfertige mein Freund sich.

So langsam wurde ich den Verdacht nicht los, dass Juan vielleicht selbst ein Problem damit hatte, über seine sexuelle Neigung zu sprechen. Kopfschüttelnd stolperte ich beinahe über den gemütlichen Schaukelstuhl, der neben der Verbindungstür zu meinem kleinen Reich stand.
„Darin lese ich immer und lege gemütlich die Füße auf das Bett", freute sich der Genießer und deutete auf das alte Möbelstück. Seine Hausschuhe standen ordentlich daneben.

Begleitet von leisem Bimmeln öffnete ich die Verbindungstür zu meinem Zimmer. Die kleinen Glöckchen, die am Griff befestigt waren, sollten meine Schwiegermutter wohl warnen, falls ich mich nachts zu nah an ihren Sohn wagen würde. Ein kleiner Holz-Hampelmann, der ebenfalls am Durchgang befestigt war, fiel zeitgleich auf den Linoleumboden.

„Oh, der arme kleine Mann", hob Juan seinen Schatz erschrocken auf. Nun stand ich vor meinem eigenen Bett. Auf den ersten Blick wirkte es recht klein, doch es würde schon reichen. Ein Kissen in Form einer Comic-Figur, sowie ein aufblasbares Herz lagen einladend auf dem dünnen Laken. Über dem Kopfende war ein kleines Fenster, das man von innen mit kleinen Holztürchen schließen konnte. Es roch nach Wasser, das in der Sonne verdampft. Vielleicht war es auch spanisches Waschmittel das mir in die Nase zog. Ein Fahrrad, behängt mit Gürteln und anderem Kram, parkte neben dem Ausgang.

„An diesen Schreibtisch schreibe ich die Briefe an dich, wenn ich vermisse dich", deutete der Kanare mit kindlichem Blick auf das alte Möbelstück. Gleich daneben war Juans Kleiderschrank, der mit Fotos seiner Freunde und auch Zeitungsausschnitten von nackten Männern verschönert worden war. Ich hob den blauen Koffer auf das Bett und zog mir erst einmal die Schuhe aus.

„Wo kann ich denn mal auf Toilette gehen?" erkundigte ich mich, denn meine Blase drückte bereits, seitdem wir den See in den Bergen hinter uns gelassen hatten.

„Am besten, du gehst zu den kleinen Klo. Das ist zum Pinkeln. Bei dem großen ist die Spülung kaputt und du musst erst eine Wanne mit Wasser füllen, und das hinterher kippen."
Er deutete dabei im Badezimmer auf die Toilette neben der Dusche. Eine große rosafarbene Wanne, die mit Wasser gefüllt war, stand bereit, um eventuelle Ausscheidungen zu beseitigen. Wie um Himmels Willen, sollte man das Gefäß nur hoch bekommen, ohne dabei die Hälfte des Inhalts zu verschütten? Fürs Erste stellte sich mir die Frage nicht, da ich eh nur Wasserlassen musste.
„Und in beide Badezimmer du darfst kein Klopapier in das Toilette werfen, weil es nicht richtig wegzieht. Es gibt Eimer dafür", legte Juan nach.
Das ekelte mich nun allerdings doch ein bisschen. Ich öffne doch keinen Eimer, in denen benutztes Toilettenpapier liegt. Entgegen der eindringlichen Ermahnung schmiss ich die benutzten Blättchen abends dorthin, wo ich es immer tat, was dann wiederum tatsächlich eine Verstopfung hervorrief. Angeekelt fischte ich mit der Klobürste die nassen Tücher aus der Schüssel und versenke den Klumpen in den bereitgestellten Eimer.
„Hast du auch dich beim Pipimachen auch hingesetzt?" trieb mich mein Freund schon nachmittags in den Wahnsinn.
„Seit wann pinkeln wir im sitzen? Wir sind doch Männer. Bei mir stört dich das doch auch nicht. Vergiss es", platzte mir langsam der Kragen.
Nachdem ich die spanischen Hygiene-Anweisungen im Bad kopfschüttelnd zur Kenntnis genommen hatte, überraschten mich die vielen Kakerlaken in der Küche auch nicht mehr.

„Es ist schlimm. Seitdem ich nach Hamburg gegangen war, niemand hat sich richtig darum gekümmert. Alles ist voll. Ich muss sie mit Gift bekämpfen", entschuldigte sich Juan.
„Meine Muttis stört das nicht. Sie lässt auch immer überall Krümen liegen."
Dies war also das Zuhause meines Freundes. Sicherlich würde ich meiner Familie das eine oder andere Detail in meinem anschließenden Reisebericht verschweigen, damit kein falscher Eindruck entstand. Vielleicht war es doch keine gute Idee, meine Mutter bei einem der nächsten Besuche mit hierherzubringen.

Kapitel 23

Es war äußerst interessant, zu sehen, wo Juan aufgewachsen war. Es schien, dass in dieser Wohnung in den letzten zwanzig bis dreißig Jahren so gut wie nichts verändert worden war. Das Zimmer, in dem ich jetzt wohnte, war vor langer Zeit einmal die Dunkelkammer seines Vaters gewesen. Er arbeitete als Fotograf bis er starb, als Juan elf Jahre alt war. Bis heute weiß mein Freund nicht genau, was den Tod seines Erzeugers hervorgerufen hat. Es wurde nie groß darüber gesprochen. Offensichtlich gab es in der spanischen Familie noch eine Reihe anderer Geheimnisse, als Juans verschwiegene Homosexualität.

Plötzlich klingelte es und die vierjährige Nichte des Kanaren stand an der Tür, um mein Mitbringsel in Empfang zu nehmen. Gewisse Verhaltensregeln wurden mir vorab energisch eingetrichtert. Wenn man zu Besuch kommt, muss man Lara ein Geschenk mitbringen. Sie ist die Jüngste im Haus und total verwöhnt.

Ich möchte mir lieber nicht ausmalen, was für ein Eindruck entstanden wäre, wenn ich in dieser Situation mit leeren Händen dagestanden hätte. Mit einem erfreuten „Gracías" und anschließendem Küsschen links und Küsschen rechts bedankte sich das Prinzesschen für das Mini-Puppenhaus aus Plastik und wurde die nächsten Tage nicht mehr gesehen.

Nach einem gemeinsamen Abendessen zwischen Kakerlaken zogen Juan und ich los zur Strandpromenade in unmittelbarer Nähe seines Hauses.

Richtig romantisch leuchteten die altmodischen Laternen und ließen den hellen Sandstrand in einem gemütlichen Licht erstrahlen. Es hatte sich ein wenig abgekühlt und eine frische Meeresbrise wehte durch meine Haare. Zum Glück hatte ich eine schwarze Strickjacke mitgenommen und um die Hüften geknotet. Für den Moment sollte allerdings erst einmal mein Kükemann mich wärmen.
„Lass das. Nicht hier in Public", drückte mein Freund genervt meine Arme weg.
„Was ist denn mit dir los? Bist du bescheuert?“ reagierte ich sauer.
„Wenn meine Tante uns sieht oder irgendwelche Nachbarn vorbeikommen. Hier ist es sehr katholisch. Nicht so wie in Hamburg", rechtfertigte er sich.
Ich war gekränkt und sauer. Mein so offener und selbstbewusster Partner, entpuppte sich auf Gran Canaria plötzlich als Klemmschwester. Irgendwie seltsam.

Für den Augenblick hielt ich besser den Mund. Selbst ein Pfefferminz-Eis mit Schokoladenstreuseln konnte meine Laune nicht aufhellen.
„Wenn wir in vier Tage in den Süden fahren, dann wird alles anders. Da sind die Touristen und viele Schwuppe. Da können wir sein, wie wir wollen", versuchte Juan, die gedrückte Stimmung etwas aufzulockern.
Vor dem Schlafengehen hatten wir noch einmal wilden, schwulen Sex in seinem schmalen Bett, wobei er mich immer wieder ermahnte, nicht zu laut zu sein, damit die Mutti im Nachbarzimmer nichts mitbekam.

Nach trotz Stress erlangter Entspannung kuschelte ich meinen abgekämpften Körper an seinen, um gemeinsam einzuschlafen, doch beförderte mich der Spanier in dieser, sowie auch in den folgenden Nächten in mein eigenes Zimmer. „Es ist zu warm. Du schnarchst. Du bist zu unruhig", immer wieder neue Ausreden, bis er letztendlich mit der Wahrheit herausrückte:
„Wenn Mutti an die Tür klopft und ich habe ein Erektion. Das geht nicht. Also raus aus mein Bett."
So hatte ich mir unser Wiedersehen nun wirklich nicht vorgestellt.
Wieso war mein Freund hier so anders als in Hamburg? Richtig fremd waren mir sein Verhalten und die dazugehörige Denkweise. Im Gegenzug war sein Benehmen aber schon wieder so grotesk, dass man es nicht ernst nehmen konnte. Meinte er wirklich alles, wie er es sagte? Sicherlich nicht!
Da Juan an den kommenden zwei Tagen vormittags als Lehrer für Englisch und Deutsch in einer Sprachschule unterrichten musste, hatte ich ein wenig Zeit für mich. Der Kanare lehrte Arbeitslosen Fremdsprachen, um ihnen bessere Voraussetzungen für das Finden eines neuen Jobs zu schaffen. „Phantasie-Deutsch-Lehrer" nannten meine Freunde seinen Beruf, weil er für eine Lehrkraft ziemlich große Defizite in der deutschen Sprache hatte.
Nach dem Frühstück machte ich mich auf, um die nähere Umgebung zu erforschen. Mein Stadtbummel startete in einem nach Putzmittel riechendem CD-Laden, in dem ich mir gleich vier gebrauchte Alben kaufte. Anschließend ging es weiter in das größte Kaufhaus der Hauptstadt.

An der Bar im fünften Stock gönnte ich mir eine kleine Pause und bestellte einen Cafe con Leche. Mit meinem Mischmasch aus Englisch und Spanisch konnte ich mich ausreichend ausdrücken. Aufmerksam studierte ich das kanarische Volk beim Essen und Plaudern.
Es war ungewöhnlich laut, wie die meist übergewichtigen Kanaren von Tisch zu Tisch quatschten. Trotz des Lärmpegels schien niemand sonderlich in Eile zu sein, was man schon allein daran bemerkte, dass ich fast zwanzig Minuten auf meinen Milchkaffee warten musste.
Nachdem ich mir noch über die auffallend schlechten Zähne der Spanier den Kopf zerbrochen hatte, winkte ich die Bedienung heran und bezahlte. Das Trinkgeld hinterließ ich auf dem kleinen, silbernen Teller. Mein weiterer Weg führte mich zur Kundentoilette des Kaufhauses. Zu meiner Verwunderung herrschte an den vier Pissoiren schon vormittags Hochbetrieb. Sofort war klar, was dort vor sich ging, als die drei jungen Männer bei meinem Eintreten zusammenzuckten. Gespielt gleichgültig stellte ich mich zwischen zwei Spanier in Jeans und Turnschuhen. Der Dritte, etwas Ältere, war bei meinem Auftauchen vor Schreck an das Waschbecken gestürmt, um sich die Hände zu waschen.
Über den Spiegel beobachtete er nun unser Treiben. Die heruntergedrückten Erektionen neben mir, machten ein Wasserlassen unmöglich. Am liebsten hätte ich mich der spanischen Tradition hingegeben und einfach ein Küsschen links und ein Küsschen rechts verteilt, doch ließ dies meine Absprache mit Juan nicht zu.

Gucken war allerdings erlaubt. Und das tat ich auch. Zuerst auf den Schwanz links und dann auf den Schwanz rechts. Heiße Blicke wurden ausgetauscht. Eine Hand versuchte, an meine Eichel zu fassen. Entschieden wehrte ich den Angriff ab. Der Krawattenträger vom Spiegel war inzwischen in die Reihe getreten und fing an, den sportlichen Jung-Wichser hastig zu blasen. Bei der anregenden Kulisse, fiel es mir schwer, nicht selbst zum Höhepunkt zu kommen. Meinen Samen wollte ich dorthin tragen, wo er hingehörte: Auf Juan Brust.
Nachdem die umstehenden Herren sich gegenseitig versorgt hatten, führte mich mein Weg in die Waschräume der anderen Etagen. Immerhin musste meine Blase langsam mal entleert werden. Überall bot sich das gleiche Bild. Männer versteckten verschämt ihre erigierten Schwänze, um sie anschließend meinen neugierigen Blicken zu präsentieren.
Umtriebige standen an Waschbecken und ließen minutenlang Wasser über ihr Finger laufen, um nach Checken der Lage noch einmal ans Pinkelbecken zu treten. Spielchen ganz nach meinem Geschmack, die mich immer heißer werden ließen. Um nichts zu verpassen stieg ich die sechs Etagen immer wieder rauf und runter, bis ich völlig erschöpft und alles andere als entspannt den Heimweg antrat.

Zurück in Juans Küche kochte ich mir einen Kaffee mit einer altmodischen, silberfarbenen Maschine, die man direkt auf die Herdplatte stellte. Zum Glück hatte mir der Insulaner vorab genau erklärt, bis wohin man das Wasser einfüllen durfte.

Zu meinem Pech fiel mir der gezeigte Punkt im Inneren der Kanne nicht mehr ein, sodass das heiße Getränk wenig später den Gasherd überflutete. Nur wenige Minuten zuvor war mir bereits die Milch übergekocht, während ich nur kurz die Küche verließ, um dem CD-Player im Schlafzimmer ein paar Töne zu entlocken. Die Lust auf mein Heißgetränk war mir vergangen. Ein kalter Kakao aus dem Kühlschrank schmeckte auch nicht schlecht. Die schmutzige Tasse samt Kaffeekanne stellte ich in die Spüle und ließ langsam ein wenig Wasser ein, um wieder Klarschiff zu machen. Juans Mutter Carmen, die gerade noch vor dem Fernseher geschlafen hatte, schaute nun putzmunter um die Ecke und meinte mit gebrochenem Englisch, ich müsse nicht extra abwaschen und solle mich besser ausruhen. Sehr freundlich von ihr.

Durch die Tatsache, dass ich die alte Spanierin mit Vornamen ansprechen durfte, fühle ich mich willkommen und von der Familie akzeptiert. Wie schnell ein solches Gefühl wieder vergehen kann, wurde mir deutlich, als mein Freund am Nachmittag ein wenig aufgebracht auf mich zu kam und meinte, seine Mutti hätte sich bei ihm beschwert, dass ich das Geschirr einfach so herumstehen lassen habe, ohne es abzuspülen. So eine fiese Intrigantin. Am liebsten wäre ich aufgesprungen und hätte das Problem sofort geklärt, doch mein Gegenüber riet mir davon ab.

„Sie ist ein alte Frau und manchmal ist sie ein wenig anstrengend“, entschuldigte er sich für das Verhalten, doch läuteten bei mir für die Zukunft alle Alarmglocken.

Keine zehn Minuten später maßregelte mich auch noch mein Freund: „Du sollst hier nicht ohne Hausschuhe herumlaufen. Es ist schmutzig. Außerdem es liegen überall deine Klamotten herum. Das mag ich nicht", zickte er mich ungewohnt ernst an.

Am liebsten hätte ich sofort meine Siebensachen gepackt und wäre abgereist. Vor Wut stiegen mir Tränen in die Augen. Warum hackten plötzlich alle auf mir herum? Mir wurde bisher kein Schrank zugewiesen. Was sollte ich denn anderes mit meinen T-Shirts tun, als sie über den Stuhl und das alte Fahrrad in meinem Zimmer zu hängen. Im selben Moment war es mir peinlich, Juan darauf hinzuweisen, dass ich mit meinen schiefen Füßen nicht in seinen Sandalen laufen konnte und es deshalb vorzog, auf Strümpfen zu laufen.
„Außerdem sind es meine Socken, die dreckig werden. Vielleicht solltet ihr lieber besser saubermachen", schoss ich gereizt zurück. Mein Freund, dem das Gesagte nun ein wenig unangenehm war, umarmte mich flüchtig.
„Mit Mutti in eine Wohnung ist immer Stress."
„Du meinst wohl: Mit Mutti machst du dir selbst Stress", schob ich ein wenig spöttisch hinterher.
„Vielleicht du hast recht", lenkte er weiter ein.

Kapitel 24

Die zweite Urlaubswoche wurde ein richtiger Befreiungsschlag für unsere Beziehung.
Mit Sack und Pack bezogen wir ein Apartment in einem mehrstöckigen Touristen-Hotel im Süden der Insel. Mein Freund hatte nun Schulferien und die perfekt gelegene Unterkunft in Maspalomas angemietet. Fernab seiner Verwandtschaft und anderer Katholiken durften wir wieder so schwul sein, wie wir wollten und waren. Schon als wir unsere Plätze im Bus in Las Palmas eingenommen hatten, lief alles so, wie ich es mir vor unserem Wiedersehen eigentlich vorgestellt hatte. Je weiter wir in den Süden kamen, umso überschwänglicher wurden unsere Berührungen. Wir liebten uns nun mehrmals pro Tag, küssten ungeniert auf der Straße und feierten die Abende in verschiedenen Kneipen im benachbarten Yumbo- Center. Die baufällige Anlage dient tagsüber in erster Linie als Einkaufspassage, in der Touristen all das bekommen, was sie eigentlich nicht brauchen und sich anschließend den Magen in diversen Restaurants vollschlagen können. Nachts ist die Bausünde jedoch fest in schwuler Hand. Zu neuesten Videoclips tanzten wir uns von einer Kneipe zur nächsten, tranken Alkohol und flirteten unauffällig mit anderen Urlaubern, um die Eindrücke des Abends anschließend gemeinsam mit wildem und vor allem lautem Sex zu verarbeiten.
Durch die hohen, malerischen Dünen wanderten wir jeden Morgen nach dem späten Frühstück

Hand in Hand zum schwulen Strand, um uns zwischen nackten Männern in der Sonne zu aalen. Ich war immer wieder überrascht, wie viele Schwule sich auf der Insel tummelten. Sogar ein paar Hamburger, die ich aus dem Gnosa kannte, grüßten mich von einer benachbarten Sonnenliege am Meer.
Viel schöner, als unsere Ausflüge und Partynächte waren jedoch die gemeinsamen Abende in unserem Apartment. Juan machte es sichtlich Spaß, unsere Einkäufe zu einer leckeren Mahlzeit zu verarbeiten. Splitternackt stand der athletische Mann vor dem Herd, während ich damit beschäftigt war, den Tisch auf dem Balkon zu decken.
„Heute wird's Spaghetti gekocht! Heute wird's Spaghetti gekocht", trällerte der Spanier mit gewohnt kindlichem Akzent durch das kleine Fenster nach draußen und reichte mir mehrere Kerzen, die er extra von zu Hause mitgebracht hatte, damit unser Mahl auch richtig romantisch würde. Momente wie diese hatte ich in den letzten Wochen vermisst. Fernab seiner Familie stand mir nun endlich wieder der Mann gegenüber, den ich in Erinnerung hatte.
Zwar gab ich mein Bestes, um den Augenblick zu genießen, dachte aber insgeheim darüber nach, wie schwer die anschließende Zeit allein in Hamburg für mich sein würde. Würde meine Sehnsucht irgendwann zur Normalität werden?
Im Vorfeld begleitete mich die Frage, ob der Urlaub auf Gran Canaria mir vielleicht Klarheit darüber verschaffen würde, eventuell festzustellen, ob ein Umzug auf die kanarische Inseln eine Alternative für mich sein konnte. Immerhin träumen viele

Deutsche davon, in den sonnigen Süden auszuwandern. Die bittere Erkenntnis: Nie und nimmer könnte ich mit Juan in diesem katholischen Land glücklich werden. Vielmehr bestärkte mich seine Verklemmtheit darin, ihn bei Gelegenheit wieder zurück nach Hamburg zu locken, wo er so sein durfte, wie er ist. Weitere Gründe, die gegen eine gemeinsame Zukunft am Atlantik sprachen, waren neben der gespaltenen Persönlichkeit meines Partners, die Tatsache, dass es zu wenig CD-Läden gab und dass so gut wie kein Musiker die weite Reise auf sich nehmen würde, um ein Konzert auf der Insel zu geben. Hinzu kommt, dass ich ein Mensch bin, der seine Freunde und Familie um sich haben muss. Überhaupt: Womit sollte ein Verwaltungsbeamter aus Deutschland hier sein Geld verdienen? Außer meiner Liebe zu Juan, sprach nichts für ein Leben auf Gran Canaria. Aber in was für verrückte Gedanken verrannte ich mich eigentlich schon wieder? Meine Überlegungen wurden durch einen Blick in Juans glückliches Gesicht beendet, der begeistert Nudeln mit Tomatensoße servierte. Zuerst schien es mir, als würde sich das Licht der Kerzen in seinen Augen spiegeln, doch das, was dort so strahlte war Liebe. Die Liebe, die ich so lange gesucht und beinahe verloren hatte.

Nach einer traumhaften Woche hieß es Abschied nehmen. Der letzte gemeinsame Morgen verlief anders. Unsere Blicke wichen einander aus und auch die Gespräche waren oberflächlicher. Niemand traute sich, seine Gefühlswelt zu offenbaren und überspielte den Abschiedsschmerz so gut wie möglich. Erst die letzte Umarmung am

Flughafen ließ mir ein paar Tränen über die Wangen laufen. Ich vergrub mein Gesicht in Juans Hemd und atmete den Geruch aus Sonnencreme und Parfum noch einmal tief ein. Wieso konnte er nicht einfach mitkommen? Wann würden wir uns wiedersehen? War es überhaupt sicher, dass wir uns noch einmal besuchen würden? Niemand weiß schon, was die nächsten Wochen bringen. Diese Ungewissheit machte mir so große Angst, dass ich meine große Liebe immer wieder küsste.
Nun, wo wir uns in die Augen sahen, schmerzte alles noch viel mehr.
Eine letzte Berührung. Im nächsten Augenblick zog ich den Gürtel aus der Lasche meiner Jeans und schon tastete mich ein dicker Spanier ab, um festzustellen, ob ich Waffen oder spitze Gegenstände bei mir hatte. Der Schritt durch den Metalldetektor riss Juan und mich endgültig auseinander. Das letzte Winken und das traurige Gesicht meines Freundes wollten auch im Flugzeug nicht aus meinem Kopf weichen. Entschlossen setzte sich die Maschine in Bewegung, um schließlich sachte abzuheben. Das Urlaubsparadies unter mir wurde immer kleiner und kleiner. Gran Canaria verschwand als kleiner Punkt im Meer. Im kalten Luftzug der Klimaanlage wartete ich auf mein extra vorbestelltes, vegetarisches Essen. Appetit hatte ich keinen. Irgendetwas fühlte sich komisch an. Fast war es so, als sei der größte Teil von mir bei Juan zurückgeblieben.

Kapitel 25

Wer hätte gedacht, dass der Winter eines Tages zu meiner Lieblings-Jahreszeit wird. Ich habe eine Abneigung gegen Schnee und Kälte. Allgemein lasse ich mir vom Wetter nicht vorschreiben, ob ich noch einmal in die Stadt fahre oder spontan eine Runde um den Block drehe, um mir stramme Hosen attraktiver Jogger anzusehen oder im Vorbeigehen unauffällig in fremde Wohnungsfenster zu linsen. Regen und Sturm halten mich davon genauso wenig ab, wie bullige Hitze.

Nur bei Eis und Glätte, genieße ich lieber meine eigenen vier Wände, als meinen Voyeurismus zu befriedigen. Matschige Straßen sauen meine Schuhe ein und bringen meinen Körper mehr in Fahrt, als mir lieb ist. Vorsichtig laufe ich nach Möglichkeit auf frischem, unberührtem Schnee neben dem eigentlichen Fußweg, um nicht auf der plattgetretenen Eisschicht ins Schlittern zu geraten. Der schmale Weg zur U-Bahn-Station Hammer Kirche führt durch einen kleinen Park, in dem sich schon seit Jahren kein Räumfahrzeug mehr blicken lässt. Normalerweise ist die Grünanlage fast unbeleuchtet, wenn ich morgens zur Arbeit gehe. Die vergessenen Laternen haben schon lange ihren Geist aufgegeben. Niemand scheint sich für den recht nützlichen Sandweg verantwortlich zu fühlen.

Die vielen Kaninchen, die die Wiese und umliegende Büsche zu ihrem Gebiet erklärt haben, sind die einzigen, denen all dies nichts ausmacht. Fröhlich hoppeln sie in Scharen über die verschneite

Wiese und hinterlassen ihre lustigen Tapsen. Meine knirschenden Schritte erschrecken sie, wenn ich durch die Einsamkeit in ihr Reich eindringe. Sollte ich hier abseits des eigentlichen Weges ausrutschen und mir das Genick brechen, würde man mich wahrscheinlich erst Stunden später finden - tiefgefroren unter einer weißen Eisschicht, wie Zuckerguss.

Da stellt sich natürlich die Frage, warum ich den Winter plötzlich so gern mochte. Die Erklärung hierfür hockte aufgeregt winkend vor der Linse meines Fotoapparats. Mit einer altmodischen, schwarzen Pudelmütze stand Juan an einer verschneiten Tanne und posierte mit leuchtenden Augen, um seiner Familie den deutschen Winter zu präsentieren.

„Schnee! Schnee! Ich liebe kaltes Schnee!" prustete er. Mit der Zunge versuchte er immer wieder ein paar Flocken aufzufangen.

An diesem Dezember-Morgen war es kein Problem, meinen Freund aus dem Bett zu bekommen. Als ich verschlafen die schwarzen Jalousien meines Schlafzimmerfensters mit einem schrillen Ächzen der kleinen Räder öffnete, blendete mich das helle Weiß vom Dach des gegenüberliegenden Häuserblocks.

„Es hat geschneit", entglitt es mir eher entgeistert, als erfreut.

„Waaaaas? Schnee? Richtiges Schnee?" Juan saß so schnell aufrecht im Bett, wie ich es noch nie erlebt hatte. Einen Moment später stand er schon am Kleiderschrank und fing an, sich anzuziehen. Nicht einmal die Zeit für den morgendlichen Blow-Job ließ er mir.

„Ich habe so lange keinen Schnee gesehen. Hol deine Kamera. Ich will Bilder machen.
Endlich wieder weiße Weihnachte!“ freute sich der Spanier kindlich.

Während ich noch meinen grauen Mantel anzog und den schwarzen Schal um den Hals wickelte, begleitete mein Freund mich mit Let it snow , Let it snow, Let it snow- Gesang aus dem Treppenhaus. Ungeduscht eilte ich ihm hinterher. Seine Freude und Begeisterung sprangen sofort auf mich über.
Juan kam nun schon seit mehreren Jahren jeden Dezember für vier ganze Wochen nach Hamburg. Nach Möglichkeit reichte ich für diese Zeit meinen Jahresurlaub ein, was kein Problem darstellte, da die meisten Kolleginnen lieber im Sommer verreisten.
Die kalte Jahreszeit war also fest für unsere Liebe reserviert. Ich liebe den Winter!

Der Kanare war ganz erpicht darauf, die Feiertage mit meiner Familie zu verbringen.
„Deutsche Weihnachte ist so romantisch. In Spanien es genügt mir an Drei Heilige Könige zu Hause zu sein. Es gibt dann noch einmal Geschenke für mich", erklärte er allen Leuten, die sich wunderten, wieso er denn bei so schlechtem Wetter nicht lieber im Süden blieb.

Der Mann an meiner Seite war inzwischen ein richtiges Familienmitglied geworden.
Weihnachtszeit ohne Juan wäre undenkbar für uns.

Über die Jahre hatte sich unsere Fernbeziehung relativ gut eingespielt. Im April oder Mai flog ich auf die Kanaren. Juan besuchte mich im Gegenzug im September und Dezember. Dazwischen versuchten wir uns noch ein viertes Mal im Jahr zu sehen, was nicht immer einfach war. Die eigenen Urlaubstage sind leider auch begrenzt, so dass ich mir mit bewusst angehäuften Überstunden mindestens zwei weitere Wochen Urlaub pro Jahr erarbeitete.
Was sollte ich auch allein zu Hause herumhängen, wenn mein Freund nicht dort auf mich wartete.
Juan, der neben seinem Deutsch- und Englischunterricht für Arbeitslose nun auch sehr viel am Gericht von Las Palmas übersetzte, hatte beruflich immer wieder mehrere Monate Leerlauf. Die Sprachkurse, für die er als Lehrer engagiert wurde, dauerten immer nur zwölf Wochen. Getreu der spanischen Lebensphilosophie „Was du heute kannst besorgen, das verschiebe ruhig auf Morgen" werden Pauker und Schüler oftmals erst einen oder zwei Tage vor Kurs-Beginn darüber informiert, ob die Fortbildung überhaupt stattfindet, was eine gemeinsame Urlaubsplanung leider immer wieder verkomplizierte oder schlimmstenfalls komplett über den Haufen warf. Mein Freund kann das Leben auch gut ohne einen Job genießen. Es ist nichts Ungewöhnliches, wenn er monatelang täglich an den Strand oder ins nahegelegene Fitnessstudio geht und sich im Anschluss an den von Mutti gedeckten Küchentisch setzt. Einen gewissen Anflug von Frust konnte ich nicht leugnen.

Wieso setzte sich der arbeitslose Naturbusche nicht einfach in den nächsten Flieger, um bei mir zu sein, wenn nichts Wichtiges anstand?
Mein Herz sehnte sich oft danach, dass Juan für immer zurück nach Hamburg kam. Mir war aber gleichzeitig klar, dass ich die gemeinsame Zeit genauso wenig genießen könnte, da mich immer die Angst begleiten würde, den Spanier eines Tages wieder gehen lassen zu müssen. Manchmal kam es mir fast so vor, als wäre er grundsätzlich lieber dort, wo er gerade nicht war.
Über die Jahre fiel es mir leichter, meine andauernde Sehnsucht zu ertragen und auch die positiven Seiten einer Fernbeziehung zu sehen. In Gedanken war Juan rund um die Uhr bei mir. Abends vor dem Schlafengehen küsste ich sein Foto auf meinem Nachttisch. Es zeigte sein verknautschtes Gesicht auf einer blauen Strandliege, nachdem er gerade aufgewacht war. Trotz seines starken Protestes, wählte ich dieses süße Bild für meinen Rahmen aus.
„Ich sehe aus wie ein Rosine und nicht so jügendlich, wie sonst", begründete mein Freund seinen Missmut. Die Frage, ob ich lieber allein wäre oder mir einen Freund in meiner Umgebung suchen sollte, stellte sich mir nie. Ich war glücklich und sah die Sehnsucht als Beweis für unendlich tiefe Zuneigung.

Die größten Schwierigkeiten bereitete es mir, Juans Gesicht für viele Wochen nicht sehen zu können. Durch die täglichen Telefonate und Faxe war ich zwar immer im Bilde, wo er war und was er so trieb, doch wollte ich seine Blicke spüren.

Das Wissen, welche Klamotten er sich morgens aus dem Schrank geholt und ob er vielleicht mal wieder einen Augenbrauenschnitt nötig hatte, fehlte mir.
Es gab eine ganz einfache Lösung, dass Problem aus der Welt zu schaffen: Juan brauchte einen Computer. Ich, der bereits seit mehreren Jahren die Vorzüge des Internets für mich entdeckt hatte, konnte meinen Freund einfach nicht dazu bewegen, sich ebenfalls einen PC anzuschaffen. Immer wieder schob er den Kauf eines Computers auf, obwohl es ihm finanziell sehr viel besser ging als mir. Kein Wunder, wenn man nicht einmal Miete zahlen muss. Für seinen Winterurlaub in Hamburg hatte ich einen durchtriebenen Plan ausgeheckt, der Juan mit Sicherheit dazu bringen würde, sich technisch aufzurüsten.
Ich kaufte mir eine Web-Kamera und installierte ein Programm für schwulen Cam- Chat.

Seit Monaten schwärmte mein Freundeskreis vom aufregenden Cybersex im heimischen Wohnzimmer. Gebannt starrte auch meine Erektion neuerdings mehrmals wöchentlich in das Objektiv an meinem Monitor, während Männer aus der ganzen Welt an meiner Selbstbefriedigung teilnahmen. Als treuer Partner meines Spaniers konnte ich durch regelmäßiges Klicken auf das kleine, grüne Symbol auf meinem Desktop sexuelle Erfüllung erlangen, ohne ihn dabei auf irgendeine Art und Weise zu hintergehen.
Juan staunte nicht schlecht, als ich ihm am Tag nach seiner Ankunft in Hamburg die vielen Chat-Räume und Schwanzprofile präsentierte.

„Was? Das geht alles umsonst? Die viele Popos und Pillermanns anzugucken?“ fragte er aufgeregt.
„Wie mache ich ein Profilbild“, schritt der aufgeheizte Kerl gleich zur Tat.

Ich erklärte ihm, wie er meine Informationen ändern konnte und machte mit meiner Webcam ein Bild von seinem muskulösen Bauch. Sein spontan ausgedachter Chatname BigBallsofFire passte wie die Faust aufs Auge. Sekunden nachdem das neue Mitglied sein Profil fertig gestellt hatte, klingelte der erste Wichser an, um meinem Freund einen beachtlichen Ständer vor die Nase zu halten. Vom Sofa aus beobachtete ich, wie Juan langsam seine Jogginghose herunterließ und seinen nächsten Trumpf ausspielte.
„Das ist ja was hier! Er will mein Gesicht sehen. Soll ich es zeigen?“, stammelte er aufgeregt, während er sein T-Shirt achtlos vor mir auf den Couchtisch warf.

Mein Freund stellte das Objektiv langsam nach oben und guckte fordernd, um sein Gegenüber heiß zu machen. Mit einem lauten Pling erschien eine neue Textnachricht im Chatfenster:
„Du hast einen schönen Körper“
Erneutes Klingeln signalisierte das Ende der Cam-Session. LongDongMunich hatte sich überraschend verabschiedet.
Juan guckte im selben Moment so verdutzt, dass ich laut auflachen musste. Immer wieder schrie er gekränkt: „Er mag meinen Kopf nicht. So eine blöde Arschloch!“
User Papote aus Mexico unterbrach seinen Frust.

Da mein Freund vergessen hatte, die Linse wieder auf seinen Bauch zu stellen, war dem neuen Teilnehmer gleich klar, mit wem er es zu tun hatte. Gesichtskontrolle bestanden.
Angeregt fingen die beiden an, sich ihre aufgebäumten Schwänze zu zeigen und wild daran herumzuspielen. Immer wieder tippte Juan anfeuernde, spanische Worte auf der Tastatur. Ein bisschen komisch kam ich mir als Zaungast der Live-Aktion schon vor, wie ich daneben saß und dem Mann, den ich liebte, dabei zusah, mit Menschen aus der ganzen Welt herumzumachen. Die Verzückung, die er dabei mit seiner eigenen Begeisterung in mir auslöste, überwog jedoch. Wieso sollte man auch auf einen Computer eifersüchtig sein.
„Komm her und lutsch mich mal ein bisschen", grunzte Juan im nächsten Augenblick in meine Richtung. Was sollte man sich da lange zieren. Ich setzte mich in Bewegung und kniete mich vor seinen Prachtschwanz.

„Du bist vor mein Pilli. Papote kann gar nicht mehr sehen. Dreh Dich ein wenig", dirigierte BigBallsofFire mich, indem er meinen Kopf mit den Händen zurecht schob.
Mit der Zunge glitt ich über seine glatte Eichel, bevor ich mein Lieblingsspielzeug komplett im Mund verschwinden ließ. Im nächsten Moment überkam mich ein kleiner Lachanfall, als ich in das konzentrierte Gesicht über mir schaute. Entnervt verfrachtete Juan mich aus dem Zimmer.
„Du kannst vielleicht mal die Wäsche machen", lachte er, damit ihm weitere Ablenkungen erspart

blieben. Nur wenige Minuten später hörte ich ein lautes Keuchen vom Schreibtisch, während ich die frisch gewaschenen Unterhosen ordentlich zusammenfaltete. Alltags-Romantik auf höchstem Niveau. Der Insulaner hatte soeben seinen ersten Cybersex erfolgreich beendet und rannte mit vollgespritzter Brust ins Badezimmer. Trotz Freude und Anregung, die er mir durch seine Blicke und Worte bereitet hatte, konnte man nach seinem Entspannungsakt sicherlich nicht mehr auf gemeinsame Körperaktivitäten hoffen. Es musste ja nicht jeder gemeinsame Tag mit Sex zu Ende gehen. Jedenfalls freute ich mich, dass er blindlings in meine Computerfalle getappt war.

Zu meiner Freude legte der Potenzprotz beim Zubettgehen erneut los. Der Kamera- Chat hatte wohl noch erotisierende Nachwirkungen, die nun auch mich zum Zuge kommen ließen.
Mein eingefädelter Plan ging jedenfalls auf: Bereits zwei Tage nach seiner Rückkehr auf die Kanaren, war mein Freund Besitzer eines Computers mit eigener Webcam.
Endlich konnten wir uns täglich in die Augen sehen. Juan, der von nun an noch mehr an sich herumspielte, als es bisher schon der Fall war, entdeckte schnell weitere Vorzüge eines Computers. Die Planung seines Unterrichts und das Übersetzen ausländischer Dokumente für das Gericht in Las Palmas erleichterten ihm die Arbeit ungemein. Ohne den technischen Fortschritt geht heute eben nichts mehr. Manche Leute müssen erst zu ihrem Glück gezwungen werden, um diese wichtige Erkenntnis zu erlangen.

Kapitel 26

Nach mehreren Jahren, in denen ich mich mit alle Kraft dagegen gewehrt hatte, der erotischen Versuchung zu verfallen und dem Schwur der sexuellen Treue gerecht zu werden, begann die von uns errichtete Fassade langsam aber sicher zu bröckeln. So sehr ich Juan wegen meiner tiefen Liebe auf keinen Fall hintergehen wollte, ließ ich mich immer weiter auf Kompromisse ein. Mein Körper sehnte sich danach, berührt zu werden und vor allem wurde die eigene Lust auf fremde Haut immer stärker.

Beim Pinkeln in öffentlichen Toiletten wagte ich neuerdings auch mal einen Griff zur Seite.

Wer mich blasen wollte, konnte dies gern tun, wenn er Gleiches nicht auch von mir erwartete.

Anonymer Sex war es, den ich am schnellsten verdrängen und vergessen konnte. Eine schnelle Nummer im Stadtpark, bei der man einfach kurz die Hose herunterließ, seinen Schwanz rausholte, sich bedienen ließ und weiter ging, als wäre nichts gewesen, sollte nicht überbewertet werden. Was war schon dabei? Woher sollte ich selbst wissen, was mein Geliebter am anderen Ende der Welt in meiner Abwesenheit trieb. Mein anfänglich schlechtes Gewissen verging, als Juan mir am Telefon eröffnete, dass er sich mit Hepatitis angesteckt hatte. Uns war klar, dass diese Krankheit sicherlich nicht ohne sexuelle Aktivität übertragen wurde.

Anfangs zickte ich ein bisschen, um mein eigenes Gesicht zu wahren. Allerdings war mir bewusst,

dass es mir selbst wahrscheinlich genauso leicht hätte passieren können, eine Geschlechtskrankheit anzuschleppen. Mein Freund tat mir leid.
All die bösen Erinnerungen an Hepatitis- Mirco und den dadurch ausgelösten Krankenhausaufenthalt kamen wieder hoch.
Spätestens durch die Erkenntnis, dass mein Partner es mit der Treue auch nicht mehr so ernst nahm, hielt ich es für sinnlos, meine eigene Lust in Zaum zu halten. Mein Bett war hierbei allerdings heiliger Boden, der dahergelaufenen Abenteuern nicht zur Verfügung stand.
Sex in meiner Wohnung sollte bei allem Anstand nur mir und Juan vorbehalten bleiben.
Eines Morgens auf dem Weg zur Arbeit lockte ein schlanker Mann im Anzug meine Aufmerksamkeit. Er stand am anderen Ende des U-Bahn-Waggons und beobachtete mich ungeniert. Die Art, wie er es tat und auch seine optische Erscheinung regten meine Fantasie an. Ich war mir allerdings nicht ganz schlüssig, warum der Fremde mich anguckte.
War er schwul? So ganz sicher war ich mir nicht. Vielleicht gehörte der Typ einem russischen Schlägertrupp an und wollte mich nur in den Hinterhalt locken, um mich auszurauben? Es war weder ein Lächeln, noch eine andere Gefühlsregung in seinem Gesicht abzulesen. Er stierte nur. Einfach so. Minutenlang.
Wir standen etwa vier Meter voneinander entfernt. Ein wenig kleiner als ich war er. Dafür hatte er offensichtlich ausgeprägte Brustmuskeln, die selbst das helles Oberhemd und das Sakko nicht zu verbergen waren. Sein sicherlich maßgeschneiderter, hellgrauer Anzug schien alles andere als

billig zu sein. Der Goatie war penibel gestutzt und gepflegt. Ich traute mich nicht, ihn weiter zu mustern, konnte den Blick jedoch nicht von ihm abwenden. Hatte ich mir damals nicht genug Ärger an Land gezogen, als ich mit dem hübschen Ausweisfälscher aus 1001 Nacht angebändelt hatte. Musste ich nun auch noch russisches Roulette mit einem Unbekannten spielen?

Entschlossen verließ ich an der nächsten Haltestelle den Bahnwaggon. Der Fremde folgte mir. Jetzt bloß nicht hinsehen. Angespannt starrte ich nach vorn. Erst am oberen Ende der Treppe machte ich kurz halt und drehte mich um. Wo war er plötzlich? Eine Bahn fuhr mit ratternden Rädern ein, als ich den vermeintlichen Russen entdeckte. Mit einem breiten Grinsen stieg er in den Zug und nickte mir zum Abschied freundlich zu. Die Türen schlossen sich und weg war er.

Also doch eine Schwuchtel und kein Mafiosi! Da hab ich mir anscheinend etwas entgehen lassen, ärgerte ich mich über meine ungewohnte Vorsicht.

Nur zwei Tage später trafen der Unbekannte und ich erneut an meiner U-Bahn-Station aufeinander. Zielstrebig ging ich auf den Anzugträger zu und stellte mich mit meinem heißesten Blick vor ihn.

„Hallo. Du warst ja neulich so schnell weggelaufen?“ sprach er mich mit überraschender Freundlichkeit an.

„Ich dachte, Du bist ein russischer Terrorist, weil du so böse geguckt hattest“, lachte ich und sprach mal wieder aus, was ich dachte.

„Na dann pass mal gut auf dich auf", markierte mein Gegenüber den Coolen.

Wie sich im weiteren Gespräch herausstellte, arbeite Sven bei einem Herrenausstatter in der Innenstadt. Bei näherem Hingucken bemerkte ich, dass sein männlicher Bart und die Augenbrauen anscheinend dunkler gemalt waren, als sie von Natur aus waren. Dies wirkte dennoch weder peinlich noch tuntig. Sein Äußeres schien ihm sehr wichtig zu sein.
Ich musste über meine ängstlichen Gedanken von neulich den Kopf schütteln. Ein paar Minuten später hatte ich Svens Telefonnummer in der Hand und gleichzeitig eine Verabredung für den kommenden Abend.
Die Wohnung des Russen-Models war nur wenige Straßen von meiner eigenen entfernt.
Die Diagonalstraße, in der er lebte, ist keine besonders gute Gegend. Die meisten Häuser werden von Arbeitslosen und Aussiedlern bewohnt. Vor allem aus dem Ostblock. Erneut fing ich an, mir Gedanken über Mafia und Schwulenhasser zu machen. Immer, wenn das Wort Russland fiel, schlichen sich wieder die Gedanken an den in St. Petersburg ermordeten Kumpel meines Ex-Freundes Timo in meinen Kopf.
Ich verdrängte meine mahnenden Vorstellungen und klingelte an einem roten Backsteinhaus, das fast so wie mein eigener Häuserblock und alle anderen Gebäude in Hamburg- Hamm aussah.
In weißen Boxershorts und einem hellen, hautengen T-Shirt empfing mich der Gastgeber selbstbewusst an der Tür zu seiner Wohnung. Es fehlte nur noch eine Flasche Champagner in der Hand. Mit einer innigen Umarmung zog mich Sven in sein Reich. Wow! Meine Augen wanderten von einer

Wand zur anderen. Die Räume waren geschmackvoll und ordentlich eingerichtet. Die Einrichtung und durchdachte Dekoration gab einem fast das Gefühl, direkt in einem Hollywood-Film der 60er-Jahre gelandet zu sein.
Die vielen Greta Garbo-Fotografien an der Wand über dem weißen Sofa unterstrichen dieses Bild. Hätte ich nicht gewusst, dass ich eben noch vor einem nichtssagenden Haus gestanden hatte, hätte ich gedacht, ich sei in einer Millionärs-Villa an der Elbchaussee gelandet. Natürlich versuchte ich, mir meine Begeisterung nicht anmerken zu lassen. Ich wollte mich nicht in die Riege der Leute einreihen, die Sven sicherlich tagtäglich bewunderten und darin bestärkten, alles richtig zu machen.
„Möchtest Du etwas trinken? Eine Cola vielleicht? Ich trinke eigentlich immer Cola",
bot mir der durchtrainierte Mann an, während ich auf dem Sofa in einem Berg aus Kissen versank.
„Hab ich alle selbst genäht. Ich nähe total gern", grinste der bis eben noch sehr maskulin wirkende Gastgeber und kratzte sich berechnend mit der linken Hand im Schritt.
„Ich kaufe ja immer alles bei Ikea. Ist ja nicht weit von hier. Bin jede Woche da.
Wenn du Lust hast, kannst du ja mal mitkommen. Vielleicht brauchst du etwas?"quasselte er einfach drauf los, als würden wir uns schon jahrelang kennen. Es war angenehm und entspannt mit ihm. Im nächsten Moment legte er die neuste CD von Kylie Minogue ein und schon hatten wir das nächste Thema: Das anstehende Hamburg-Konzert der „On a night like this"- Tour, das in wenigen Wochen in der Hansestadt stattfinden sollte.

Bereits bei Lied Nummer zwei hatte ich eine charmante Begleitung für den sicherlich lustigen Abend in der Tasche. Nachdem mein Gastgeber sich neben mich auf das Sofa gesetzt hatte, dauerte es nicht lange, bis die ersten Kissen beiseite geschoben waren, unsere Hände sich berührten und Blicke Verlangen signalisierten. Obwohl in meinem Kopf immer wieder Juans trauriges Gesicht auftauchte, gelang es mir, meinen Freund für mehrere Minuten auszublenden, bevor er erneut erschien, um mir ein schlechtes Gewissen zu machen. Wenig später lagen Sven und ich nackt in seinem königlichen Bett und küssten uns innig. Wie lange war es inzwischen her, dass ich außer Juan jemanden so innig geküsst hatte. Es waren Jahre vergangen. Meine Lippen wanderten langsam über die makellose, gestutzte Brust unter die frisch bezogene, weiße Bettdecke. Gespannt blickte ich auf die Erektion meines Gastgebers und musste im selben Augenblick laut auflachen.
„Was hast du denn da für einen Bart?" kicherte ich kindisch.
Über Sven Schwanz war ein korrekt geschnittener, gerader Streifen von Schamhaaren.
So gestutzt, als wäre es ein Schnurrbart.
Etwas irritiert grinste der doppelte Bartträger zu mir nach unten und meinte:
„Ich mag es halt ordentlich. Hast du sicherlich schon bemerkt."
Belustigt machte mein Mund sich an seiner Eichel zu schaffen – allerdings erst, nachdem ich mit ein wenig Spucke am Finger die Farbe seiner Intimfrisur auf Echtheit überprüft hatte.

Anfangs unterbrachen wir das Spiel unserer Körper immer wieder mit zärtlichen Küssen, doch dann wollte ich ihn unbedingt zum Höhepunkt bringen, was sich als äußerst schwieriges Unterfangen herausstellte.
„Also so lange hab ich noch nie an jemandem herum gelutscht", bemerkte ich abgekämpft. Immerhin hatte ich mich sage und schreibe fast zwei Stunden abgemüht, um ans Ziel zu kommen. Es war ein ungewohnter Akt, meinen Gastgeber die Erfüllung zu bereiten, die er verdiente. An mir lag es sicherlich nicht. Jedenfalls hatte ich bisher eigentlich nur Komplimente für meine Zungenfertigkeit bekommen. Abgekämpft und zufrieden verlegten wir unser Lager ins Wohnzimmer und schauten gemeinsam einen Doris Day-Film auf DVD.
Erst die feuchte Dunkelheit der Nacht auf dem Heimweg holte mich auf den Boden der Tatsachen zurück. Diese Verabredung war ein wenig zu weit gegangen. Wieso hatte ich die Wohnung nicht einfach nach dem gemeinsamen Sex verlassen, wie es sonst der Fall war?

Kapitel 27

Am nächsten Morgen bemerkte ich einen unangenehmen Schmerz im Hals. Beim Brötchen holen entwich mir nur ein heiseres Röcheln, anstelle des gewohnt lockeren Guten Morgen-Grußes.
„Mein Gott! Sie hat es aber erwischt. Zwei Sonnenblumenbrötchen, wie immer?“ kam die Bäckerin mir zu Hilfe. Mit einem gequälten Lächeln und einer Papiertüte in der Hand machte ich mich von dannen. Total heiser vom endlosen Blasen, täuschte ich meinen Kollegen im Büro eine Halsentzündung vor.
„Ach Sie Armer. Das klingt ja wirklich schlimm", bemitleidete mich mein Chef und verdonnerte mich für den Rest des Arbeitstages zur Postbearbeitung, um meine Stimmbänder zu schonen. Das Treffen am letzten Abend waren die Schmerzen beim Sprechen auf jeden Fall wert und ich freute mich auf ein weiteres.
Von nun an sahen wir uns mehrmals in der Woche. Fast jedes Mal landeten wir im Bett.
Die heilige Zone meiner Wohnung gab es von nun an auch nicht mehr. Ich war froh, einen neuen Freund gefunden zu haben, mit dem ich meine Freizeit verbringen konnte. Die Sex-Geschichte würde sicherlich nicht von Dauer sein. Ein bester Freund, mit dem man einfach mal rumhängen oder schön um die Häuser ziehen kann, fehlte mir eigentlich noch zu meinem Glück.
Mein Traum, eines Tages vom eher spießigen Hamm in die schwulste Straße Hamburgs zu ziehen, verwarf ich wenige Wochen, nachdem ich

Sven kennengelernt hatte. Die Lange Reihe in St. Georg war sowieso unerreichbar für mich. Alle Versuche, dort eine bezahlbare Bude zu finden, liefen ins Leere. Selbst für einen Verwaltungsbeamten war es aussichtslos, etwas im angesagten Szeneviertel am Hauptbahnhof zu bekommen. Anscheinend gingen die Mietverträge alle unter der Hand weg. Inserate gab es so gut wie keine. Bei der einzigen Wohnungsbesichtigung, die ich miterleben durfte, schoben sich an die sechzig Leute vom Treppenhaus in den Flur des geschmackvollen Altbaus. Obwohl ich gezielt mit dem offensichtlich schwulen Vormieter angebandelt hatte und der Makler merkte, dass wir uns gut verstanden, entschied der Vermittler sich im Endeffekt dafür, die angebotene Behausung an eine junge Studentin aus China zu vermieten. Daneben sah man als Regierungsobersekretär natürlich alt aus. Notgeiles Arschloch! Sex regiert die Welt! Zu meinem Glück hatte ich durch meinen geknüpften Kontakt zum ehemaligen Mieter noch dessen Wohnungsummeldung an den Hacken, die ich netterweise unkompliziert über die Bühne brachte. Naja – er konnte schließlich nichts dafür, dass man eine andere Bewerberin vorgezogen hatte.

Mein neuer bester Freund Sven half mir bei der Entscheidung, das gesparte Geld auf meinem Konto in meine bisherige Wohnung zu stecken und den Traum von einem Umzug in die Szene erst einmal auf Eis zu legen. Mit seinem Auge für das richtige Ambiente stylten wir mein Zuhause komplett neu durch. Den alten Teppich schmissen wir weg und verlegten stattdessen Laminat.

Schwarze Möbel tauschte ich gegen neue aus Buchenholz. Endlich stand ein richtiges Sofa in meinem Wohnzimmer. Eine bonbongrüne Ledercouch bildete das I-Tüpfelchen in meinen eigenen vier Wänden. Fast dreitausend Euro investierte ich in die Renovierung. Sven fertigte mir netterweise Gardinen auf seiner Hightech-Nähmaschine an.

Selbst hellgrüne Kissenbezüge setzte er nach meinen Wünschen um. Wieder einmal war ich sehr dankbar für die Hilfe, die ich hierbei von ihm bekam. Auch meine anderen Freunde zeigten großen Einsatz: Marco half mir beim Neustreichen der Wände und Undine baute die Möbel zusammen. Das Ergebnis konnte sich sehen lassen. Juan würde sicher aus dem Staunen nicht herauskommen, wenn er das nächste Mal aus seiner wuseligen Puppenstube nach Hamburg kam.
Bei all der Zeit, die Sven und ich miteinander verbrachten, blieb es nicht aus, dass unsere Freundschaft ein wenig ins Straucheln geriet. Alle Alarmglocken schrillten, als ich das Gefühl nicht länger leugnen konnte, dass mein neuer Bekannter sich mehr von unserer Begegnung erhoffte, als mir lieb war. Sicherlich war ich nicht ganz unschuldig daran, denn als Löwegeborener will man schließlich begehrt werden. Selbst hinterfragte ich meine Gefühle immer wieder, doch auch, wenn ich den charmanten und wirklich gutaussehenden Typen sehr gern mochte und ein paar Schmetterlinge im Bauch nicht leugnen konnte, liebte ich Juan.
Die Emotionen, die der Spanier nach wie vor in mir auslöste, würde niemand auf der Welt in den Schatten stellen können.

Ohne, dass wir es ansprachen, war eigentlich klar, dass die gegenseitige Schwärmerei eines Tages nachlassen würde, was mir mein schlechtes Gewissen nahm.

Der nächste Flug nach Gran Canaria stand bevor. Ich freute mich wie immer sehr auf mein braungebranntes Grillküken. Der zweiwöchige Abstand zu Sven würde unser Verhältnis zueinander bestimmt normalisieren.
Mit merklich gemischten Gefühlen fuhr mein Kumpel mich am Sonnabendnachmittag in seinem schneidigen Auto zum Flughafen und verabschiedete mich mit einer herzlichen Umarmung. So ein bester Freund ist doch klasse! Dank seines Angebots, mich am Terminal 2 abzusetzen, blieb mir die umständliche Busfahrt mit meinem schweren Koffer erspart.
„Ich bin dann in vierzehn Tagen wieder hier, um dich abzuholen. Wie versprochen", grinste er mich ein wenig geknickt an, bevor ich in der Schalterhalle davon schlurfte. Fast wäre ich beim Zurückwinken über meine eigenen Füße gestolpert und in einem ungünstig aufgestellten Blumenkübel gefallen.

Kapitel 28

Mit den Jahren war aus mir ein Vollprofi in Sachen Flugreisen geworden. Ich bestellte vorab per Fax vegetarisches Essen und setzte mich nach Möglichkeit an den Gang, um den umliegenden Fluggästen und dem hoffentlich männlichen Bordpersonal besser auf die Hosen gucken zu können oder gar mit dem Ellenbogen versehentlich im richtigen Moment zur Seite zu rutschen. Bücher, Zeitschriften und der gezeigte Kinofilm an Bord verkürzten die Wartezeit auf den Moment, in dem mein feuriger Liebhaber wieder ganz mir gehörte. Wie erwartet stand Juan auch bei dieser Ankunft winkend mit einem kleinen Willkommensgeschenk hinter der Absperrung und freute sich, mich in Empfang zu nehmen.

Den hübsch verpackten, großen Lolli hielten wir in die Linse meiner Digitalkamera, um gleich unseren Fotomarathon für diesen Urlaub zu starten, bevor wir in den Bus nach Las Palmas stiegen. Die ersten gemeinsamen Stunden waren normalerweise etwas unwirklich. Trotz Vertrautheit und der Freude über das lang herbeigesehnte Wiedersehen, dauerte es immer ein bisschen, bis wir wieder warm miteinander wurden. Meist berichtete ich über unangenehme Sitznachbarn an Bord, den gezeigten Film oder den Traum der letzten Nacht, während Juan gebannt zuhörte oder sich über meinen Schweißgeruch beklagte. Obwohl ich mich frisch mit Deo eingerieben und sogar ein Ersatz-Shirt aus dem Handgepäck gezaubert hatte,

blieben die Anstrengungen der Reise offensichtlich unüberriechbar. Ich konnte tun, was ich wollte. Manchmal kam es mir allerdings auch so vor, Juan wartete nur darauf, mich endlich mal wieder zu triezen.
„Es ist heute eine große Familie-Party auf den Dach von unseres Haus", kündigte Juan bereits kurz nach Verlassen der Bus-Station an.
„Eine Party? Eine Willkommens-Party für mich, oder was?" freute ich mich gespielt aufgeregt.
„Nein. Die Lara hat ihre fünfte Geburtstag und alle Verwandten sind gekommen."
Sonderlich begeistert schien mein Freund nicht zu sein. Für mich war es die Möglichkeit endlich mal seine komplette Familie kennen zu lernen. Die meisten seiner Verwandten hatte ich in den letzten Jahren zu Gesicht bekommen, doch fehlte mir noch die aus Erzählungen bekannte Großtante Adele, der man hin und wieder unter den Rock gucken konnte. Immer wieder vergaß die alte Frau beim Sitzen die Beine geschlossen zu halten, was nicht gerade dem typischen Bild einer fast siebzigjährigen Spanierin gerecht wurde.
Mit lautem „Hola" und einer Küsschen-links-und-Küsschen-rechts-Orgie begrüßten mich die lieben Verwandten. Die ganze Schmatzerei machte mich ganz verrückt, weil ich mir einfach nicht merken konnte, wer der Anwesenden nun dreimal und wer nur zweimal küsste.
Entweder gingen meine Wangenküsse ins Leere, weil sich mein Gegenüber schon weggedreht hatte, oder ich war derjenige, der den Kopf schon wieder zur nächsten Dame gerichtet hatte und verwirrte Blicke erntete.

Noch schwieriger war es, das Verhalten den männlichen Gäste gegenüber zu koordinieren. Schmatzer? Eine flüchtige Umarmung oder lieber männliches Schulterklopfen? Trotz der Verwirrung und dem einen oder anderen Lacher von Juans Schwester, hatte ich endlich das Gefühl, von seiner Familie akzeptiert zu sein. Lucas aus Deutschland gehörte mittlerweile einfach dazu.

Da ich meinen zweiten Grundkurs in Spanischer Sprache abgebrochen hatte, musste ich mich mit wenigen Worten durchschlagen. Auf dieser Insel war es so gut wie unmöglich, mit Einheimischen ein paar Worte auf Englisch zu wechseln. Vielleicht wäre es gar nicht verkehrt gewesen, die Weiterbildung bis zum Schluss durchzuziehen. Ich mühte mich fast drei Monate durch den Kurs an der Volkshochschule, um mich mit Hausfrauen zu messen, die bereits vor Beginn des Kurses die meisten Vokabeln der spanischen Sprache beherrschten. Ein großer Lerner war ich bekanntlich nie, doch meine Liebe zu Juan ließ mich mehrere Wochen durchhalten. Eigentlich sollte es eine Überraschung sein, also verriet ich anfangs nichts von meinen Unterrichtsstunden. Irgendwann konnte ich mein Geheimnis allerdings nicht mehr für mich behalten und präsentierte dem Kanaren an der Webcam stolz die ersten gelernten Sätze: „Hola! Me llamo Lucas. Soy aleman. Trabaja en un officina. Chupa me polla“, lachte ich ihm ins Gesicht und holte dabei meinen Schwanz aus der weißen Jeans.
„Was ist das denn? Wie kannst du das sagen?“ reagierte mein Freund überrascht.

„Ich mache einen Spanisch-Kurs, um mich auch auf Gran Canaria unterhalten zu können", triumphierte ich stolz. Juans Reaktion war entgegen meiner Vermutung ziemlich ernüchternd.
„Nein. Ich will nicht, dass du spanisch mit mir sprichst. Ich möchte mein deutsch mit dir praktizieren", donnerte er mir unerwartet entgegen. Da hatten wir mal wieder so eine Reaktion, bei der man nicht einordnen konnte, ob er das, was er sagte, tatsächlich ernst meinte.
Leider schien es meinem Freund ernst zu sein, was zur Folge hatte, dass mir jegliche Motivation genommen wurde, weiterzulernen. Ich verzichtete auf die mühsamen Abende an der Volkshochschule. Wozu sollte man sich unnötig quälen. Den Anschluss hatte ich eh schon vor Wochen beim Thema „Einkaufen im Gemüseladen" verpasst. Nun hatten Juans Verwandte eben Pech. Sollten sie sich doch bei ihm beschweren, wenn sie den Eindruck bekamen, man könne sich nicht richtig mit mir unterhalten. An mir lag es jedenfalls nicht, dass keine ausgelassenen Smalltalks möglich waren.
Nichte Lara erhielt ihr traditionell gefordertes Mitbringsel aus Hamburg, wickelte es achtlos aus und packte es auf einen Tisch zwischen Baby-Puppen, Spieluhren, Klamotten, einen Walkman und hundert weitere Prinzessinnen-Präsente.
Ich überlegte mal wieder, ob ich dieses Spielchen auch in Zukunft noch mitmachen wollte. Immerhin besuchte ich in Las Palmas meinen Freund und nicht das kleine Konsummonster aus der Wohnung im zweiten Stock.
Unter lautem Applaus und spanischem Gejohle durfte das Gör anschließend Luftballons, die mit

Bändern an der Wäscheleine aufgehängt waren, zerstechen. Sie hatte dabei die Augen verbunden und haute wild fuchtelnd mit einem Holzstab in der Gegend herum.
Während alle Blicke auf sie gerichtet waren, bekam ich die Chance, tatsächlich der Großtante Adele unter den Rock zu schauen. Altmodische, weiße Liebestöter-Unterwäsche und verschwitzte Nylonstrümpfe, die an den Waden in die schwabbelige Haut schnitten, ließen mich kurz vor Schreck zusammenzucken.

„Lass uns besser gehen. Ich glaube, ich habe alles gesehen", zupfte ich Juan am Ärmel.
Wir zogen uns zurück in sein Zimmer und liebten uns angeregt, während das wilde spanische Geschrei der Familie von der Dachterrasse durch die Fenster hallte.
Bereits am nächsten Morgen fuhren wir mit dem Bus nach Maspalomas, um uns für den Rest der gemeinsamen Zeit in eine Appartmentanlage zu verziehen und somit eventuellen Hemmungen und Spannungen aus dem Weg zu gehen.
Das Hotelbett wurde eingeweiht und anschließend verstauten wir den Inhalt unserer Koffer in den Schränken, um anschließend zum Essen ins Yumbo-Center zu gehen. Nachdem wir geduscht und uns nacheinander vor dem kleinen Spiegel über dem Waschbecken gestylt hatten, präsentierte ich zur Feier des Tages mein neues, knallenges und pinkfarbenes Shirt.
„Das ziehst du aber nicht an", raunzte Juan angewidert in meine Richtung.

„Meinst du ich stehle dir damit die Show oder was?“, versuchte ich ihn aufzuziehen
„Das sieht schrecklich aus. Zieh dich um!“
Richtig verbittert und sauer war sein Tonfall. Eigentlich hatte ich eine andere Reaktion erwartet, denn ich fühlte mich gerade eben noch richtig sexy in meinem neuen Shirt, das ich vor wenigen Tagen gemeinsam mit Sven in einer Nobelboutique am Hamburger Jungfernstieg erstanden hatte. Selbstverständlich lässt ein Lucas Timm sich nicht vorschreiben, was er anzuziehen hat. Allerdings waren ein paar Wolken am Himmel aufgezogen, sodass es vielleicht gar nicht verkehrt war, einen dünnen Pullover überzuziehen.

Die schlechte Stimmung zog sich auch in den folgenden Tagen wie ein roter Faden durch unseren gesamten Liebes-Urlaub. Selbst der sonst so aufregende Sex wollte nicht so richtig funktionieren. Das erste Mal, seitdem wir uns begegnet waren, gab es Erektionsprobleme. Zuerst bei mir und später sogar bei meinem sonst immer einsatzbereiten Freund. So sehr wir uns auch anstrengten. Es tat sich nichts. Zu meinem Glück fehlte nur noch, dass Juan mich für sein Versagen verantwortlich machte. In meiner Wut und Enttäuschung kam ich ins Grübeln. Meine Gedanken kreisten um Sven, den ich in Hamburg zurückgelassen hatte. Sicherlich würde er alles dafür tun, um mich glücklich zu machen. Wieso konnte ich nicht mit Juan so ausgelassen herumalbern, wie mit meinem neuen Bekannten.
Der mir sonst so vertraute Kerl an meiner Seite war mir plötzlich so fremd geworden.

Immer wieder fing ich an, mir den Kopf darüber zu zerbrechen, was uns beide plötzlich so weit voneinander entfernt hatte. Am Strand schottete ich mich mit Musik aus meinem Walkman ab, während sich mein Freund auf der Nachbarliege in ein Buch vertiefte. Bereits morgens auf dem Weg durch die Dünen war uns der Gesprächsstoff ausgegangen. Was war nur plötzlich aus uns und unserer aufregenden Beziehung geworden?
Neidisch beobachtete ich ein verliebtes Männerpaar, das eng aneinandergekuschelt auf einem Gay Pride- Handtuch vor unseren Liegestühlen lag. Die schönen, muskulösen Körper konnten kaum voneinander lassen. Immer wieder sahen sich die Turteltäubchen minutenlang tief in die Augen und versuchten die Gedanken des anderen aufzusaugen. Im Sand stand ein Foto in einem aufblasbaren Bilderrahmen, dass die Verliebten glücklich umarmt zeigte. So, wie die Urlauber vor uns miteinander umgingen, war es richtig. Wenn ich am Strand mal zu Juan auf die Liege herüberrutschen wollte, schimpfte er gleich los, weil überall Sand an meiner Haut klebte und er selbst keine Lust hatte, dreckig zu werden.
„Geh weg. Ich will braun werden, du bist ins Licht", wurde ein weiterer Versuch abgeschmettert, an unserer Beziehung zu arbeiten.
Die Sonne verabschiedete sich gegen Abend hinter ein paar Wolken, sodass wir zeitig aufbrachen. Auf dem Weg zurück ins Hotel drehte sich Juan, der ein paar Schritte vor mir lief zu mir um und meinte: „ Hast du die blöde Schwuppen gesehen mit dem Foto? Das war ja peinlich!"

Im selben Augenblick hätte es eigentlich blitzen und donnern müssen, denn mir wurde schlagartig klar, wie unterschiedlich wir beide tickten. Entsetzt konnte ich meine Worte nicht am Ausbrechen hindern: „Nein. Ich habe die ganze Zeit gedacht, wie schön es ist. Es war romantisch und ganz bestimmt nicht peinlich. So langsam glaube ich, dass wir überhaupt nichts mehr gemeinsam haben!"
Anstatt eines erschreckten oder traurigen Blicks erntete ich gleichgültiges Schulterzucken.
„Wenn du meinst, es ist so, dann ist es wohl so."
Seine Worte zogen in einer leichten Windböe an mir vorbei.
Es war so, als hätte man die letzten Jahre in wenigen Sekunden einfach ausgelöscht.
„Ich glaube, wir sollten uns trennen", sagte ich mit versteinerter Miene.
„Wahrscheinlich du hast Recht."

Juan sah mich das erste Mal an, seitdem wir unsere Handtücher zusammengelegt und in die Rucksäcke gepackt hatten. Sein Blick war leer. Von all der Liebe und Zuneigung, die mir in der Vergangenheit das Leben versüßt hatten, war nichts mehr zu spüren. Nach sechs Jahren beendeten wir unsere Beziehung auf dem Weg vom Strand ins Hotel, als wäre es die leichteste Sache der Welt. Zu meiner Überraschung war es mir völlig egal. Ich war nicht einmal sonderlich traurig, konnte allerdings nicht verstehen, wie es zu einer so unvorhergesehenen Wendung in unserer Gefühlswelt kommen konnte.
Uns blieben noch drei mehr oder weniger gemeinsame Tage bis zu meiner Abreise.

Wir verbrachten diese Zeit als gute Freunde. Es gab keine Küsse und keine Zärtlichkeiten.
Niemand von uns wagte den Schritt, die bei unserer Ankunft zusammengerückten Einzelbetten wieder auseinanderzuziehen. Bei der Trennung meiner Eltern stand mein Großvater bereits am Morgen nach dem Auszug meines Vaters im Schlafzimmer, um das Ehebett auseinanderzusägen. So extrem wollte ich nicht vorgehen. Trotz allem hatten Juan und ich eine schöne Zeit miteinander gehabt.
In der letzten Nacht fielen wir körperlich noch ein letztes Mal übereinander her. Vielleicht war es ein letztes Aufbäumen unserer verloren gegangenen Liebe. Vielleicht auch nur die aufgestaute Lust in unseren Eiern, die sich Entspannung verschaffen wollte. Dieses Mal klappte der Sex ohne Probleme. Wir waren vom Kopf her frei. Die Fronten waren geklärt.

Juan begleitete mich am frühen Morgen der Abreise zum Flughafen.
„Es ist alles ein bisschen blöd. Wir rufen uns an?“

Fast war mir so, als würde ich leichte Reue in seinen Worten hören.
„Ich melde mich am Wochenende bei dir“, versprach ich und fragte mich gleichzeitig, wozu das eigentlich gut sein sollte. Mit einer kurzen, kumpelhaften Umarmung verabschiedeten wir uns. Die letzten Jahre waren abgehakt. Mit starrem Blick in Richtung Ausgang ließ ich die Vergangenheit hinter mir, ohne mich noch einmal umzusehen.

Eine Stunde später ließ eine dichte Wolkendecke das beliebte Ferienziel Gran Canaria unter mir verschwinden. Wer braucht schon so eine merkwürdige Insel und deren verklemmten Bewohner, ging es mir durch den Kopf, während ich bereits davon träumte, in Zukunft endlich mal wieder nach London oder Skandinavien zu reisen, und nicht jeden Urlaubstag für eine Fernbeziehung opfern zu müssen.
Nach einem nicht enden wollenden Flug schloss mich Sven am Hamburger Flughafen in die Arme. Die letzten Tage hatten mir noch einmal vor Augen geführt, wie wichtig er mir inzwischen geworden war.
„Na? Wie war es denn, du Speckbacke?", begrüßte er mich überschwänglich.

„Geht so. Juan und ich haben uns getrennt", murmelte ich gleichgültig.
Er schwieg einen Moment. Damit hatte mein Abholer sicherlich nicht gerechnet
Anstelle von Sorgen und Mitgefühl, machte sich ein leichtes Funkeln in seinen Augen bemerkbar.
Erwartungsvoll schaute er mich an; „Wie jetzt? Wirklich? Und was hast du jetzt vor?"
Seine Worte wirkten auf mich fast so, als hätte Sven mir soeben einen Heiratsantrag gemacht. Ich musste nur noch zugreifen.

Kapitel 29

Das Aufschließen meiner Haustür fiel mir an diesem Abend schwerer, als ich es in Erinnerung hatte. Beim Öffnen knarrte sie sogar ein wenig. War das vor meiner Reise nach Gran Canaria auch schon so gewesen oder war es mir nur nicht aufgefallen? Der vertraute Geruch meiner eigenen vier Wände zog mir in die Nase. Zu Hause. Mein Zuhause. Es ist immer wieder schön ins eigene Reich zurückzukommen. Egal wo man war und wie schön der Urlaub gewesen sein mochte. Dies gilt natürlich umso mehr, wenn der Trip nicht so toll gelaufen ist wie erhofft. Ich legte den Stapel Post, den ich gerade aus dem Briefkasten genommen und zwischen Kinn und Schulter die Treppen nach oben balanciert hatte, auf meinem Couchtisch ab. Meinem sperrigen Koffer rollte ich fürs erste ins Schlafzimmer, um ihn später auszupacken. Der kleine Berg an Zuschriften war beachtlich. Musikzeitschriften mischten sich mit Werbung, Rechnungen und bestellten CDs. Eine Ansichtskarte war auch dabei.
Ich nahm die bunte Karte aus dem Haufen und warf einen Blick auf die farbenfrohen, kleinen Fischerhäuschen auf der Vorderseite. Natürlich wusste ich sofort, wem ich diesen netten Gruß zu verdanken hatte.

Lieber Lucas,
viele Grüße aus Nyköping. Wir haben ein wunderschönes Ferienhaus mit Whirlpool und Sauna, die wir jeden Abend vor dem Einschlafen anschmeißen.

Ich hoffe, du hattest eine schöne Zeit mit Juan und der Abschied war nicht all zu traurig.
Das nächste Mal kommt ihr zwei wieder mit uns nach Dänemark.
Alles Liebe
Karin und Mama

Es würde sicherlich ein harter Schlag für meine Schwester und meine Mutter sein, wenn sie erführen, dass ich als Single zurück von Gran Canaria kam. Manchmal hatte ich das Gefühl, meine Mum wäre auch ein wenig in Juan verknallt, was ich ihr nicht verdenken konnte. Er ist halt ein Sonnenkind, das alle Menschen verzaubert.
Von mir aus konnte sie ihn nun haben. Irgendwann würde sie ja bemerken, wie er wirklich tickte. Die dicke, kitschige Marienkäfer-Frau, die auf meinem neuen Bücherregal von vielen anderen Blödigkeiten umringt stand, blickte mich vorwurfsvoll an. Bisher fand ich ihr Gesicht immer lustig, weil es mich so an Juan erinnerte, doch heute wirkte sie kühl und abweisend. Genau so, wie mein Ex-Freund in den vergangenen Tagen.

Ich fasste den Entschluss den ganzen Kinderkram, der sich in den letzten Jahren in meiner Wohnung angesammelt hatte, schnellstmöglich in den Keller zu schaffen. Wegschmeißen würde ich nicht übers Herz bringen. Immerhin waren all die kleinen Figuren Zeitzeugen der vergangenen Jahre. Es wurde Zeit, dass ich endlich mal wieder Klarschiff machte. Durch den ganzen Kleinkram wirkten meine Räumlichkeiten inzwischen fast unordentlich.

Eigentlich hatte mich der Kitsch schon lange gestört. Früher lachten meine Freunde immer, weil jede Zeitschrift und jedes Kissen bei mir am richtigen Platz lagen, doch in der Vergangenheit fiel dies niemandem mehr auf. Alles war auf übertriebene Art und Weise zugemüllt. Wenn es nach Sven gegangen wäre, dann hätte er das ganze Gerümpel schon bei der aufwendigen Neu-Gestaltung meiner Wohnung entsorgt.
„So ganz normal in der Birne ist Juan aber auch nicht", hatte er mal kopfschüttelnd bemerkt, als ich ihm die Gipskuh zeigte, die mir mein Freund zum Geburtstag geschenkt hatte. Obwohl er dabei lächelte und vielleicht auch nicht ganz Unrecht hatte, fühlte ich mich durch seine Worte ein wenig gekränkt. All diese Blödigkeiten sind genauso Alltagsromantik, wie die albernen Hausanzüge, die ich uns immer gekauft habe, wenn mein Freund zu Besuch kam.
Jogginghose, T-Shirt und Jacke. Alles in der gleichen Ausführung. Dazu gab es das letzte Mal Hausschuhe, die einen Hundekopf darstellten. Zu jedem Aufenthalt gab es eine neue, originelle Garnitur Kuschelkluft. Sven sollte ruhig über all das denken, was er wollte. Es ging dabei schließlich nicht um ihn. Es war nicht von der Hand zu weisen, dass unsere Begegnung einen großen Anteil an meinem Beziehungsende hatte, doch liebte ich meinen neuen Kumpel nicht.
Ich bewunderte ihn in vielen Dingen und genoss es, von ihm umgarnt zu werden.
Obwohl ich während meines Urlaubs im Süden innerlich völlig abgekühlt war, zog ich es nicht in Erwägung, von heut auf morgen eine neue

Beziehung einzugehen. Seine Frage, wie es denn nun nach der Trennung von Juan weitergehen würde, beantwortete ich daher recht neutral: „Wie soll es schon weitergehen? Ich will jetzt erst einmal zur Ruhe kommen."
Svens Lächeln wich für kurze Zeit aus seinem Gesicht, bevor er wieder den Strahlemann spielte. Vielleicht sah ich auch Gespenster und hatte das alles falsch gedeutet. Wer weiß?

Ich legte eine CD von De Phazz ein, um mich nach der langen Reise zu entspannen. Diese Musik erinnerte mich nicht an Juan. Sie war nicht romantisch und ich konnte mich auch nicht erinnern, ihn jemals einen Song von dieser Band singen gehört zu haben. Erst beim zweiten Lied, kamen die Bilder unseres Amsterdam-Trips mit den Filzläusen zurück. Natürlich. Der Grund, warum ich ihn in die Holländische Hauptstadt gelockt hatte, war doch das Konzert von De Phazz gewesen. Wie konnte ich das nur verdrängen.
Das Bild von seinem coolen Hüftschwung erfreute mich so sehr, dass ich es vorzog, die Stereo-Anlage auszustellen und besser den Fernseher laufen zu lassen. Nachdem ich meine Klamotten ausgezogen und es mir in einer kurzen, schwarzen Jogginghose und meinem Lieblings-T-Shirt bequem gemacht hatte, drückte ich den Power-Knopf meines Computers.
Das wilde Blinken des Anrufbeantworters auf meinem Schreibtisch buhlte um Aufmerksamkeit.
„Drei neue Nachrichten", kündigte die elektronische Stimme an.

„Hallo Lucas. Hier ist Undine. Schön, dass du wieder da bist. Ich hab einiges zu erzählen. Melde dich doch mal, wenn du wieder da bist. Es ist jetzt Freitagabend. Bin mir gar nicht sicher, wann du wiederkommst. Heute oder erst morgen? Naja. Melde dich!"
Auf das Piepen, das die nächste Nachricht einläutete, folgten mehrere kurze Pfeiftöne.
Wer legt bloß immer wieder auf, ohne eine Nachricht zu hinterlassen? Das konnte doch nur mein Vater sein. Was um Himmels Willen ist denn bloß so schwer daran, mal kurz ein „Kuckuck" oder „ Hallo mein geliebter Sohn" auf ein Band zu sprechen. Dieses ewige Herumrätseln, wer so frech war, einfach aufzulegen, konnte mich manchmal stundenlang beschäftigen. Das muss doch nicht sein. Idiot!
Der letzte Pfeifton erreichte mein Ohr auf dem Weg in die Küche. Ich hatte wahnsinnigen Durst und wollte mir ein Glas Apfelsaft eingießen.
„Hallo Kükemann. Ich bin das. Nun du bist weg und ich merke, dass ich fühle mich nicht gut. Es ist alles blöd gelaufen und ich wollte sagen, dass es tut mir leid. Du weißt, ich bin immer ein wenig schwierig hier, weil es ist anders auf Gran Canaria, als wenn ich mit dir bin.
Du warst auch sehr empfindlich, denn du weißt wie ich hier bin."

Überrascht ging ich zurück ins Wohnzimmer, setzte mich an den Schreibtisch und blickte auf das rote Lämpchen, das gar nicht mehr aufhörte, zu leuchten.

„Wenn du hörst dies, ich möchte, dass du weißt, ich mag dich und du kannst mich noch anrufen, ja?"
Seine Worte wurden immer leiser. Mit einem gehauchten „Tschuuuss" war die Nachricht beendet. Ein wenig traurig und zerknirscht kam er rüber. Was sollte ich denn nun davon halten? Was denkt sich der Mann denn eigentlich? Die Narben des Urlaubs waren viel zu tief, als dass ich sofort zum Telefonhörer gegriffen hätte, um gleich wieder auf der Matte zu stehen.
Abgesehen davon, hatte ich auch gar kein Interesse daran. Fast ärgerte ich mich über die Dreistigkeit, die er besaß. Zuerst wird mir der ganze Urlaub versaut und kaum ist man verschwunden, tut ihm alles Leid? Sowas hab ich gern. Mein Entschluss stand fest. Ich liebte Juan nicht mehr. Dennoch war es ein gewisser Triumph, zu wissen, dass es dem Partner nicht gerade leicht fiel, auf mich zu verzichten. Aus der Küchenschublade holte ich mir einen gelben Müllsack und fing an, die ganzen kitschigen Figuren und gemeinsamen Erinnerungen auszumisten. Jetzt oder nie. Schließlich musste ein Zeichen gesetzt werden, wenngleich ich es in diesem Moment allein für mich selbst tat. Ein wenig zögerte ich, als ich das so oft geküsste Bild von meinem Nachtisch nahm, doch wanderte es genauso in den Plastiksack, wie das Stoffküken, dass seit Jahren neben mir schlief und mir während Juans Abwesenheit Gesellschaft leistete. Den aussortierten Ramsch packte ich erst einmal auf das oberste Regal hinter meiner Klotür. Ich hätte gar nicht gedacht, dass all die Geschenke auf einem Haufen so schwer waren.

Die Entrümpelungsaktion gab mir ein Gefühl von Befreiung. Mit einem Mal war meine Wohnung wieder so picobello aufgeräumt, wie ich es mochte. Interessiert setzte ich mich nach getaner Arbeit an meinen Schreibtisch und checkte die neu eingegangenen Mails und surfte über die Webseiten meiner Lieblingsbands, um zu sehen, was mir in den letzten Wochen entgangen war. Anschließend griff ich zum Telefon und wählte die mir bekannte Nummer. Undine war leider nicht zu Hause. Bei meiner Mutter hingegen hatte ich mehr Glück. Immerhin war sie noch nicht im Bett. Für gewöhnlich brauchte man nach einundzwanzig Uhr nicht mehr durch klingeln. Meine nächtliche Trägheit habe ich mit Sicherheit von ihr geerbt. Sie war fassungslos, als ich ihr die Neuigkeit der Trennung vielleicht etwas zu unsensibel beibrachte.

„Hast du dir das auch gut überlegt? Wieso ist der denn in Spanien so anders? Ich kann mir das gar nicht vorstellen. Schlimm ist das", jammerte sie mir ins Ohr.
„Wir haben das gemeinsam beschlossen. Es ist eben so. Da muss man sich auch nichts vor-machen", rechtfertigte ich mich ein wenig.
Ihr war das Verhalten des liebenswerten Spaniers genauso suspekt wie mir. Sie wird sich mit der Zeit daran gewöhnen müssen, Juan nicht wiederzusehen.

Kapitel 30

Wenig später, als ich mein Kuschelkissen aus dem Koffer nahm, um es auf mein Bett zu legen, drückte ich für einen Moment die Nase in den vollgesabberten Stoff. Es ist schrecklich, wenn man nach Hause kommt und das Kissen nicht nach mir müffelt, sondern die Düfte der fremden Umgebung in meine Nase steigen. Im Nu hatte ich wieder unser gemeinsames Hotelzimmer vor mir, dass wir mit den aktuellen Postern von Melanie C und den Vengaboys aus der Bravo aufgepeppt hatten. Der Muff des Apartments mischte sich mit Juans Duschgel und dem Geruch, den er nach ewig langer Sitzung im Badezimmer hinterließ. Es war für einen Moment so, als würde er neben mir liegen und leise schnarchen. Schnell öffnete ich die Augen und überlegte, ob ich den Kissenbezug besser gleich in die Maschine werfen sollte. Da die letzte Wäsche gerade erst drei Monate her war, entschied ich mich trotz der Erinnerungen dagegen.

Der Zeiger meiner Armbanduhr war inzwischen auf zwanzig Minuten vor Mitternacht gewandert, als ich unter meine Bettdecke kroch und anfing, zu grübeln. Juan meinte also, ich sei zu empfindlich gewesen. Hatte er am Ende Recht? Wie doof wäre ein Mensch denn, wenn er sich all seine Frechheiten gefallen lassen würde? Es ging nicht wirklich um das Miteinander, sondern darum, dass einfach keine Liebe in seinen Worten zu spüren war. Wenn mich überhaupt Gefühle erreicht hatten, dann war es fast Verachtung und Missmut.

Vielleicht fing ich nun doch langsam an, zu übertreiben. Sicherlich würde Juan nun zu Hause sitzen und sich wundern, warum ich mich nicht meldete. War es kindisch von mir, ihn einfach warten zu lassen oder unehrlich, wenn ich anrufen würde?
Kurz vor halb Eins stand ich schließlich doch auf, um Juans Nummer zu wählen. Dank der Zeitverschiebung von einer Stunde war es kein Problem, noch so spät durchzuklingeln.
Und selbst wenn. Er wollte ja, dass ich mich meldete. Es war mir egal, dass der blöde Köter seiner Schwester in der Wohnung über ihm anfangen würde zu kläffen und sein Neffe genervt schreien würde, um ihn zur Ruhe zu bringen.
Sollte seine Mutter mal wieder vor dem Fernseher eingeschlafen sein, wäre sie nun wieder hellwach. Gut so. Die alte Frau meldete sich und brabbelte verschlafen irgendwas auf Spanisch in mein Ohr. Ich gab mir keine Mühe, ihre Worte zu entschlüsseln und hörte wenig später die schlurfenden Hausschuh-Schritte meines Ex-Freundes im dreckigen Flur.
„Hallo Lucas“, begrüßte er mich munter.
„Hallo“, wartete ich erst einmal ab.
„Wie geht es dir?”
„Ich bin müde, aber du wolltest ja, dass ich dich noch anrufe.“
„Schon dachte ich, du meldest dich nicht.“
„Wollte ich auch nicht.“
„Wir müssen noch ein wenig reden über das, was passiert ist mit uns.“
„Ja. Aber nicht heute. Ich habe dazu jetzt auch keine Lust.“

Ich reagierte nach wie vor unterkühlt und desinteressiert.
„Wenn du willst, wir können persönlich reden und ich komme bald zu Besuch nach Hamburg."
„Lass mich bitte schlafen. Ich mag nicht mehr reden"
„Na gut. Dann ich wünsche dir schöne Träume."
„Gute Nacht."
Ich legte auf und fragte mich, ob ich plötzlich im falschen Film sei oder schon träumte?
Wollte Juan jetzt plötzlich doch wieder mit mir zusammensein und aufblasbare Bilderrahmen im Hammer Park mit mir aufstellen und stundenlang mit mir herumknutschen? Auf die Idee, dass der Kanare es wirklich wagen würde, wieder anzukommen, war ich bisher gar nicht gekommen. Er war doch sonst nicht so anhänglich. Verwirrt zog ich mir die Bettdecke über den Kopf und schlief ein.

Bereits am nächsten Abend klingelte mein Telefon erneut und der Spanier begrüßte mich in bester Laune. In der Vergangenheit ließ er den Apparat meistens nur einmal klingeln, damit man ihn zurückrief. Es war ihm zu teuer, das Ferngespräch zu bezahlen. Ich Idiot war auch noch so blöd und wählte seine Nummer immer wieder auf Abruf. So viel billiger waren die Gespräche von Deutschland nach Spanien auch nicht. Munter quatschte Juan mir ins Ohr, wie sein Tag so war. Fast, als wäre nichts zwischen uns vorgefallen.
„Ich habe mal geguckt, wann ich nach Hamburg fliegen kann. Es könnte gehen in sieben Wochen." zeigte er ungewohnten Einsatz.

„Hallo. Was willst du denn hier? Wir haben uns getrennt. Hast du das schon vergessen?“
bremste ich ihn.
„Aber wir müssen doch reden und in Hamburg alles ist anders. Ich vermisse dich.
Es war blöd gelaufen und ich war doof, aber es ist, wie es ist und weiß ich auch, ich vermisse dich schon.“
„So einfach ist das nicht. Vielleicht fragst du auch mal, was ich will?“
„Was willst du?“
„Ich weiß es nicht.“
Meine Gefühle fingen an, mich total zu verwirren.
Ich war fest entschlossen, Juan nicht mehr in mein Herz zu lassen und stolz darauf, dass ich gestern noch so kühl war. Doch diese ungewohnte Hartnäckigkeit, mit der der Mann im Süden plötzlich um mich kämpfte, imponierte mir. Eine völlig neue Position für mich.
Normalerweise ging alles von mir aus: Küsse, Umarmungen, Kuscheln und sogar der leidenschaftliche Geschlechtsverkehr. Auf der Suche nach dem Sex-Knopf wurde ich bei ihm am ehesten fündig. Ein Wink mit meinem blanken Hinterteil oder ein Griff in seinen Schritt ließen ihn auf der Stelle zu seinen häuslichen Pflichten verleiten.
„Juan, fühlst du beim Ficken eigentlich auch Liebe oder nur Lust?“ fragte ich ihn irgendwann mal, nachdem er erschöpft neben mir lag und ich versuchte seinen animalischen Orgasmus-Blick einzuordnen.
„Wieso denn Liebe? Nö. Ich fühle dann nur geil",
war die Antwort, die ich fast erwartet hatte.
Mir ging es dabei anders.

In den Tagen nach unserem Telefonat kreisten meine Gedanken pausenlos darum, ob meine Entscheidung, Juan keine weitere Chance zu geben, die richtige sei. Wollte ich ihn wirklich nicht wiedersehen? Vielleicht hatte er tatsächlich über sein Verhalten nachgedacht und war zu dem Ergebnis gekommen, etwas ändern zu müssen. Wollte ich das überhaupt?

Könnte ich ihm Zuneigung und seine Liebe überhaupt abnehmen, wenn ich die ganze Zeit nur davon ausgehen müsste, er sei nur so, damit er meinen Anforderungen gerecht würde? Ja. Könnte ich, denn er würde es tun, weil er mich liebte und wollte, dass auch meine Liebe zu ihm am Leben gehalten würde. Ich lebte mein neu gewonnenes Single-Dasein nicht wirklich in vollen Zügen aus. Jeden Tag einen anderen Typen ins Bett ziehen um Versäumtes nachzuholen, wäre vielleicht gar nicht verkehrt gewesen. Komischerweise war mein sexueller Drang plötzlich gar nicht mehr so groß wie in den letzten Monaten.
Schon wenige Tage später hatte Juan sein Flug-Ticket online gebucht. Obwohl ich wusste, dass alles auf eine Wiedervereinigung hinauslaufen würde, ließ ich offen, ob es einen Neuanfang geben würde. Dies machte ich meinem temporären Ex-Freund auch in jedem Telefongespräch deutlich. Ich befand mich in einer ungewohnt starken Position und genoss es, diese auszukosten.
Zu meiner Überraschung war Sven trotz der neuesten Entwicklung bereit, gemeinsam mit mir zum Flughafen zu fahren, um Juan abzuholen. Auf ihn war auch als guter Kumpel Verlass.

Seinen skurrilen Schwanz-Schnurrbart hatte ich nun schon seit Wochen nicht mehr gesehen.

Endlich war unser Verhältnis rein freundschaftlich. Obwohl meine beiden Männer sich nicht wirklich mochten, waren sie bemüht, nett zueinander zu sein. Ich umarmte Juan zur Begrüßung, ließ einen Kuss jedoch fürs Erste aus. Der Braungebrannte, der nach wie vor nichts von der kleinen Affäre mit unserem Fahrer wusste, saß neben mir, als wären die vergangenen Wochen nie passiert.

Seltsamerweise fühlte es sich auch für mich so an. Wie er dicht an mir auf der Rückbank des Wagens thronte und sein niedliches Kinn beim Reden bewegte, da verlor ich dem Kampf mit meinem verletzten Stolz. Ich liebte Juan noch immer.
Meine wiedererlangte Verzückung ließ mich im Treppenhaus übermütig werden. Verzücktes Pokneifen in den flachen Arsch auf Augenhöhe ließ meinen Gast ungewohnt tuntig aufschreien. Gespannt wartete ich auf die erste Reaktion auf meine renovierte Wohnung, da Juan seit der Komplett-Umgestaltung nicht mehr in Hamburg gewesen war. Statt Freude und Überraschung stand Enttäuschung in sein Gesicht geschrieben.
„Du hast alle Blödigkeiten weggeworfen?“ bemerkte er leise.
„Aber die Wohnung sieht sehr schön so aus“, sprach er weiter, ohne eine Antwort zu erwarten.
Nicht nur die gewohnte Umgebung war anders. Alles war neu. Vor allem unsere Beziehung zueinander. Und genau diese musste erst einmal geklärt werden.

Wir bestellten Pizza und Juan öffnete gekonnt eine Flasche Rioja. Bei mir bricht dabei meistens der Korken in mindestens zwei Stücke, deshalb war es gut, endlich wieder einen richtigen Mann im Haus zu haben. Wir sprachen sehr viel über unsere Gefühle und darüber, was in der Vergangenheit falsch gelaufen war. Ohne Rücksicht ließ ich all den Ärger heraus, der sich in den letzten Jahren angestaut hatte. Zu meiner Verwunderung zeigte mein Freund sich einsichtig und gelobte Besserung. Vielleicht war es einfach wichtig, dass es diesem Bruch in unserer Beziehung gegeben hatte, damit wir uns noch einmal neu aufeinander einstellen konnten und klar war, was der Partner erwartete.
Ich hatte das Gefühl, meinem Kükemann war erst durch unsere Trennung klar geworden, was er eigentlich an mir hat. Müde vom vielen Diskutieren gingen Juan und ich an diesem Abend recht früh zu Bett. Wir küssten uns innig und sahen uns dabei tief in die Augen. In diesem Moment wusste ich, dass es die richtige Entscheidung gewesen war, unserer Beziehung eine zweite Chance zu geben.
Den Sex verschoben wir auf den nächsten Tag, denn um sechs Uhr würde mein Wecker klingeln. Ich hatte mir keinen Urlaub genommen. Juan würde sich tagsüber sicherlich gut ohne mich beschäftigen können und ungeduldig vor meinem Büro auf mich warten, wenn mein Dienst beendet war. Nachdem er dies auch zwei Tage getan hatte, nahm ich mir spontan für den Rest der Woche frei. Wir hatten uns eine gemeinsame Zeit ohne Ablenkung verdient.

Noch heute ist mir unbegreiflich, wie es dazu kommen konnte, dass meine Liebe von einem Tag auf den nächsten total abkühlen konnte. Natürlich war es ein längerer Prozess, in dem durch jeden Fehler seinerseits Gefühle erstickt wurden. Wo wären wir heute, wenn Juan sich nicht noch einmal um mich bemüht hätte? Vielleicht war ich selbst wahrscheinlich auch nicht ganz so unschuldig? Allerdings kann ich auch jetzt, beim Zurückdenken an unsere Anfangszeiten, kein Fehlverhalten meinerseits feststellen. So bin ich halt.
Juan und ich einigten uns darauf, fortan eine offene Beziehung zu führen. Ob der Vorschlag von ihm kam, weiß ich nicht mehr. Anfangs fühlte ich mich unwohl bei dem Gedanken, dass mein Freund sich anderen Männern hingeben könnte, denn ich kann unwahrscheinlich eifersüchtig sein.

Eine schmerzhafte Erinnerung riss alte Wunden für einen kurzen Augenblick wieder auf. Vor zwei Jahren, als wir uns in den Dünen von Maspalomas für zwanzig Minuten trennten, um zu sehen, wie die Schwulen sich dort hemmungslos miteinander vergnügten, entdeckte ich plötzlich Juans Rucksack zwischen hohen Gräsern.
Unbemerkt schlich ich mich vorsichtig heran, um festzustellen, was er so angeregt beobachtete.
Zu meinem Entsetzen war mein Freund nicht allein. Der braungebrannte Herumtreiber hatte seine Hose heruntergelassen und den Oberkörper nach vorn gebeugt. Ein junger, blonder Sex-Tourist hatte sein Gesicht in sein Hinterteil gebohrt und leckte ihn dort, wo der Spanier es sonst bei mir so gern tat. Wie versteinert hockte ich mich hinter

den nächsten verdorrten Busch, in dem sich Kondome und benutzte Taschentücher verfangen hatten.
Die Wut und der Ärger brannten schmerzhaft in meiner Brust. Meine Hände bohrten sich in den Boden. Gerade, als ich eine Hand voll Sand aufhob, um diesen gezielt auf den abgebrühten Betrüger zu werfen, um ihm eine Szene zu machen, richtete sich der Rucksackträger auf und sah mich erschrocken an. Mein Blick fiel auf den kleinen, kahlrasierten Schwanz. Ich schämte mich in Grund und Boden. Der Typ, der sich dort vergnügte, war gar nicht Juan. Außer der gleichen Tasche ähnelten sich die beiden eigentlich kaum. Was bückte er sich auch so, dass man sein Gesicht nicht sehen konnte? Mit hochrotem Kopf verkrümelte ich mich und war froh, einer optischen Täuschung aufgesessen zu sein. Doch wie sollte ich in Zukunft mit solchen Situationen klarkommen? Immerhin wären solche Geschichten ab sofort kein Vergehen oder Vertrauensbruch mehr. Wir einigten uns darauf, nicht über Abenteuer mit anderen Männern zu sprechen. Es war erlaubt, wenn es sich ergab und es halt sein muss – und wenn ich ehrlich bin, muss es schon recht oft sein. Wenn wir jedoch zusammen sind, ist Fremdkontakt tabu.

Immer wieder wird man mit der Frage konfrontiert, wie man auf die große Entfernung überhaupt von einer Beziehung sprechen kann, zumal wir Sex mit anderen Männern haben. Die Antwort ist ganz einfach: Man fühlt es! Manchmal, wenn ich Juan zu sehr vermisse und Angst habe, jemand anderes könnte ihn mir wegschnappen, beruhige ich mich selbst, indem der naive Teil meines Gehirns mir flüstert, dass sicherlich niemand seinen Sex-Knopf finden wird. Von Zeit zu Zeit macht man sich halt gern mal etwas vor - aber es hilft.

Obwohl ich von wiederbelebten Beziehungen nie etwas gehalten habe und der Meinung war, dass ein Neuanfang nur verschenkte Zeit ist, habe ich diesen Schritt nie bereut. Die Liebe geht manchmal einen komischen Weg! Ich bin unendlich glücklich, einen Menschen wie Juan gefunden zu haben.

Kapitel 31

Ich habe nichts gegen dicke Frauen. Ganz im Gegenteil. In der Grundschule schlug mein Herz immer für die fülligsten Mädchen der Klasse. Wieso das so war? Ich weiß es nicht.
Die korpulente Dame mit den dunkelroten Locken, in die sie eine rosa Plastikblume gesteckt hatte, mochte etwa fünfzig Jahre alt gewesen sein. Sie hatte ihren massigen Körper auf drei Stühlen im Wartebereich unserer Dienststelle ausgebreitet und atmete so laut, dass bereits zwei Kolleginnen neugierig ihre Hälse aus den Bürotüren gestreckt hatten. Das weiße Kleid mit den roten Rosen darauf war nicht gerade vorteilhaft, sondern betonte ihre Figur umso mehr. Warum sollen übergewichtige Frauen auch nicht zu ihrer Fülle stehen. Soll doch jeder Mensch so sein, wie er es für richtig hält. Ansonsten wäre die Welt doch langweilig.
„Mir geht es so schlecht. Der Fahrstuhl ist kaputt und die Luft so unwahrscheinlich stickig",
jammerte das bunte Etwas ausgerechnet in meine Richtung. Erst jetzt bemerkte ich, wie rot ihre Wangen vor Anstrengung waren. Was ich zuerst für übertriebenes Bonbon-Make-up gehalten hatte, entpuppte sich als aufsteigender Kreislaufkollaps. Immer wieder legte die Frau geschwächt ihre Hand an die Stirn und signalisierte, das ein Ohnmachtsanfall kurz bevorstand.
„Lucas. Hol schnell ein Glas Wasser. Du siehst doch, wie schlecht es der Kundin geht!" zischte mich meine Kollegin Frau Heinrich aufgeregt an, bevor sie selbst die Flucht ergriff und die eigene

Bürotür von innen schloss. Das war mal wieder typisch für das faule Stück. Erst Anweisungen geben und dann den Kopf in den Sand stecken. Da ich selbst besser erzogen bin, eilte ich schnellen Schrittes zur Küchenzeile am Ende des Flurs und öffnete den Hängeschrank über der Spüle. Also meinen persönlichen Büro-Becher bekommt die Dicke jedenfalls nicht. Wer weiß, was sie für eine seltene Krankheit mit sich herumschleppt? Bevor ich weiter darüber nachdenken konnte, ertönte erneut ein lautes Stöhnen aus der Ferne.

„Ja, ja. Bin schon unterwegs!"

Ich griff den Becher von Frau Heinrich, ließ einen Strahl Leitungswasser hinein und rannte hastig zurück in den Wartebereich, wo mir die Geschwächte bereits die teigigen Wurstfinger entgegenstreckte. Im nächsten Moment erreichte ein lautes Knacken mein Ohr. Ich hielt für einen kurzen Augenblick inne, konnte das Geräusch allerdings nicht weiter zuordnen. Wahrscheinlich war es einer der drei Plastik-Sitzschalen, die sich unter der ungewohnten Last verabschiedeten. In Gedanken sah ich die schwitzende Dame schon laut schreiend am Boden liegen, doch nichts derartiges passierte.

„Nun kommen Sie schon junger Mann!" kommandierte die Kundin mich ungeduldig herum.

Sie riss mir den Becher aus der Hand, kippte den erfrischenden Inhalt mit einem Schluck herunter und ließ durch ein erlösendes „ Aaaahhhhhhhh" ihre Dankbarkeit sprechen.

Meine neuen Turnschuhe, die ich vor wenigen Wochen im Internet ersteigert hatte, drückten überraschend.

Der rechte Fuß fühlte sich merkwürdig an. War die Frau in ihrer Panik etwa beim gierigen Zugreifen darauf getrampelt? Das hätte man doch sicherlich bemerkt.
Aber woher kam der stechende Schmerz mit einem Mal?

„Ich brauche mehr, junger Mann!“ grunzte das blumige Gartenparty-Kleid. Es fiel mir nicht schwer, die Dame zu ignorieren. Ich hatte ganz andere Sorgen und konnte vor Schmerzen kaum noch auftreten. Ohne die entrüstete Zusammengebrochene weiter zu beachten, humpelte ich in mein Büro.
„Was ist denn mir dir los?“ wunderte sich meine Zimmergenossin, nachdem sie ihren Kunden zum Bezahlen an den Kassenautomaten geschickt hatte.
„Ich weiß nicht. Vielleicht ist mir etwas im Fuß gerissen?“ fasste ich eine erste Vermutung in Worte. Genervt ließ ich mich auf meinen Schreibtischstuhl fallen und begann vorsichtig, aus dem Sportschuh zu schlüpfen. Alles sah soweit normal aus. Es gab weder Schwellungen, noch sonst etwas Auffälliges zu sehen.
„Das wird schon wieder“, beruhigte ich mich selbst und machte mich zurück an die Arbeit.
Büromuff und extremer Kundenandrang wirkten sich nicht gerade positiv auf die Heilung aus. Je mehr ich versuchte, das schmerzende Bein auszublenden, umso doller tat es weh. Vorzeitig verließ ich gegen Mittag in Rücksprache mit meinem Boss das Meldeamt und machte mich auf den Weg zur benachbarten Arztpraxis. Der Weg dorthin gestaltete sich äußerst qualvoll, zumal der Fahrstuhl

tatsächlich mal wieder streikte. Jeder einzelne Schritt versetzte mir ein bedrohliches Stechen im Fußgelenk. Ich musste einfach die Zähne zusammenbeißen – auch wenn es schwer fiel. Es war ja eh niemand in der Nähe, dem man die Ohren volljammern konnte.

„Angeschwollen ist da nichts," war das einzige, was der Doktor von sich gab, nachdem er sich wie jedes Mal über das Beamtentum aufgeregt hatte und mir vorhielt, dass man ja immer mindestens eine halbe Stunde bei uns lahmen Säcken warten müsse. Mir stand nicht der Sinn nach einer Diskussion und ihm unter die Nase zu reiben, dass ich sogar als Privat-Patient mit Termin normalerweise über sechzig Minuten in seinem hässlichen Kabuff die Wartezeit mit seit zwei Jahren abgelaufenen Zeitschriften totschlagen musste. Dagegen war unsere Behörde mit Getränkeautomat, aktuellen Illustrierten und willigen Regierungshauptsekretären doch das reinste Paradies. Es fehlte nur noch, dass der Weißkittel mit einer privaten Bitte herausrücken würde, die man ihm unbürokratisch erfüllen sollte. Wahrscheinlich wäre ich dann doch noch ausfallend geworden. Schon seine viel zu langen Augenbrauen waren mir unsympathisch.

Der Endvierziger mit dem altmodischen Walross-Schnurrbart strotzte vor Selbstherrlichkeit und Arroganz. Da half es auch nicht mehr, sich durch die Frage, wie es denn meiner Schwester ginge, einzuschleimen.

Wie schon in der Vergangenheit nahm ich mir vor, nicht noch einmal in seine Sprechstunde zu kommen. Warum ich aus Bequemlichkeit schon

seit vier Jahren immer wieder den gewohnten Gang in diese Mist-Praxis unternahm, war mir unerklärlich. Erleichtert schloss ich die Tür zum Behandlungszimmer ein letztes Mal von außen und humpelte die grauen Steinstufen im Treppenhaus hinunter.
In den Händen hielt ich eine Überweisung an einen Röntgenarzt in der Ferdinandstraße.
Wieso musste eigentlich immer mir so etwas passieren? War das alles die Schuld der dicken Frau im Blumenkleid? Sicherlich nicht. Das Geräusch hörte sich eigentlich eher nach einem zerfetzenden Schnürsenkel an, also tippte ich auf Bänderriss oder zumindest eine Dehnung, wie damals, als ich bei Glatteis auf dem Heimweg von der Schule ausgerutscht war. Zwei Wochen hatte ich zu Hause auf dem blauen Sofa meiner Mum gelegen und hatte mich von vorne bis hinten bedienen lassen. Meine Mutter macht sowas ab und zu ganz gern und würde mit Sicherheit eine tolle Krankenschwester abgeben.

Gegen eine Zerrung sprach allerdings, dass mein Knöchel nicht angeschwollen war. Der Röntgenarzt tippte mit seinem grünen Kugelschreiber über die Abbildungen meiner krummen Fußknochen, schmiss mir irgendwelche Fachbegriffe an den Kopf und meinte, ich solle am besten direkt zur Orthopädiepraxis in der Mönckebergstraße gehen. Verärgert darüber, dass ich nicht einmal den Mut aufbrachte, mich zu meinem Unwissen zu bekennen und die Ärzte nicht darauf aufmerksam machte, dass man von ihrem hochgestochenen Gebrabbel kein Wort verstand, mimte ich selbst

den Gebildeten, der tat, als würde er genauestens durchschauen, was los war.
„Ach so. Na dann. Herzlichen Dank! Schönen Tag noch", lächelte ich versteinert und verfluchte mich im gleichen Augenblick, nicht nachgefragt zu haben. So führte mich mein humpelnder Weg also weiter, ohne auch nur ein Deut schlauer zu sein.
Um nicht unangenehm in den einkaufswütigen Menschenmengen aufzufallen, zog ich es vor meinen Weg über die Nebenstraßen fortzusetzen.
Die großen Röntgenbilder, die mir die abgemagerte Arzthelferin in einem weißen Briefumschlag überreicht hatte, hielt ich in der einen, meine Arbeitstasche in der anderen Hand.

Zusätzlich erschwerten mir aufkommende Windböen, die mir mit aller Kraft mein Papiersegel aus den Fingern reißen wollten, das Vorankommen. Am Gerhard-Hauptmann-Platz bog ich ein, um zurück zur Mönckebergstraße zu gelangen. Abgesehen vom aufziehenden Sturm, war es ein angenehm warmer September-Tag. Das Wetter lockte Anzugmänner und andere Yuppies in der Mittagspause auf die Terrassen der angrenzenden Restaurants, wo sie sich dekadent mit Wein und Sekt zuprosteten. Lachende Blondinen mit Permanent-Make-up und gut sortierten Dauerwellen rundeten das Bild ab. Es blieb nicht aus, dass die angeheiterte Gruppe mich beim bedachten Voranschreiten offensichtlich zum Gesprächsthema machte. Schon waren alle Blicke auf mich gerichtet. Es kam, wie es kommen musste: Die blöden Röntgenbilder verkeilten sich dank eines unvorhersehbaren Windstoßes zwischen meinen Beinen.

Mein Fuß knickte um und von einer Sekunde auf die nächste lag ich hilflos alle Viere von mir gestreckt auf dem dreckigen Asphalt. Das fehlte mir an diesem Tag noch zu meinem Glück. Schnell kniete ich mich hin und versuchte vorsichtig, wieder aufzustehen. Die lustige Yuppie-Runde im Restaurant hielt für einen Moment den Atem an, tat dann aber so, als hätte sie mich nicht bemerkt. Gottlob kamen die Zeugen des Geschehens nicht auf die Idee, besorgt auf mich zuzustürzen, um mir aufzuhelfen. Alles in allem war die Situation schon grauenhaft genug. Nun taten mir neben meinen Quadratlatschen auch noch die Knie weh. Immerhin hatte meine neue Jeans den Sturz offensichtlich unbeschadet überstanden.

Gottlob funktionierte der Fahrstuhl im Ärztehaus, sodass man ungehindert die moderne Orthopädiepraxis in der vierten Etage erreichen konnte. Am Informationstresen tobte eine frustrierte Angestellte, der ich allem Anschein nach gerade recht kam, um ihren angestauten PMS- Frust abzuladen: „Es ist mir ganz egal, ob Sie Schmerzen haben oder nicht. Heute kommen Sie jedenfalls nicht mehr dran"

Eine Auszubildende, die in sicherem Abstand hinter der Kuh auf einem Stuhl saß, schaute mich mitleidig an.

„In sechs Wochen dürfen Sie gern zu Doktor Möller in die Sprechstunde kommen. Wenn Ihnen das nicht passt, suchen Sie sich doch einen anderen Arzt", versuchte die Frustrierte, das Gespräch zu beenden, indem sie sich der nächsten Patientin zuwendete:

„Für Sie gilt das übrigens genauso. Falls sie mich überhaupt verstehen." Der Drachen war schon ein extremer Fall. Doch so leicht lässt ein Lucas Timm sich nicht abspeisen. Es war an der Zeit, den einzigen Trumpf auszuspielen, der mir blieb:
„Komisch. Aus der Vergangenheit kenne ich es eigentlich nur so, dass privat Versicherte überall gern behandelt werden. Scheint wohl hier anders zu sein."
Mir war es unangenehm, es auf diese Tour zu versuchen, aber es blieb mir keine andere Wahl, zum Facharzt vor zu dringen.

„Warum sagen Sie das denn nicht gleich. Dann hätte ich mich hier nicht so lange mit Ihnen ab sabbeln müssen. Sie sehen doch, wie viel hier zu tun ist. Füllen Sie diesen Zettel aus und setzten sich da hinten in das separate Wartezimmer", knallte sie wutentbrannt Fragebogen und Kugelschreiber auf den Tresen. Eine Viertelstunde später saß ich erleichtert bei Herrn Doktor Möller am Schreibtisch. Der sportliche Typ mit voller, brauner Haarpracht und strengem Seitenscheitel gab mir die Hand, guckte auf die mitgebrachten Röntgenbilder und meinte: „ Sie sind also wegen des gebrochenen Fußknochens hier?"
„So? Bisher hat mir noch niemand gesagt, was Sache ist", nahm ich die Diagnose verblüfft zur Kenntnis. Da schickt man mich also mit einem gebrochenen Knochen quer durch die Stadt und wollte mir zu guter Letzt sogar die Behandlung verwehren. Das war unglaublich! Fast kam es mir so vor, als würde der lädierte Fuß vor Entrüstung gleich doppelt so weh tun.

„Haben Sie Fußball gespielt oder wie ist das passiert?“ fragte der Sportmediziner besorgt.
Mir kamen die Bilder wieder in den Sinn, in denen ich über die großen Röntgenaufnahmen gestolpert war.
„So ähnlich. Ehrlich gesagt habe ich keine Ahnung, wie es dazu gekommen ist. Ich bin einfach durchs Büro gegangen, als es laut knackte.“
Wieder hatte ich das furchtbare Geräusch im Ohr. Es hörte sich fast so an, als würde man ein Stück Kreide in der Mitte durchbrechen.

„Das ist ja bedenklich. Bei der Stellung ihrer Knochen allerdings nicht sehr überraschend.
Hat Ihnen noch niemand Einlagen verschrieben?“ drückte er vorsichtig meinen Hohlfuß.
Zerknirscht schüttelte ich den Kopf.
„Ein Ermüdungsbruch. Klare Sache. Wir nehmen erst einmal einen Abdruck für Einlagen. Bis sie diese dann tragen können, erhalten sie von unseren freundlichen Damen einen Gipsverband", klärte mich Doktor Möller auf.
„Hier gibt es auch freundliche Damen?“ entglitt mir mal wieder unüberlegt der erste Gedanke, ohne weiter darüber nachgedacht zu haben.
„So etwas, wie das, was ich da vorne an der Information erlebt habe, ist mir ehrlich gesagt noch nie untergekommen“, nahm ich die Gelegenheit wahr, um die Blöde vom Empfang zu verpetzen.
„Frau Kunkel ist ein wenig speziell, das muss ich zugeben. Doch hat sie da vorne auch eine Menge Stress...“
„…den Sie sich ja wohl selbst macht…,“ vollendete ich seinen Satz.

„Ich werde bei Gelegenheit mal mit ihr darüber sprechen", signalisierte der Herr des Hauses ein wenig Einsicht. Am liebsten hätte ich noch weiter diskutiert, dass es nicht gerade förderlich für eine Auszubildende sei, sich den schlechten Umgang mit Patienten abzugucken, doch erschien eine rundliche Dame in der Tür, um mich ins Verbandszimmer zu geleiten. Gemeinsam mit ihr lästerte ich weiter über ihre unangenehme Kollegin. Die Gipsfachfrau räumte ein, sich selbst täglich über die Ködderschnauze am Empfang zu ärgern.
Zu meiner Überraschung hatte ich freie Wahl, welche Farbe mein Gipsbein bekommen sollte.

Das leuchtende Blau hatte es mir angetan, da es am stylischsten war und gut zu meiner Garderobe passt.
„Können Sie den Fuß noch ein wenig mehr nach oben ziehen?" bat mich der Engel der Praxis. Leider reichte meine Mühe anscheinend nicht aus. Als ich zwanzig Minuten später auftreten sollte, war dies nicht möglich, da der Ballen viel tiefer einbetoniert war, als die Ferse.
„Sorry . So kann ich leider nicht auftreten", murmelte ich enttäuscht.
Der Arzt wurde zur Inspektion gerufen und ordnete an, den Gips wieder abzunehmen.
Auch der zweite Versuch scheiterte. Durch meine Erbkrankheit fehlte es mir an Kraft, meinen Ballen für längere Zeit anzuziehen. Erst beim dritten Mal klappte es, weil die Arzthelferin meinen Fuß zum Trocknen mit aller Kraft in ihren großen Busen drückte, während sie meine Zehen mit einem lassoartigen Verband nach oben zog.

Die ganze Aktion war äußerst peinlich. Natürlich konnte ich nichts dafür, aber es machte mir mal wieder deutlich, wie schlimm meine körperliche Situation eigentlich war. Zuerst bricht der Knochen von ganz allein in zwei Teile und dann noch dieser Mist. Ein alter Mann, der nicht mehr ohne fremde Hilfe auf Toilette gehen kann, dürfte sich nicht schlechter fühlen. Es war deprimierend.

Kapitel 32

Ein Taxi brachte mich nach Hause, wo ich mit Hilfe meiner türkisfarbenen Krücken zur Eingangstür torkelte. Bei meinem schlechten Gleichgewichtssinn konnte man davon ausgehen, dass es noch Tage dauern würde, bis ich mich sicher auf drei Beinen bewegen konnte.
Schon auf den wenigen Metern vom Taxi bis zur Eingangstür landete ich zweimal fast in der grünen Hecke, die links und rechts entlang des Plattenwegs wuchs. Entgegen der eindringlichen Anweisung des Arztes setzte ich im Treppenhaus den Fuß auf und humpelte vorsichtig die vielen Stufen nach oben in den zweiten Stock. Erst in meiner Wohnung bemerkte ich, dass die Sohle unter meinen weiß verschmierten Zehen gebrochen war. Mir war nun alles egal. Ich legte mich aufs Sofa, stellte den Fernseher an und rief meine Mutter an, um ihr von den Ereignissen des Tages zu berichten. Sie bot gleich aufgeregt an, mich zu sich nach Hause zu holen. Mir war es allerdings lieber, es erst einmal allein zu versuchen.
Tagelang hockte ich in meinen eigenen vier Wänden fest und ließ mir von einer Nachbarin ein paar Lebensmittel vorbeibringen. Es war unwahrscheinlich langweilig, sich stundenlang durch Talkshows und sich immer wiederholende Nachrichtenbeiträge zu zappen.

Highlight eines jeden Tages waren meine Kamera-Sessions mit Juan. Er verstand es wie kein anderer, mich bei Laune zu halten. Mal präsentierte der quirlige Spanier seine frisch frisierten Eier, ein anderes Mal trällerte er mir ein lustiges Lied ins Mikrophon oder hörte mir einfach nur zu, wenn ich ein wenig Frust abladen musste. Er war einfach der Mann, der mir gut tat, wenngleich er nicht bei mir war, um mich in den Arm zu nehmen und zu umsorgen.

Nach einer Woche wagte ich mich das erste Mal mit Gehhilfen auf die Straße. Die Sonne lockte mich. Zwar färbten sich die Blätter der Birke vor meinem Schlafzimmerfenster langsam goldbraun, doch war es noch so warm, dass man ohne Jacke spazieren konnte. Nach fünfzig nicht enden wollenden Metern in Richtung Hammer Park überholte mich der Bus der Linie 116. Am Fenster saß ein hübscher, blonder Popper und schaute interessiert zu mir hinüber. Mein Schwanz rief sich in Erinnerung. Wie lange war der letzte Körperkontakt nun schon her? Sicherlich schon drei bis vier Wochen. Selbstbefriedigung ist auf Dauer auch keine Alternative zu einem guten Blowjob. Entschlossen machte ich mich auf den Heimweg und setzte mich an den Computer, um ein Date über die Gay Community Sixpackparty an Land zu ziehen. Es dauerte keine zehn Minuten, da hatte ich auch schon einen willigen Dreißigjährigen an der Angel. Das nette Lächeln seines Profil-Bilds und der dezente Hinweis auf die Zwanzig-Zentimeter-Latte lockten mein Interesse.

„Ich hoffe, es ist kein Problem, dass ich ein Gipsbein habe“, tippte ich ins Chat- Fenster.

„Nein. Kein Problem. Habe selbst einen Bänderriss und trage eine Schiene", lautete seine entspannte Antwort.
„Solange du dich zu mir bewegen kannst, soll's mir recht sein!"

Wie eine Pizza orderte ich mir einen Leidensgenossen mit großem Dödel, der anscheinend genauso im Saft stand wie ich. Jakob klingelte keine halbe Stunde später an meiner Tür und humpelte synchron mit mir ins Wohnzimmer. So langsam konnte ich mich mit meinen Krücken recht gut bewegen und servierte ihm eine Anstands-Cola. Besonders praktisch bei körperlich angeschlagenen Menschen sind die Jogginghosen, denen man sich in Sekundenschnelle entledigen kann. Mein Retter, der für sein Alter ungewöhnlich wenig Haare hatte, präsentierte mir eine traumhafte Erektion, die mich aus meiner Enthaltsamkeit befreite.
„Darf ich dich ficken?" flüsterte er mir ins Ohr.
„Ich weiß nicht", dachte ich laut.
„Ich bin auch ganz vorsichtig", bettelte Jakob weiter.
„Wir können es ja mal versuchen", lenkte ich ein, obwohl mir schleierhaft war, wie man einen so dicken Schwanz in mich hineinbekommen sollte. Was blieb mir auch sonst für eine Position mit dem schweren Klotz am Bein.
Besonders beweglich war ich schließlich nicht. Also am besten auf den Bauch legen und sachte gegenstoßen. Jakob zog ein schwarzes Kondom über den wunderschönen Schwanz und rieb meinen Hintern großzügig mit Gleitgel ein.

Dieses unangenehme, kalte Glibberzeug holt einen immer wieder in die Realität zurück. Auf jeden Fall eine Frostbeule wie mich. Ganz nah spürte ich die warme Spitze seiner großen Latte, die sich ihren Weg suchte. Einen lauten Schrei konnte ich nicht zurückhalten, als er das erste Mal in mich hineinstieß. Wieso ließ ich mich nur immer wieder darauf ein?

Meine Erektion verschwindet jedes Mal, wenn jemand seinen Schwanz in mich steckte und statt Lust bereitete mir diese Position nichts als Schmerzen. Ganz zu schweigen von der vielen Luft, die man hinterher hinauspupsen muss.
Nach ein paar zaghaften Bewegungen des durchtrainierten Online-Dates bat ich ihn eindringlich, aufzuhören und wieder aus mir herauszurutschen. Enttäuscht ließ er von meinem Hinterteil ab. Wir legten uns nebeneinander und machten es uns selbst. Nachdem Jakob recht schnell die erlösende Entspannung fand, gab ich es auf, meinen verschreckten Penis wieder zum Leben zu erwecken.
„Wir können es ja ein anderes Mal wieder versuchen“, schlug ich vor, obwohl ich bereits wusste, dass es nach dieser Pleite keine weiteren Treffen geben würde.

Erst als mein Besuch die Plastikschiene wieder umgeschnallt und sich humpelnd, aber befriedigt, verabschiedet hatte, legte ich mich neben die frischen Spermaflecken in meinem zerwühlten Bett und vollendete das, was ich am liebsten mit ihm zusammen erlebt hätte.

Warum war ich nicht schon viel eher darauf gekommen, meine freien Tage sinnvoller zu gestalten? Sicherlich gab es noch eine Menge anderer Typen in der Stadt, denen es ähnlich ging, wie mir. Der Gay- Chat verlor nach ergebnisloser Schreiberei an Reiz. Mir fiel ein, wie ein Bekannter vor einigen Wochen von einem großen Park in der Nähe der S-Bahn Station Hasselbrook geschwärmt hatte, in dem man unkompliziert zueinanderfinden konnte. Praktischerweise fuhr der 116er Bus direkt vom Hammer Marktplatz dorthin. Ich packte ein Buch, eine Flasche Eistee und eine Packung Taschentücher in meine Umhängetasche, kletterte vorsichtig die Treppenstufen hinunter und humpelte zur Haltestelle. Nach nur acht Minuten Fahrzeit stand ich in der besagten Grünanlage. Von attraktiven Männern und hohen Büschen war allerdings weit und breit nichts zu sehen. Meine vorherige Internet-Recherche erwähnte eine Kirche, an der eine Art Rosengarten mit Bänken als Treffpunkt angegeben war. Eine uralte Frau, die ihren ebenfalls grauhaarigen Pudel spazieren führte, guckte mich irritiert an, als hätte sie mich nicht verstanden, als ich sie nach dem Weg zum Gotteshaus fragte.
„Ich suche eine Kirche. Gibt es hier eine im Park?“ wiederholte ich laut und deutlich.
„Heute ist aber keine Messe“, antwortete sie kopfschüttelnd.
„Ich weiß. Ich will auch nur Ficken", hätte ich am liebsten gesagt, um ihren Gesichtsausdruck zu sehen, stattdessen wählte ich andere Worte. Schließlich brauchte ich ihre Hilfe.

„Ich bin dort auch nur mit einem Freund verabredet“, was nicht ganz gelogen war.
„Es ist immer geradeaus. Aber Messe ich da heute nicht", wiederholte sie.
„Vielen Dank. Schade. Keine Messe", machte ich mich abschließend ein wenig über sie lustig.
„Nein. Keine Messe", brabbelte das Muttchen noch einmal zu ihrem Pudel und schlurfte von dannen.
Voller Erwartung humpelte ich in die gezeigte Richtung. Ein Zwischenstopp auf einer uralten Grabstätte entlastete meine angespannten Arme, die vom Krückenlauf fix und fertig waren. Schon tauchten die ersten einzelnen Herren auf, die gleich interessiert um mich herumscharwenzelten. Das alte Muttchen kannte sich anscheinend besser aus, als gedacht. Die Richtung stimmte jedenfalls

Im Rosengarten angekommen, ließ ich mich auf eine der vier Holzbänke plumpsen und kramte meinen mitgebrachten Krimi aus der Tasche, um erst einmal unauffällig die Lage zu checken. Merklich viele Rentner hielten sich an diesem Nachmittag an den penibel gepflegten Blumenbeeten auf. In den Büschen hinter mir raschelte es. Ich drehte mich um und erblickte einen Anzugträger mit gepflegtem Schnurrbart, der mir zwischen Kirchenmauer und beranktem Rosenzaun freundlich mit seiner Erektion zuwinkte. Etwas grotesk fand ich es schon, sich derart schamlos neben einem Gotteshaus zu präsentieren. Ein übergewichtiger, alter Mann mit Stirnglatze parkte seinen Rollator ordentlich neben der Bank und setzte sich schnaufend neben mich.

„Heiß heute nicht?“ versuchte er mir ein Gespräch aufzudrängen.
Ich nickte neutral, was der Rentner wohl als eindeutiges Interesse meinerseits deutete. Zwei Minuten später fasste sich mein Sitznachbar in den Schritt und holte seinen Schwanz aus der Bundfaltenhose. Mal wieder verwundert darüber, wie potent manche Männer mit achtzig Jahren noch sein können, machte ich mich angeekelt auf die Suche nach einem anderen Plätzchen. Rücksichtslos, wie er meine Hilflosigkeit als Behinderter zu seinen Gunsten ausnutzen wollte. Zum Glück war ich mit meinem blauen Gipsverband schneller verschwunden, als er sich aufrichten konnte, um mich mit seinem Gehwagen einzuholen. Blitzschnell schlüpfte ich durch ein paar Tannenzweige ins angrenzende Gebüsch und folgte dem schmalen Schleichweg entlang der heiligen Mauern. Dorthin konnte der Opi mir mit seinen Stützrädern nicht folgen. Mit meinen Krücken und der untergeschnallten Plastiksohle humpelte ich, begleitet von Orgelmusik, durchs saftige Grün. Die königlichen Tonfolgen aus dem Kirchenschiff hauchten dem wilden Garten Magie ein. Anscheinend hatte die Greisin mit dem Hund sich geirrt, denn die klassischen Klänge sprachen eindeutig für eine heilige Messe. Aber was war das? Ein Chor stimmte in die Melodie ein, doch irgendwer schien entsetzlich falsch zu singen. An der nächsten Biegung des Trampelfades wurde die Situation aufgelöst. Das schiefe Fiepen kam überhaupt nicht von der kirchlichen Gesangsgruppe. Direkt vor mir stand ein vornübergebeugter Asiat, der sich von einem kräftigen Taxifahrer-Typen in

Lederjacke ficken ließ. Dabei entwichen dem Passiven immer wieder ein paar unterdrückte Lustschreie. Nachdem ich das Treiben aus sicherem Abstand betrachtet hatte, machte ich es mir wieder auf der Parkbank gemütlich. Wieder waren ausschließlich ältere Menschen in meinem Umfeld. Wie aus dem Nichts baute sich überraschend ein junger Mann in enger Jeans vor mir auf. Erfreut darüber, an diesem Ort einen attraktiven Kerl wie mich anzutreffen, wuchs die Beule in seiner eingerissenen Hose. Er zwinkerte mich an und verschwand mit eindeutiger Geste in den blühenden Sträuchern hinter mir. Nun war auch meine Zeit gekommen. Zu „Allein Gott in der Höh sei Ehr", entledigte ich mich an der Kirchenmauer meiner Hose und ließ mich von dem hübschen Unbekannten verwöhnen.

Es dauerte nur ein paar Minuten und das Spiel war zu beidseitigem Wohlergehen beendet. Ich fühlte mich wie frisch getauft.
„Wieso sind hier eigentlich so viele alte Leute?", fragte ich den Blasomat, der nun damit beschäftigt war, sich die abgekämpfte Eichel mit einem Taschentuch trocken zu tupfen.
„Siehst du das Haus da drüben?", deutete er mit dem Finger in Richtung Hauptstraße.
„Das ist ein Altenheim. Die ollen Säcke haben den ganzen Tag nichts Besseres zu tun, als hier uns jungen Typen hinterherzugeiern. Das ist echt eine Plage. Sterben ja schnell weg, aber die Betten sind gleich wieder neu belegt", wetterte der Weitspritzer.

„Pass bloß auf. Die kacken hier auch in die Büsche. Habe neulich mal einen gefunden, der kam nicht mehr von alleine hoch", lachte er gehässig.
„Wir sehen uns bestimmt bald wieder. Bist wohl jetzt öfter hier", grinste er und klopfte mir zum Abschied freundschaftlich auf den blauen Gipsverband.
„Mit Sicherheit. Zu Hause fällt einem ja die Decke auf den Kopf", zog auch ich von dannen. Besonders nett fand ich sein Urteil über die alten Männer nicht. Wir werden schließlich alle nicht jünger. Egal. Er wusste jedenfalls, wie man mich zufriedenstellte.
Glücklich erreichte ich die Haltestelle und kletterte vorsichtig in den vorgefahrenen Bus. Die Luft war ziemlich stickig. Lag es vielleicht an mir? Hatten die Anstrengungen vom Krückenkraxeln oder der verdiente Sex mich so sehr angestrengt, daß ich nach Schweiß roch? Ein flüchtiges Schnuppern in Richtung Achselhöhlen entlastete mich.
Das, was in meine Nase zog, roch definitiv anders.
Vorwurfsvoll wanderten meine Blicke auf die Schuhsohlen der Jugendlichen in der Sitzreihe schräg hinter mir. Entsetzten Blickes ortete ich die Quelle des Übels.
Unter meinem Gipsfuß klebte ein dickes Stück Scheiße, das mit Grashalmen gespickt war.

Erschrocken schob ich das eben noch in den Gang ausgestreckte Bein unter den Sitz.
Schamesröte und Würgereize ließen sich kaum unterdrücken. Schnell raus aus hier, dachte ich. Schon drückte ich den Halt-Knopf und hastete aus dem Bus. Ganz ohne schmierige Abdrücke ging

dies natürlich nicht und so war ich froh, als sich die Automatiktür schloss und das eingenebelte Verkehrsmittel hinter der nächsten Kurve verschwand.
Noch immer von Panik und Ekel gepackt, humpelte ich auf eine nahegelegene Wiese neben dem Fahrradweg, stellte den Gips ins Gras und begann ihn verstohlen hin und her zu bewegen. Der dicke Batzen Kot klebte wie Kaugummi unter meiner Sohle und verschmierte allenfalls nur. Es war wie verhext. Zudem erinnerte ich mich an die Worte meiner Sex-Bekanntschaft, die mir klar machten, dass der stinkende Brei an mir, mit ziemlicher Sicherheit, nicht von einem Hund stammte.
Mit zusammengekniffenen Lippen wühlte ich in meiner Umhängetasche nach einer Dose Eistee, goss den Inhalt über meinen Zeigefinger und tröpfelte ein paar davon unter die Nase.

Es half alles nichts. Der Gestank war nicht auszublenden. Ich musste die Plastiksohle abschnallen und im nahegelegenen Kinder-Planschbecken des Hammer Parks sauber waschen. Die hereinbrechende Dunkelheit kam mir dabei nur recht, um nicht weiter aufzufallen. Der Plastikschuh mit den beiden Klettverschlüssen färbte das pipiwarme Wasser beim Hin – und Herschwenken hellbraun. Endlich löste sich der Mist. Der Fußbrand schien besiegt zu sein. Zumindest bis mir beim Zubettgehen erneut ein Schauer über den Rücken lief:
An der Seite meines Gipsverbandes stieß ich auf eine gar nicht so kleine, braune Verfärbung des Gipsverbandes. Was sollte ich nur machen? Abwaschen schied aus. War der unkomplizierte Sex all

diesen Ekel wert gewesen? Sicherlich nicht. Zum Glück stand der nächste Termin für einen routinemäßigen Gipswechsel für den kommenden Nachmittag bereits fest. Bis dahin packte ich mein Bein einfach in eine zugeschnürte Plastiktüte, um wenigstens die Nacht ohne rektale Ausdünstungen zu überstehen.

Die Arzthelferin schaute etwas verwundert und rümpfte die Nase, als sie sich mit der großen Schere an meinem Betonstrumpf zu schaffen machte, stellte aber keine unangenehmen Fragen. Mit einem neuen, knallorangefarbenen Gipsverband verließ ich rundum zufrieden die Orthopädiepraxis.
Während der nächsten Wochen besuchte ich meinen neuen Lieblingspark fast täglich. Mir kam der sinnvolle Zeitvertreib fast wie Urlaub vor. Endlich kam ich mal so richtig zum Lesen. Zwischendurch vergnügte ich mich mit Männern aus meinem Stadtteil in den Büschen oder lauschte einfach nur den Klängen aus den heiligen Mauern und träumte vor mich hin.

Bei meinen Wanderungen passte ich natürlich ganz genau auf, wohin ich meinen Fuß setzte.

Es war fast schade, als mir der Arzt nach fünf Wochen den Gips abnahm und die letzte Krankschreibung auslief. Noch ein paar Mal ging ich nach der Arbeit im Park spazieren, bevor der kalte Herbst die letzten Blätter von den Bäumen blies und somit auch für mich die Outdoor-Saison beendete.

Was blieb, war die Erinnerung an einen wunderschönen Sommer, in einem malerischen Park.
Falls du mal in Hamburg bist, solltest du dort unbedingt vorbeischauen. Der Weg ist nicht schwer zu finden: Folge einfach den einzelnen Herren mit den Gehwagen. Aber auch die Frage nach der Kirche wird dich sicherlich ans Ziel führen.

Kapitel 33

Schwer bepackt stand ich vor meinem roten Backsteinhaus in der Stoeckhardtstraße.
Ich hatte mal wieder mehr eingekauft, als mir zu tragen möglich war. Die Plastiktüten, die ich kurz zuvor im Supermarkt an der Ecke vollgestopft hatte, hinterließen tiefe Furchen in meinen Handflächen, als ich sie auf den Boden stellte, um das Schlüsselbund aus der Seitentasche meiner Jeansjacke zu angeln.
Schon im Vorgarten konnte man das laute Geschrei aus der Erdgeschosswohnung meiner Hausmeisterin hören. Seitdem ihr Ehemann sie wegen einer anderen Frau verlassen hatte, war sie unerträglich. Vor allem die beiden Kinder hatten unter den Launen zu leiden.
„Sag Papa, dass du ihn nicht mehr sehen willst, wenn er mit so einer Schlampe rummacht!" und lautes Heulen der Elfjährigen begleitete mich auf meinem Weg durchs Treppenhaus. Eine Etage höher wurde die Wohnungstür des zurückgezogenen Rentners vor meiner Nase ins Schloss gedrückt. Sicherlich war ich ihm gerade mal wieder in die Quere geraten, wie er neugierig den Zank im Haus belauscht hatte.
„Selber guten Tag", murmelte ich genervt vor mich hin. Da lobte ich mir doch das alte Ehepaar, das neben mir im zweiten Stock lebte. Die beiden waren ruhig und ausgeglichen und ihr Interesse am Leben der Nachbarn hielt ein gesundes Mittelmaß. Obwohl Irmtraut Richter einen glücklichen Eindruck auf mich machte, bemitleidete ich

die eher einfach gestrickte Frau ein wenig. Seit den Sechzigern lebte sie mit ihrem Gatten in der Zweieinhalbzimmerwohnung, die nur wenige Quadratmeter größer war, als meine eigene. Es wurmte mich zwar, dass die beiden einen kleinen Stehbalkon zur Straße hatten, was mir nicht vergönnt war, aber ansonsten boten die drögen Rentner keinen Anlass zur Klage. Irmtraut und Rudolf bildeten ein eingespieltes Team.
Ähnlich wie bei meinen eigenen Großeltern, gab es eine altmodische Rollenverteilung. Herr Richter war recht dominant und fällte alle wichtigen Entscheidungen, während seine Frau ausnahmslos fürs Kochen und Putzen zuständig war. Regelmäßigkeit bestimmte ihr Dasein. Am Freitag fuhren meine Nachbarn mit dem Kombi zum Einkaufen. Mittwochs pünktlich um siebzehn Uhr machte man sich auf den Weg in den Hammer Park, um sich die Beine zu vertreten. Auch Wind und Regen konnte sie nicht von ihrem Zeitplan abbringen. Die Freitage verbrachten die zwei in ihrem nahegelegenen Schrebergarten, bevor am Sonntag die Kinder und Enkel zum Kaffeetrinken vorbeikamen.
Einmal im Jahr, am dritten Wochenende im September, fuhr die ganze Familie gemeinsam in die Ferien nach Dänemark. Da war es doch mal eine nette Abwechslung, wenn der junge Mann von nebenan unangemeldet klingelte und auf eine Tasse Tee vorbeischaute, um sich in Sachen Klatsch und Tratsch aus der Nachbarschaft auf den neuesten Stand zu bringen. Während Rudolf Richter auf seinem gemütlichen Sessel saß und kitschige Tier-Bilder knüpfte, kritisierte der Greis unterschwellig die Qualität meiner Treppenhaus-

reinigung oder erwähnte die Musik, die nach seinem Empfinden mal wieder viel zu laut gedreht war.
Aus Rücksicht auf die verzerrte Wahrnehmung im Alter gelobte ich Besserung und stopfte mir als Belohnung für mein Schauspieltalent eine Extraportion selbstgebackener Kekse in den Mund. Man sollte es sich mit seinen Nachbarn besser nicht verscherzen.
Nur ein einziges Mal in all den Jahren, flogen auf unserer Etage die Türen: Nach einem extrem anstrengenden Arbeitstag im Büro schlug mir im heimischen Treppenhaus unerträglicher Essensgeruch entgegen. Die Dämpfe von fettigem Fleisch erinnerten mich an den Mief meines Kuschelkissens, nachdem mein Vater im Sommer 1978 voller Inbrunst daraufgefurzt hatte. Auch ohne das Wiederbeleben dieses Kindheitstraumas war der bestialische Gestank, der mir an diesem Nachmittag in die Nase kroch, für mich als Vegetarier nicht auszuhalten. Ganz selbstverständlich öffnete ich das Fenster im Treppenhaus, damit sich der Mief nicht weiter ausbreitete und am Ende seinen Weg durch die dünnen Ritzen meiner Haustür in mein heiliges Reich suchte. Doch dafür war es schon zu spät. Dank der sogleich angezündeten ätherischen Öllampe und Frischluftzufuhr ließ es sich allerdings aushalten. Obwohl mir im Büro bereits der Magen knurrte, war mir nun der Appetit vergangen. Ich legte mich aufs Sofa, um durch die Musikkanäle zu zappen, bis der üble Duft von totem Tier sich aufgelöst und das siedende Schoko-Minz-Öl den Schmacht nach etwas Leckerem wieder zum Leben erweckte.

Dumpfes Poltern ließ mich zusammenzucken. Hatte ich gerade richtig gehört oder war es nur Einbildung. Mit angehaltenem Atem lugte ich aus meiner Wohnung. Tatsächlich hatte jemand die Frischluft-Luke wieder geschlossen. Verärgert darüber, was wohl in den Köpfen meiner Nachbarn vorging, eilte ich die Stufen auf Strümpfen hinunter, um die von mir gewählte Not-Belüftung wieder herzustellen. Es vergingen keine zwei Minuten und schon tapste erneut jemand an meiner Fußmatte vorbei. Wollten meine Mitbewohner uns vergasen? So nicht! In der darauffolgenden Stunde wiederholte sich das alberne Spielchen noch dreimal, bis mir der Kragen platzte! Voller Wut drückte ich den Klingelknopf der gegenüberliegenden Mietwohnung, um die Sache auszudiskutieren. Herr und Frau Richter schienen ihren Namen für mein Empfinden doch ein wenig zu wörtlich zu nehmen. Ohne eine freundliche Begrüßung ging es gleich zur Sache: „ Wieso wollen Sie hier eigentlich bestimmen, ob wir zum Fenster hinaus heizen oder nicht", ködderte die Dame in Kochschürze mich ungewohnt barsch an.
Reflexartig hätte ich ihr beinahe mit voller Kraft die Tür an den Kopf geschlagen, da nun klar war, dass der unerträgliche Bratengeruch seinen Ursprung in der gerade geöffneten Wohnung fand. Nun war eh alles verloren. Mit der Hand vor Mund und Nase versuchte ich gegen den Anflug von Übelkeit anzukämpfen.
„Bei dem Essengeruch, der aus ihrer Küche kommt, ist es leider anders nicht zu auszuhalten.
Meine ganze Wohnung stinkt schon widerlich nach Bratfett" erwiderte ich bemüht gelassen.

„Wir wohnen hier schon seit vierzig Jahren und noch nie hat es jemand gewagt, sich über unsere Kochkünste zu beschweren", schrie die Alte, während Herr Richter mit hochrotem Kopf im Flur auftauchte und schnellen Schrittes auf mich zu kam. Fast kam es mir vor, als setzte es im nächsten Augenblick eine Tracht Prügel.

Die Stimmung war fast so überhitzt, wie das offensichtlich anbrennende Rindfleisch im Backofen.
„Jedenfalls bleibt das Fenster auf", entschied ich und trippelte ein weiteres Mal die Stufen ins Zwischengeschoss, öffnete die Luke und polterte bockig zurück nach oben.
„Sie wollen uns wohl ärgern. Wenn das Fenster in zehn Minuten nicht wieder geschlossen ist, dann können Sie etwas erleben. Das sag ich Ihnen".
Herr Richter drückte seine dicke Frau zurück in die Wohnung und knallte die Haustür so laut ins Schloss, dass es sicherlich noch auf der anderen Straßenseite zu hören war. Ich tat es ihm gleich. Fassungslos über so viel Dummheit musterte ich mein angespanntes Gesicht im Flurspiegel und begann zu lachen. Nachbarschaftsstreit? Ich? Wegen eines geschlossenen Fensters? Ich erkannte mich selbst nicht mehr wieder. Blödes Spießerhaus, ärgerte ich mich darüber, wie sehr dieses Pack sich auf mein eigenes Denken und Handeln auswirkte.
Um eine Eskalation des Streites zu vermeiden verschloss ich das Streitobjekt, sparte aber auch dabei nicht mit Kraft. Fast wäre die Glasscheibe herausgebrochen, was das Problem immerhin in meinem Sinne gelöst hätte.

Durch Einsatz meines Verstands entging mir leider die von meinem Nachbarn angedrohte Überraschung, die ich bei weiterem Aufmucken erlebt hätte. Aber was hätte schon groß passieren sollen? Der Klügere gibt nach! Stolz auf mich und meine Vernunft, entschied ich mich dazu, den Rest des Tages im Hammer Park zu verbringen. Von wegen aus dem Fenster hinausheizen. Es war Mitte Oktober und draußen schien die Sonne. Der laue Herbstwind wehte mir die letzten überflüssigen Gedanken aus dem Kopf.

Ein Jogger in hautenger Radlerhose und Trägershirt hoppelte mir entgegen und führte mir eindrucksvoll vor Augen, dass es wichtigeres im Leben gab.
Zwei Wochen später war der Zwist längst vergessen. Frau Richter hatte sogar ein Stück selbstgebackenen Puffer vorbeigebracht, der vom letzten Kaffeekränzchen mit den Enkelkindern übriggeblieben war.

Wie jeden Sonntag holte ich mir nach dem Aufwachen frische Brötchen aus der kleinen Bäckerei in der Carl-Petersen-Straße. Auf dem Rückweg kreuzte der untersetzte, grauhaarige Typ aus dem gegenüberliegenden Gebäude meinen Weg. Wie immer trug er seinen graublauen Jogginganzug. Bisher hatten wir außer einem „Guten Tag“ oder „Hallo“ noch kein Wort miteinander gewechselt. Ich war auch nicht sonderlich scharf darauf, näher mit ihm in Kontakt zu treten. Es gab Tage, an denen er freundlich vom gegenüberliegenden Fenster zu mir herüberwinkte, doch wusste ich von einem Kaffeeklatsch bei den Richters, dass er jede Möglichkeit nutzte, um über mich herzuziehen. Entsetzt berichtete er den Bewohnern unserer Straße, dass ich zum Kreise der Männer gehörte, die „vom anderen Ufer“ sind. Auch das Ehepaar Richter versuchte der Rentner immer wieder durch Sticheleien gegen mich aufzubringen.

„Das finden wir nicht schön, wie er sie immer wieder zum Thema macht. Sie sind so ein netter Mensch. Herr Hundertmark hat nur Langeweile und schimpft über jeden hier. Manchmal sitzt er sogar mit einem Fernglas hinter der Gardine und lugt in fremde Fenster“, entrüstete sich
Frau Richter über die Zecke unserer Siedlung und strich dabei nervös mit den Handflächen über ihren dunkelblauen Rock .Obwohl ich selbst ein ähnliches Hobby hatte, wie der intrigierende Griesgram, hegte ich keine große Sympathie für den Konkurrenz-Spanner aus Hausnummer Neun. Sicherheitshalber wanderte mein eigener Feldstecher umgehend in die Schreibtischschublade, damit meine Fürsprecher bei einem unangemeldeten Besuch nicht vor den Kopf gestoßen wurden.
„Herr Timm. Ich muss sie mal sprechen", setzte mein Kontrahent an jenem Sonntagmorgen mit ernstem Tonfall zum Frontalangriff an.
„Was Sie da machen, das geht nicht. Sie und ihre wechselnden Bekannten laufen regelmäßig splitternackt durch die Wohnung, ohne die Gardinen zu schließen. Hier wohnen doch Kinder im Haus. Wenn die so etwas sehen", ließ er die Katze aus dem Sack.

„Wo wohnen hier in der Straße denn Kinder?" wunderte ich mich, denn außer dem kleinen Baby in der Erdgeschosswohnung der Nummer Sieben und den heranwachsenden Jungen der Hausmeisterin im eigenen Gebäude, hatte ich im näheren Umfeld bisher keine weiteren Heranwachsenden wahrgenommen.
„Ich meine das ja nur nett. Meine Frau hat sich auch schon mächtig empört. Sowas macht man einfach nicht. Das wollt ich Ihnen von Mann zu Mann einmal verdeutlichen", regte sich der selbsternannte Ordnungshüter weiter auf.
„Übrigens trage ich immer eine Unterhose, wenn ich nicht gerade in der Badewanne liege. Da müssen Sie wohl in Zukunft noch ein wenig genauer hinsehen", verabschiedete ich mich erhobenen Hauptes.
Die Diskussion war mir nun wirklich zu blöd. Man hätte es noch damit begründen können, dass ich hin – und her schlackernde Eier äußerst unangenehm finde, aber das würde nun wirklich zu weit gehen. Sollte seine Gattin sich doch freuen, wenn sie statt des unförmigen Speckkloßes auch mal meinen knackigen Körper zu Gesicht bekam. Aber vielleicht war auch gerade ihre Begeisterung das eigentliche Problem?
Von wegen wechselnde Bekanntschaften. Schön wär´s! Wahrscheinlich meinte er meinen verheirateten Freund Marco, der mir am vergangenen Wochenende eine neue Jalousie im Wohnzimmer angebracht hatte und anschließend über Nacht geblieben war. Obwohl viele meiner Freunde ihn für einen verkappten Schwulen hielten, schien es mir doch unwahrscheinlich, dass der Herr von

gegenüber dies bemerkt haben könnte. Zudem schlief mein Kumpel auf dem Sofa in der Stube und das sicherlich nicht splitternackt. Die Fantasie des Alten ließ tief blicken. Verärgert versuchte ich die schlechte Laune mit dem neuen Song meiner Lieblingsband The Ark aus Schweden wieder anzuheben. Dies dauerte nur wenige Takte, denn der androgyne Sexgott und seine Musiker waren schließlich nicht ohne Grund meine absoluten Helden. Singend hüpfte ich durch die Wohnung und trällerte mit dem Sänger Ola Salo um die Wette: „Hopp Hopp Hoppla Op Op Op Op Opera“ während ich damit begann, den Frühstückstisch zu decken und Milch aufzuschäumen. Spontan schlüpfte ich aus der schwarzen Stoffhose, um nur in Boxershorts abzurocken. Im nächsten Moment flog auch das verschwitzte T-Shirt aufs Sofa. Mit einem Lächeln auf den Lippen bewegte ich mich zum Fenster. Der Alte wollte Krieg? Den konnte er haben!

Der Neugierige stand tatsächlich gegenüber und gierte herüber. Wusste ich es doch. Allerdings hatte Herr Hundertmark seinen Kopf beschämt zur Straße gesenkt. Trotz meiner provokanten Show schenkte der Idiot mir keinerlei Beachtung. Verwirrt folgte ich seinem Blick und erschrak: Auf dem Plattenweg vor unserem Eingang entdeckte ich zwei dünne Anzugträger, die komplett in Schwarz gekleidet waren und einen hellen Eichensarg aus einer Limousine zogen. Ihr Weg führe sie geradewegs in unser Wohnhaus.

Entsetzt drückte ich den Power-Knopf meiner Stereo-Anlage und lauschte ins Treppenhaus.

Stille. Mein Puls raste. Die Stimmung, die eben

noch kaum zu toppen war, erstickte von einer Sekunde auf die nächste. Ein Linsen durch den Spion der weiß gestrichenen Haustür bestätigte meine Befürchtung: Herr Richter, der seit mehreren Jahren an Leukämie litt, hatte die Nacht nicht überlebt. Die geisterhaften Herren trugen ihn zwanzig Minuten später laut polternd für immer fort. Seine Ehefrau ließen sie verzweifelt schluchzend zurück. Die Ereignisse im Haus bewegten mich. Ich kramte den kleinen Marienkäfer-Leuchter aus der Küchenschublade, den Juan mir zu Ostern geschenkt hatte und zündete in Gedenken an Rudolf Richter eine Kerze an.
In Sorge um die frischgebackene Witwe, klingelte ich nachmittags, klopfenden Herzens, bei meiner Nachbarin. Schließlich konnte man nicht so tun, als hätte man nichts bemerkt. Heulend schmiss sich die wuchtige Trauernde in meine Arme und machte keinerlei Anstalten, mich jemals wieder loszulassen. Sie gab mir das Gefühl, durch meinen Besuch das Richtige getan zu haben.

„Wie soll ich nur allein klarkommen? Ich kann ja noch nicht einmal einen Überweisungsvordruck richtig ausfüllen" schluchzte das Häufchen Elend hilflos und drückte ihren Busen noch fester an meinen Bauch. Mir selbst liefen Tränen über die Wangen. Wenn der Tag kommen würde, an dem Juan sich aus dem Leben verabschiedete, fände ich selbst sicherlich nicht die Kraft, überhaupt die Tür zu öffnen. Der Gedanke an seinen Tod macht mir große Angst. Wahrscheinlich gibt es nichts auf der Welt, das ich mehr fürchte, als diesen Moment, der auch mein Dasein beenden wird.

In den darauffolgenden Tagen haftete Schwermut wie Pech auf meiner Seele. Selbst das gute Wetter und Kassetten mit meiner Lieblingsmusik konnten dieses Gefühl nicht vertreiben. Mir wurde mit einem Mal bewusst, dass man das Leben genießen musste, solange es ging. Viel zu schnell kann alles vorbei sein. Doch war es mir in dieser spießigen Gegend überhaupt möglich, dauerhaften Frieden finden? Obwohl ich die meiste Zeit gern in diesem Stadtteil gelebt hatte, war mir klar, dass dieses Umfeld nicht der Bereich in Hamburg war, in dem ich versauern wollte, bis auch mich eines Tages gesichtslose Gestalten abtransportieren. Worauf also noch warten? Ich wollte nur noch weg.
Weg aus dieser trostlosen Gegend, die so rein gar nichts mehr mit mir und meinem Bild von Heimat zu tun hatte.

Meine Lieblingsstadtteil St. Georg! Halte dich fest:
Ich komme! An mir führt demnächst kein Weg
vorbei.

Fortsetzung folgt

ÜBER DEN AUTOR

Lucas Timm wurde 1971 als mittleres von drei Kindern geboren.

In einer niedersächsischen Kleinstadt genießt er seine Kindheit und Jugend in vollen Zügen.

Mit 22 Jahren verschlägt es den schwulen Mann nach Hamburg. Wohnhaft im Stadtteil St. Georg, arbeitet er heute in der Hamburger Verwaltung.

Mein herzlicher Dank gilt an dieser Stelle denen, die mich durch ihre Hilfe in Sachen Webhosting, Design und Promotion usw. für meine Bücher unterstützen!

Chris Schulte
Thomas Juch
Marlies
Sven Matthias
Thies-Michael und Heiko
Stefan Kossanyi
Wolfgang Krömer
Ingo Drzewiecki
Christian Abraham
Björn Böttger
Steffi Rick
Björn Arnold
Nouri Streichert
Tanja Müller
Thomas Rücker

Und ich danke DIR, dass Du meine Bücher liest!

Lucas Timm im Web

www.lucastimm.de

www.facebook.com/lucastimmbuch

Seite zum Buch mit Fotos , News und
Hintergrundinformationen:

www.facebook.com/fernstechergrancanaria

Feedback willkommen ☺

Impressum:

Lucas Timm
c/o Szumelda
Hortensienring 55
65929 Frankfurt am Main

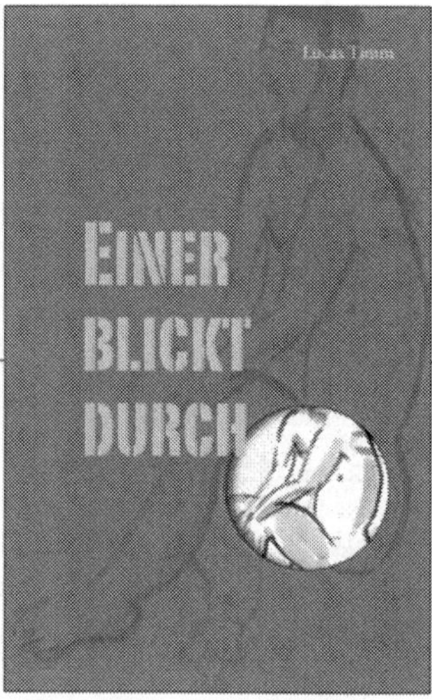

Band 1: Lucas Timm´s Debüt Roman
„Einer blickt durch“

Lucas Timm ist eigentlich ein ganz normaler Junge, der in einer Kleinstadt südlich von Hamburg aufwächst. Sehr früh ist ihm klar, was ihn von anderen Kindern unterscheidet: Er sieht genauer hin als seine Mitschüler. Lucas lebt schon früh heimlich seine voyeuristische Ader im städtischen Schwimmbad aus, ist sich als Jugendlicher seiner Ausstrahlung bewusst und weiß, den eigenen Charme im täglichen Leben zu seinem Vorteil einzusetzen. Dank des unverkennbaren Sinns für ungewöhnliche Wagnisse und eines ausgeprägten Sexualtriebs wird es so schnell nicht langweilig in seinem Leben. Bei all den Turbulenzen, die der junge Mann durchläuft, sucht er in erster Linie nach Nähe und Geborgenheit.

Band 2: Lucas Timm´s zweiter Roman
„Für den Augenblick“

Jetzt geht´s erst richtig los.
Für den 18jährigen Lucas Timm brechen turbulente Zeiten an. Dabei hat er sich alles so einfach vorgestellt. Den Mann fürs Leben hat sich der aufgeweckte Spanner bereits ausgeguckt. Doch ob der zwanzig Jahre ältere Michel wirklich das passende Gegenstück für ihn ist, bleibt abzuwarten.

Nach seinem erfolgreichen Autorendebüt „Einer blickt durch“ taucht Lucas Timm im Folgeband „Für den Augenblick“ immer tiefer in die Hamburger „Schwulenszene“ ein. – Spritzig, direkt, liebenswert.

Band 3: Lucas Timm´s dritter Roman
„Der Hingucker“

Endlich hat Lucas seine erste eigene Wohnung in der Metropole Hamburg. Der Neu-Hanseat beginnt lustvoll die Stadt zu erobern. Doch Vorsicht, zwischen Willensstärke und Leichtsinn liegt oft ein schmaler Grat! Und so bringt Lucas sich neben seiner stetigen Selbstverwirklichung immer wieder in Gefahr!

Nach „Einer blickt durch“ und „Für den Augenblick“ dürfen wir in seinem dritten Roman „Der Hingucker“ noch intensiver teilhaben an den Höhen und Tiefen des Alltags von Lucas Timm.

42228128R00154

Made in the USA
Charleston, SC
23 May 2015